Katy Birchall

Plötzlich It-Girl

Wie ich beinah die PROMI-HOCHZEIT DES JAHRES ruiniert hätte

Aus dem Englischen
von Verena Kilchling

Schneiderbuch
EGMONT

Bücher von Katy Birchall bei Schneiderbuch:

Plötzlich It-Girl –
Wie ich aus Versehen das coolste Mädchen der Schule wurde

Plötzlich It-Girl –
Wie ich versuchte, die größte Sportskanone der Schule zu werden

Plötzlich It-Girl –
Wie ich beinah die Promi-Hochzeit des Jahres ruiniert hätte

Weitere Bücher von Katy Birchall
sind bei Schneiderbuch in Vorbereitung.

1. Auflage

verlegt durch EGMONT Verlagsgesellschaften mbH,
Gertrudenstraße 30–36, 50667 Köln

Die englische Originalausgabe erschien 2016 unter dem Titel
„The It Girl – Don't Tell the Bridesmaid" bei Egmont UK Limited,
The Yellow Building, 1 Nicholas Road, London, W11 4AN, England

Übersetzung aus dem Englischen: Verena Kilchling
Cover photography © shutterstock.com.
Published by Egmont UK Ltd and used with permission.
Umschlaggestaltung: Anke Koopmann, Guter Punkt, München
in Anlehnung an das englische Original
und unter Verwendung diverser © Shutterstock-Motive
Satz: Achim Münster, Overath
Printed in Germany (670421)
ISBN: 978-3-505-13703-7

www.schneiderbuch.de

MIX
Papier
FSC® C083411

Für alle, die manchmal denken,
sie seien nicht cool genug.
Ihr irrt euch!

Kapitel eins

»Du kannst mich nicht für immer hier oben sitzen lassen!«

Jess verschränkte die Arme und wirkte äußerst zufrieden mit sich. »Klar kann ich das.«

»Lass mich sofort runter!«

»Darüber muss ich erst nachdenken.« Sie tat für einen Moment so, als würde sie angestrengt nachgrübeln, und rieb sich versonnen das Kinn, bevor sie mit den Schultern zuckte. »Nö.«

Wütend starrte ich zu meiner besten Freundin hinunter, die mich mit siegesgewissem Grinsen ansah.

»Weißt du, Anna, es ist gar nicht so schwer«, erklärte Jess. »Du erzählst mir in allen Einzelheiten, was gestern passiert ist, und ich stelle die Leiter zurück, damit du wieder vom Dachboden runterkannst. Eine Win-win-Situation.«

»Wieso, was gewinne ich denn dabei?«, fragte ich und leuchtete mit meiner Stirnlampe auf dem Dachboden herum, für den Fall, dass hier oben zufällig irgendwo eine zweite Leiter herumstand. »Ich sage Dad, dass er dir nie wieder die Tür aufmachen soll. Diese und andere Konsequenzen deiner Tat hast du dir hoffentlich gut überlegt.«

»Ich habe lange und ausführlich darüber nachgedacht, ja.« Sie lächelte und bückte sich, um ihre Kamera aus der Tasche zu ziehen. »Und bin mir ziemlich sicher, dass das Ergebnis die Sache wert sein wird.« Sie richtete das Objektiv ihrer Kamera auf mich und drückte ab, während ich wutentbrannt zu ihr nach unten starrte.

»Also, das behalte ich auf jeden Fall«, lachte sie, nachdem sie das Foto auf dem Display betrachtet hatte. »Du siehst so was von stinkwütend aus! Dein Gesicht ist voll blass – wie ein Gespenst, das plötzlich aus der Finsternis auftaucht. Zum Glück ist bald die Klassenfahrt, dann kommst du endlich an die Sonne. Ein bisschen Vitamin D kann dir wirklich nicht schaden.«

»Musst du mich eigentlich am laufenden Band beleidigen?«, beschwerte ich mich.

»Tja, die Stirnlampe ist auch nicht gerade vorteilhaft«, fuhr sie fort, ohne auf meinen Vorwurf einzugehen. »Mit dem Ding siehst du aus wie ein Maulwurf. Ein ziemlich gruseliger Maulwurf.«

»Ernsthaft jetzt. Voll unhöflich von dir.«

»Oder vielleicht doch eher wie ein gruseliges Meerschweinchen? Schwer zu sagen. Ich gehe runter und frage deinen Dad, was er meint. Warte hier.«

»WARUM BIN ICH NOCH MAL MIT DIR BEFREUNDET?«

Jess verschwand von der Bildfläche, um Dad zu fragen, welchem Nagetier ich ähnelte.

Ich verfluchte mich innerlich dafür, dass ich seiner Behauptung geglaubt hatte, mein großer Koffer sei auf dem Dachboden. Und dass ich es für eine gute Idee gehalten hatte, selbst hinaufzusteigen, um den dämlichen Koffer zu holen, statt ihn darum zu bitten.

Wobei ich natürlich nicht hatte ahnen können, dass genau in dem Moment, als ich mit meiner Stirnlampe auf besagtem Dachboden herumwühlte, meine total witzige beste Freundin zu Besuch kommen und mir die Leiter wegnehmen würde, um Informationen von mir zu erpressen. Und alles nur, weil ich mich weigerte, ihr ein paar völlig unbedeutende Details über eine Verabredung zu verraten.

Mit dieser Nummer würde sie auf keinen Fall durchkommen, beschloss ich, als ich Jess' Schritte zurückkehren hörte. Ich musste unbedingt eine andere Möglichkeit finden, vom Dachboden herunterzukommen. Hier oben gab es nicht viel, was mich aus meiner misslichen Lage befreien konnte, aber ich musste eben erfinderisch sein und um die Ecke denken. Hm.

»Dein Dad findet, dass du eher wie ein gruseliges Meerschweinchen aussiehst und nicht wie ein Maulwurf. Ich bin mir trotzdem noch unschlüssig. Wie läuft's bei dir da oben?«, rief Jess, während ich Mühe hatte, nicht zu niesen bei dem vielen Staub, den ich bei meiner Suche aufwirbelte.

»Was treibt ihr hier eigentlich?«, hörte ich meinen Dad fragen, der sich den Spaß offenbar nicht entgehen lassen wollte.

»Anna darf erst wieder vom Dachboden runter, wenn sie mir alles über ihr gestriges Date mit Connor erzählt hat«, erklärte ihm Jess.

»Ah, verstehe«, erwiderte Dad, als wäre Jess' Verhalten total einleuchtend. »Hast du denn noch nicht in der Zeitung oder im Internet gelesen, was passiert ist? Ich kann die Story gerne für dich auf meinem Laptop aufrufen, wenn du willst. Ziemlich peinlich, das Ganze.«

»DANKE, DAD!«, rief ich beleidigt.

»Bei Reportern weiß man nie, ob sie objektiv sind«, informierte ihn Jess. »Ich kann mir nicht vorstellen, dass es wirklich so schlimm war, wie es dargestellt wurde.«

»Doch, Jess«, erklärte Dad ernst. »Es war so schlimm. Es war sogar noch schlimmer.«

Ich stöhnte. »Nett, dass du mir in den Rücken fällst, Dad. Müsstest du nicht eigentlich an deinem Buch schreiben?«

»Ich war gerade in der Küche und habe gebacken.«

»Klassische Verzögerungstaktik, um nicht arbeiten zu müssen. Und so jemand macht mich zur Schnecke, wenn ich Hausaufgaben aufschiebe, das ist doch ... *Aha!*«, rief ich triumphierend, weil ich ein paar alte Vorhänge aufgestöbert hatte, die Dad offenbar nicht weggeworfen hatte. Die Dinger könnten meine Rettung sein.

Mit meinem Fund hastete ich zur Dachbodenluke zurück. »Ich bin genau wie diese Typen aus *Gesprengte Ketten!*«, verkündete ich und ließ langsam die Vorhänge durch die Luke hinunter.

»Anna.« Dad räusperte sich. »Hast du deinen Abstieg von einem Dachboden gerade mit der spektakulären Flucht von britischen Soldaten aus einem deutschen Kriegsgefangenenlager verglichen?«

»Ich werde diese Vorhänge einfach hier oben irgendwo befestigen und mich daran herunterhangeln«, verkündete ich stolz, ohne mich von Dads Kommentar beirren zu lassen. »Tja, du dachtest wohl, du wärst schlau, Jess. Du dachtest, du könntest mich besiegen! Ha, falsch gedacht!«

Jess packte kurzerhand die Vorhänge und zog kräftig daran, sodass sie mir aus den Händen rutschten und neben ihr auf dem Boden landeten.

»*He!*«

»Ich fand die Vorhänge eigentlich immer ganz schön, aber deine Mutter hat mich gezwungen, sie auszumustern«, sagte Dad und stupste den Stoffhaufen mit dem Zeh an. »Vielleicht können wir sie noch gebrauchen. Danke, dass du mich an sie erinnert hast, Anna-Schatz!«

»Nichts gegen Sie, Mr Huntley, aber diese Vorhänge sehen aus, als hätte Hund auf eine Sechzigerjahre-Tapete gereihert.« Jess tätschelte ihm mitfühlend den Arm. »Ihr Geschmack ist echt grausam.«

»Also gut!« Ich gab mich geschlagen und knipste die Stirnlampe aus. »Ich erzähle dir von meiner Verabredung, und du stellst die Leiter wieder hin, damit ich endlich runter kann.« Ich rümpfte die Nase. »Hier oben wird nämlich langsam die Luft dünn, glaube ich.«

»Dann lasse ich euch Mädchen mal allein«, sagte Dad und lachte in sich hinein, während er die Treppe hinunterging. »Hoffentlich kommt Danny bald, damit es in diesem Haus endlich wieder um vernünftige Themen geht.«

»Schieß los.« Jess griff nach der Leiter, ohne sie hinzustellen. »Ich höre.«

»Ich war als Ninja Turtle verkleidet.«

»Klar. So geht man ja auch zum ersten Date mit dem Jungen, den man seit Ewigkeiten toll findet.«

»Genau.«

»Das war ein *Witz*. Was hast du dir eigentlich dabei gedacht, als SCHILDKRÖTE verkleidet zu einem Date mit Connor zu gehen?«

»In London ist doch gerade die Comic-Messe!«, rechtfertigte ich mich, während sie ungläubig den Kopf schüttelte. »Also war ich als Michelangelo verkleidet. Das ist der beste Ninja Turtle. Du weißt schon: der, der ständig Pizza isst und Sachen wie ›Cowabunga!‹ sagt.«

Jess sah mich fassungslos an.

»Kennst du nicht? Echt jetzt?« Ich seufzte und fuhr fort: »Jedenfalls war ich als Turtle verkleidet, und Connor tauchte als Jedi auf. Ich war ein bisschen enttäuscht, weil es schön gewesen wäre, wenn wir thematisch zusammengepasst hätten. Ursprünglich fand er meinen Vorschlag, als Ninja Turtles zu gehen, auch ganz gut, glaube ich, aber dann hat er seine Meinung offenbar in letzter Minute geändert. Vielleicht gab es auch keine grüne Gesichtsfarbe mehr zu kaufen oder so.

Jedenfalls hätte ich mir gewünscht, dass er mich über seine kurzfristige Jedi-Entscheidung informiert hätte, weil ich dann nämlich als Prinzessin Leia gegangen wäre, obwohl ihre Outfit-Wahl manchmal ein bisschen fragwürdig ist und ich auch nicht weiß, ob ich ihre Frisur hingekriegt hätte. Oder ich hätte mich als R2-D2 verkleiden können, was bestimmt ganz niedlich geworden wäre. Deshalb hätte er mir unbedingt Bescheid sagen müssen, dass er sich umentschieden hat, findest du nicht auch?«

»Doch, total.«

Ich spähte zu Jess hinunter und versuchte herauszufinden, ob sie es ironisch meinte.

»Na ja, lange Rede, kurzer Sinn: Auf der Comic-Messe bin ich gestolpert und gegen das Bein von einem Typen in einem riesigen Iron-Man-Kostüm gestoßen, der wiederum gegen den großen überdachten Comic-Stand von Marvel getaumelt ist. Und der ist dann zusammengestürzt und hat alle, die gerade drin waren, und auch ein paar kleinere Stände in der Umgebung unter sich begraben. Eigentlich ein perfektes Beispiel für den Dominoeffekt – um auch mal das Positive daran zu sehen.« Ich hielt inne. »Kann ich jetzt bitte die Leiter wiederhaben?«

Jess ignorierte meine Forderung und starrte mich entgeistert an. »Und wie hat Connor reagiert?«

»Es war alles ein Riesenchaos. Ich bin herumgerannt und habe mich bei allen entschuldigt und den Leuten vom Boden aufgeholfen und mich vergewissert, dass sie nicht tot sind …« Ich seufzte. »Weil ich so damit beschäftigt war, den Veranstaltern zu erklären, was passiert ist, und die Leute zu bitten, keine Fotos von mir zu machen, habe ich überhaupt nicht mitbekommen, was Connor in der Zeit gemacht hat. Wahrscheinlich hat er den Verschütteten geholfen, unter den Pappwänden des Stands hervorzukriechen. Ich habe ihn ein bisschen alleingelassen, fürchte ich.« Bei der Erinnerung vergrub ich das Gesicht in den Händen. »Irgendwann hat er mich wiedergefunden, und dann haben wir draußen schweigend darauf gewartet, dass Dad uns abholt.«

»Er hat nichts gesagt?«

»Nicht wirklich. Ich glaube, wir standen beide noch unter Schock. Aber nachdem wir ihn zu Hause abgesetzt hatten, hat er mir eine nette Nachricht geschrieben: dass er echt viel Spaß hatte und ich es nicht so schwernehmen soll, dass ich den Marvel-Stand umgeworfen habe. Er fand die ganze Sache ziemlich witzig und meinte, dass er solche dramatischen Ereignisse vermissen wird, während ich in Rom bin.« Ich verdrehte die Augen. »Bestimmt hält er mich jetzt für den letzten Tollpatsch. Da habe ich *endlich* einen festen Freund und vermassle es gleich am Anfang!«

Jess hob ruckartig den Kopf und starrte mich verwundert an.

»Warum sollte Connor deine dramatischen Erlebnisse in Rom verpassen? Er ist doch dabei.«

»Nein, er fährt nicht mit. Habe ich dir das noch gar nicht erzählt? Er hat es mir gestern eröffnet, kurz bevor ich Iron Man niedergewalzt habe.«

Traurig klärte ich Jess über Connors Pläne für die Sommerferien auf, die so ganz anders waren, als ich es mir erträumt hatte. »Ich dachte, wir würden zwei romantische Wochen in Rom verbringen – wenn auch in Begleitung vom ganzen Rest des Jahrgangs. Falsch gedacht. Er hat seine Anmeldung zur Klassenfahrt zurückgezogen, um an seinem zweiten Comic arbeiten zu können.«

»Er hat *was?* Niemals!« Jess stemmte entrüstet die Hände in die Hüften. »Das ist voll uncool!«

»Er steckt eben sein ganzes Herzblut in dieses Buch«, erklärte ich, weil ich mir fest vorgenommen hatte, nicht zu selbstsüchtig zu sein. »Und ich habe vollstes Verständnis für seine Entscheidung.«

Jess schnaubte. »Er kann in seinem Zeitplan also keine zwei Wochen erübrigen, um mit seinen Schulkameraden und seiner festen Freundin einen hammermäßigen Urlaub zu verbringen?«

»Entschuldige mal, aber du als ebenfalls talentierte Künstlerin müsstest doch eigentlich Verständnis dafür haben, dass jemand seine Freizeit für die Kunst opfert. Bei dir sind Fotoprojekte bestimmt auch wichtiger als Urlaub.«

»Irrtum, du Banause«, widersprach sie. »Die beste Kunst entsteht, indem man authentische Momente festhält, zum Beispiel die eigenen Freunde, die im Sommerurlaub die Zeit ihres Lebens verbringen. Und nicht, indem man sich ins stille Kämmerlein zurückzieht. Sag Connor bitte, dass ihm auf diese Weise wertvolle Inspirationen entgehen.«

»Ich werde es ihm ausrichten«, versprach ich und verdrehte die Augen. »Kannst du jetzt bitte endlich die Leiter zurückstellen?«

»Ja, klar. Ich fasse es nur einfach nicht, dass er … Warte mal.« Jess schnüffelte in die Luft. »Was ist das?«

»Was?«

»Ich glaube, es riecht nach …«

»Hey Mädels!«, rief Dad die Treppe hoch. »Brownies frisch aus dem Ofen! Jemand Interesse?«

Ohne auch nur eine Sekunde zu zögern, ließ Jess die Leiter los und flitzte die Treppe hinunter. »Ja, ich! Ich bin am Verhungern!«

»Jess! JESS!«, rief ich ihr verzweifelt hinterher und lauschte hoffnungsvoll darauf, dass ihre Schritte wieder die Treppe heraufkamen. »JESS! Ich brauche die Leiter! Ich bin immer noch hier oben? Hört mich jemand?«

Ich knipste meine Stirnlampe wieder an, und eine Motte flatterte vorbei.

Manchmal hasse ich mein Leben.

Kapitel zwei

Es stellte sich als äußerst unproduktiv heraus, seine beiden besten Freunde einzuladen, damit sie einem beim Packen halfen.

Vor allem, da es sich bei besagten besten Freunden um Jess und Danny handelte.

»Was ist denn DAS?« Jess hielt eins meiner T-Shirts hoch. »Das kannst du nicht mitnehmen.« Sie schleuderte es geringschätzig beiseite.

Mein Labrador namens Hund war beim Packen genauso wenig eine Hilfe. Er jagte sofort begeistert quer durchs Zimmer, um das T-Shirt zu apportieren.

»Hey Anna«, sagte Danny, bevor ich Jess Vorwürfe machen konnte, weil sie für noch mehr Chaos sorgte. »Ich glaube, da hat sich ein Pullover von deinem Vater unter deine Sachen gemogelt.«

»Der ist nicht von meinem Vater«, erwiderte ich entrüstet, riss ihm den Pullover aus der Hand und hielt ihn mir vor die Brust. »Das ist meiner.«

»Ah, okay.« Er zögerte. »Echt schön, der Pullover. Voll … im Trend.«

Jess kicherte. »Das hier ist schön. Das kannst du mitnehmen.« Sie pfefferte ein Sommerkleid in meinen Koffer, der offen auf dem Boden stand.

»Ihr seid ja noch schlimmer als Marianne«, seufzte ich, ließ mich aufs Bett plumpsen und forderte Hund auf, sich zu mir zu gesellen. »Der absolute Horror.«

»Ja, muss echt hart sein, wenn der eigene Vater eine megaberühmte Schauspielerin heiratet und man rein zufällig Marianne Montaine als Stiefschwester bekommt, das bekannteste It-Girl Großbritanniens, das einen zu allem Überfluss auch noch in Modefragen berät«, erklärte Jess sarkastisch und verdrehte die Augen. »Was für ein schweres Leben du doch hast.«

Ich funkelte sie wütend an. »Ich kann mich nicht erinnern, dass du stundenlang auf einem Dachboden festsaßt.«

»Das waren ungefähr zehn Minuten«, korrigierte sie mich. »Außerdem warst du selbst daran schuld, weil du so unkooperativ warst.«

»Zum Glück bist du in dem Moment gekommen, Danny. Noch ein paar Minuten länger, und ich wäre in Ohnmacht gefallen, weil ich so viel Staub einatmen musste.«

Er lachte und setzte sich neben mich aufs Bett, während Jess weiterhin Kleidungsstücke von dem Stapel nahm, der aus meinem Schrank quoll, und sie kreuz und quer durchs Zimmer warf.

Ich lehnte meinen Kopf an Dannys Schulter. »Ist das der Artikel über Helena?«, fragte er und zeigte auf das Hochglanzmagazin, das auf meinem Nachttisch lag.

»Ja.«

Ich gab ihm die Zeitschrift, damit er das Titelbild von meiner zukünftigen Stiefmutter bewundern konnte, die im glitzernden grünen Paillettenkleid dastand, während die Windmaschine ihr die glänzenden Haare aus dem Gesicht wehte und ein entspanntes Lächeln ihre strahlend weißen Zähne entblößte.

»Schon irgendwie komisch, dass sie auf dem Titelbild von solchen Zeitschriften ist, ein berühmter Filmstar mit massenweise Fans … und gleichzeitig einfach Helena ist, die Frau, die dein Dad heiraten wird. Du hast echt ein Wahnsinnsjahr hinter dir«, fasste er zusammen.

Das war stark untertrieben. Für die meisten Leute wäre es ein Wahnsinnsjahr, wenn sie … keine Ahnung … wenn sie durchweg super Noten bei den Abschlussprüfungen hätten und vielleicht eine besondere schulische Auszeichnung dafür kriegen würden, oder wenn sie in den Ferien auf einem Elefanten reiten dürften oder so was.

Bei mir hingegen ist letztes Jahr Folgendes passiert:

1. Ich habe versehentlich jemanden angezündet.
2. Mein Dad hat eine berühmte Schauspielerin interviewt, sich in sie verliebt und sich kurz darauf mit ihr verlobt. Ohne meine Erlaubnis, wie ich vielleicht hinzufügen darf.
3. Seitdem werde ich auf Schritt und Tritt von Paparazzi verfolgt.
4. Angeblich bin ich jetzt ein It-Girl, weil meine zukünftige Stiefschwester eins ist. Inzwischen verstehen wir uns echt gut, auch wenn die Presse sie mit Audrey Hepburn vergleicht, während ich von meinen Freundinnen mit gruseligen Maulwürfen und Meerschweinchen verglichen werde.
5. Ich hing in einem Wasserfall. Kopfüber.
6. Ich bin in einem Übertopf stecken geblieben. Mit dem Hintern.
7. Ich habe jetzt einen Freund, was in Anbetracht der bisher aufgezählten Ereignisse ziemlich unglaublich ist.
8. Ich hatte ein Date mit meinem ALLERERSTEN FESTEN FREUND! Und habe den Ort zerstört, an dem dieses Date stattfand.

Als ich alle diese Punkte aufzählte, um Danny sein verblüffendes Talent zur Untertreibung vor Augen zu führen, hakte Jess sofort ein: »Du hast noch was vergessen.«

»Ich weiß, was!« Danny schnipste mit den Fingern. »Dass du einmal vor der ganzen Schule standst und total schräg gesungen hast und hinterher Totenstille herrschte. Das war megapeinlich.«

»Nein, das meinte ich nicht«, widersprach Jess.

»Dass sie Connor geschlagen hat, als er versucht hat, sie zu küssen?«

»Bingo!«

Während ich mein Gesicht in einem Kissen vergrub, legte Danny die Zeitschrift beiseite und griff nach dem Italien-Reiseführer, den mein Dad mir geschenkt hatte. Er blätterte zum Kapitel über Rom.

»Also, was macht man so alles in Rom?«, fragte Jess und begutachtete angewidert einen Rock von mir, bevor sie ihn zurück in meinen Kleiderschrank warf. Ich hielt Hund am Halsband fest, damit er nicht hinterhersprang. »Eigentlich geht es dort hauptsächlich ums Essen, oder? Spaghetti Bolognese und Eis und solche Sachen.«

Danny warf Jess einen irritierten Blick zu. »Rom gehört zu den schönsten Städten der Welt!«, erklärte er und kraulte Hund hinter den Ohren, woraufhin dieser mit heraushängender Zunge bewundernd zu ihm aufblickte. »Dort ist alles voll mit geschichtsträchtigen Bauten. Vergiss Spaghetti Bolognese.«

»Ist doch egal. Mir ist nur wichtig, dass mich ein umwerfender Italiener fragt, ob ich mit ihm ausgehen möchte. Wie wäre es mit einem Vierer-Date, Anna?«, schlug sie vor und zwinkerte mir zu.

»Geht nicht. Connor fährt nicht mit, schon vergessen?«

»Ach, stimmt ja.« Jess grinste boshaft. »Ich hatte ganz vergessen, dass er nie wieder Spaß haben kann, weil er ja ein *Künstler* ist.« Sie warf zwei Paar Flip-Flops in meinen Koffer.

»Dann muss ich das Vierer-Date wohl mit Stephanie und Danny machen, wenn ich meinen italienischen Traumtypen kennenlerne.«

Danny lief sofort knallrot an bei der Erwähnung seiner frischgebackenen Freundin Stephanie, dem Mädchen, von dem ich noch vor ein paar Wochen irrtümlich geglaubt hatte, Connor stehe auf sie, weil sie so cool ist und so künstlerisch begabt. Und weil sie einen stumpf geschnittenen Pony hat, auf den ich manchmal unbewusst starre, weil er so akkurat und hübsch ist.

»Ich gehe ganz sicher nicht auf ein Vierer-Date«, erklärte Danny nachdrücklich und wandte seine Aufmerksamkeit wieder dem Reiseführer zu. »Ob wir überhaupt genug Zeit haben, alle diese vom Reiseführer empfohlenen Sehenswürdigkeiten abzuklappern?«

»Wieso denn nicht? Ich dachte, du lieeeeeeeeeeebst Stephanie.« Jess machte spitze Lippen und gab schmatzende Kussgeräusche von sich.

»Ach, halt den Mund.« Danny errötete noch mehr und warf ein Kissen nach ihr. Jess wich lachend aus.

Sie kam zum Bett, kniff Danny in die Wangen und fragte: »Ist dir das etwa peinlich, Danny-Flenny?«

»Laff miff in Uuhe!«, nuschelte er. Der ganze Tumult regte Hund furchtbar auf, und weil er sich ausgeschlossen fühlte, verpasste er mir einen Kopfstoß.

»AUA, HUND!«, schrie ich und rieb mir die Stirn. »Du hast mich nicht vorgewarnt!«

»Anna, was ist das für ein Lärm hier?« Meine Zimmertür wurde aufgerissen, und Dad stand im Türrahmen, mit verschränkten Armen und in alle Richtungen abstehenden Haaren. Seine Augenbrauen hüpften bei jeder Silbe, die er von sich gab, durch sein Gesicht, und er ließ verzweifelt den Blick durch mein Zimmer schweifen. »Hier liegen ja überall Klamotten herum!«

»Wissen Sie, was uns total beim Packen helfen würde, Mr Huntley?«, fragte Jess mit Unschuldsmiene. »Noch ein paar Brownies. Die Brownies, die Sie heute Morgen gebacken haben, waren echt der Hammer!«

»Oh, vielen Dank, Jess«, erwiderte Dad merklich besänftigt. »Backen zählt zu meinen heimlichen Talenten.«

Ich schnaubte. Dads Gesicht nahm sofort wieder seinen Anna-ich-habe-jetzt-wirklich-keine-Zeit-für-diesen-Unsinn-Ausdruck an. »Anna, ich habe jetzt wirklich keine Zeit für diesen Unsinn. Ich versuche nämlich, in meinem Arbeitszimmer ein Kapitel über Fallschirme zu schreiben, und das ist alles andere als leicht, wenn man …«

»Wir sind jetzt leiser, versprochen«, unterbrach ich ihn, bevor er die Situation zum Vorwand nehmen konnte, mir seinen üblichen Vortrag zu halten: dass es letztendlich mir zugutekomme, wenn er diese Bücher über historische Kriegswaffen schreibe, weil er ja schließlich hier die Brötchen verdiene. Bla, bla, bla. Ich meine, warum kann er nicht einfach interessante Bücher schreiben, zum Beispiel Liebeskomödien, und muss stattdessen seine Bestseller über URALTE Zeiten verfassen? Wahrscheinlich, weil er selbst uralt ist.

»Wie läuft es denn mit Ihrem aktuellen Buch?«, fragte Danny höflich, als würde es ihn wirklich interessieren.

»Es … es geht schon, danke der Nachfrage«, antwortete Dad zögernd. »Durch die Hochzeit stehe ich natürlich doppelt unter Druck. Es wäre alles deutlich einfacher, wenn uns nicht bei sämtlichen Hochzeitsvorbereitungen massenhaft Reporter belästigen würden. Aber«, fügte er lächelnd hinzu, »man muss eben Opfer bringen, wenn man die Frau seiner Träume heiraten will.«

»Igitt, Dad. Du bist voll PEINLICH!« Ich rümpfte die Nase.

Er lachte. »Also gut, Leute. Seid ein bisschen ruhiger, ja? Ich gehe dann mal wieder zu meinen Fallschirmen zurück.«

»Schreiben Sie wirklich ein ganzes Kapitel nur über Fallschirme? Was kann man denn darüber schon schreiben? Das sind doch nur große, flatternde Stoffdinger«, merkte Jess schulterzuckend an und erntete einen strengen Blick von Danny, den sie gar nicht zu bemerken schien. »Ich an Ihrer Stelle würde mich an Sprengstoff und solche Sachen halten, Mr H. Das wollen die Leute doch lesen. Wenn Sie dann noch eine Liebesgeschichte einflechten, kann nichts mehr schiefgehen.«

»Danke, Jessica«, antwortete Dad trocken. »Ich kann dir gar nicht sagen, wie sehr ich deinen Rat zu schätzen weiß.«

Jess grinste.

»Dein Vater ist voll cool«, verkündete Danny neidisch, nachdem Dad gegangen war. »Er schreibt Militärbücher UND ist mit einem Filmstar zusammen.«

»Jetzt sabbere nicht gleich Annas Kissen voll«, sagte Jess schnaubend. »Aber wie er über Helena redet, ist echt süß. Man merkt, dass ihre Liebe echt ist, obwohl sie Promis sind.«

»Wie meinst du das?«, fragte ich.

»Du weißt schon.« Sie zuckte mit den Schultern und schnappte sich meine Zeitschrift, um die Seite mit den Promi-News aufzuschlagen. »In den Beziehungen berühmter Leute gibt es doch immer jede Menge Drama. Sie verlieben sich, trennen sich, suchen sich jemanden, der halb so alt ist wie sie selbst, gehen in die Politik, versöhnen sich wieder und so weiter und so fort.« Sie klatschte das Magazin zurück auf den Nachttisch. »Vielleicht liegt es daran, dass dein Dad und Helena schon ein bisschen älter und reifer sind. Es ist auf jeden Fall sehr erfrischend, dass sie kein typisches Promi-Paar sind.«

»Dein Vater hat echt eine Engelsgeduld, was diesen ganzen Presserummel angeht«, fügte Danny bewundernd hinzu.

»Na ja, es ist schon irgendwie ermüdend für ihn, vor allem, weil er gleichzeitig eine Hochzeit planen und ein Buch schreiben muss. Und dann verschlimmere ich auch noch alles, indem ich Comic-Messen dem Erdboden gleichmache und damit auf sämtlichen Titelseiten lande.« Ich spürte, wie mir bei der Erinnerung an den gestrigen Tag die Hitze in die Wangen stieg, vor allem beim Gedanken an Connors Gesicht, als wir verzweifelt den Ausgang gesucht hatten und ihn ein unsensibler Fan gebeten hatte, ein Foto von ihm und mir zu machen. Wenigstens hatte er hinterher darüber gelacht. »Connor hat auch eine Engelsgeduld. Aber wenn ich in Rom bin, kann er sich ja von mir und der Presse erholen.«

»Keine Angst, Anna«, tröstete mich Jess, die inzwischen zu meinem Kleiderstapel zurückgekehrt war. »In *Notting Hill* hat es ja am Ende auch geklappt zwischen Hugh Grant und Julia Roberts.«

»Kommt Connor wirklich nicht mit auf die Klassenfahrt?«, fragte Danny enttäuscht. »Mit wem soll ich denn abhängen, wenn ihr Mädchen mal wieder … Mädchen seid?«

»Und mit wem soll *ich* abhängen, wenn ihr zu viert mit Stephanie und dem Italiener ausgeht?«, fragte ich deprimiert.

Jess verdrehte theatralisch die Augen. »Vielleicht ist es Zeit, dass du dir in Rom ein paar neue Freunde suchst.«

»Auf keinen Fall«, stöhnte ich, während Jess einen weiteren Rock quer durchs Zimmer warf. »Ich habe vierzehn Jahre gebraucht, um hier in England Freunde zu finden. Und das, obwohl ich die Landessprache spreche. In Italien wüssten die doch gar nicht, was ich von ihnen will.«

»Das könnte auch ein Vorteil sein«, murmelte Danny grinsend. Ich warf ihm einen bösen Blick zu.

»Hör auf, dich im Selbstmitleid zu suhlen. Du bist eine absolut großartige Freundin und … Moment mal, Anna …« Jess hielt inne. »Was ist denn das? Warte. Ist das etwa … ist das … ein UMHANG?«

Sie riss ein großes, rotes Stück Stoff aus dem Kleiderhaufen und hielt es hoch, damit Danny es auch sehen konnte.

»Steht das große goldene Glitzer-›A‹ für Anna?«, wollte Danny wissen, der sich aufrecht hingesetzt hatte und wie hypnotisiert auf den Stoff starrte.

»Äh …« Ich errötete. »Nein?«

Für einen Moment herrschte Schweigen, bevor Jess und Danny in derart hysterisches Gelächter ausbrachen, dass ihnen die Tränen in die Augen stiegen.

Notiz an mich selbst: Es ist tatsächlich Zeit, mir in Rom neue Freunde zu suchen.

Kapitel drei

Der Ablauf, den man normalerweise bei der Anprobe eines Brautjungfernkleids erwarten würde:

1. Man wird von der Braut und den übrigen Anwesenden freudig begrüßt.
2. Man probiert sein Brautjungfernkleid an.
3. Die Braut und die übrigen Brautjungfern sagen einem, wie wunderbar man darin aussieht.
4. Man lacht zusammen und unterhält sich aufgeregt über die bevorstehende Hochzeit.
5. Alles läuft völlig reibungslos.

Der Ablauf der Anprobe, wenn die Braut Helena Montaine ist:

1. Man betritt das Haus der Braut und wird von einem wütenden Chihuahua begrüßt.
2. Man wird der Frau des Premierministers vorgestellt, die auf ein Tässchen Tee vorbeigekommen ist, während man einen wütenden Chihuahua hinter sich herschleift, der sich in einen Schnürsenkel verbissen hat.
3. Ein Mitglied des Hochzeitsteams trennt den wütenden Chihuahua von eben diesem Schnürsenkel, und Fenella, die Hochzeitsplanerin, mustert einen von oben bis unten und murmelt, dass Haarbürsten bei weiblichen Teenagern offenbar aus der Mode gekommen seien.

4. Während man darauf wartet, dass die Tochter der Braut eintrifft, beschließt die eigene Mutter, die Wartezeit damit zu überbrücken, dass sie der Braut und der Frau des Premierministers chinesische Kampfkunstbewegungen zeigt, die sie kürzlich während einer Geschäftsreise gelernt hat.
5. Die Anprobe ist schon eine Katastrophe, bevor sie überhaupt angefangen hat.

»Tut mir leid, dass ich zu spät komme, Leute!«, trällerte Marianne, während sie in die Eingangshalle geschwebt kam. Sie stellte ihre riesige Designerhandtasche auf dem Boden ab, zog schwungvoll ihre Sonnenbrille vom Kopf und sah mit ihren glänzenden braunen Haaren, die sie sich elegant aus dem Gesicht strich, wieder einmal aus wie das perfekte britische It-Girl, das sie war. »Habe ich was verpasst?«

»Tai Chi«, informierte ich sie, als sie zu mir herüberkam, um mich zu umarmen. »Und die Frau des Premierministers. Sie ist gerade gegangen.«

»Klingt wie ein ganz normaler Tag.« Sie nahm mich bei den Schultern. »Wie geht es dir? Nach deinem etwas turbulenten ersten Date, meine ich?«

»Ich versuche es zu verdrängen, aber das Internet lässt es nicht zu.«

»Oh, das kenne ich gut.« Marianne grinste. »Das geht vorbei. Tom findet übrigens, dass du in diesem Avocado-Kostüm absolut bezaubernd aussahst.«

»Es war ein Schildkröten-Kostüm, aber trotzdem danke.«

Marianne lachte und ging zu Helena und meiner Mutter, um auch sie zu begrüßen. Tom Kyzer war ihr Freund, ein echter Rockstar, in den sie total verliebt war, so sehr, dass sie kaum noch ein anderes Thema kannte. Als Paar stellten die beiden für die Paparazzi natürlich eine besondere Attraktion dar und konnten nicht einen Schritt tun, ohne dass die ganze Welt davon erfuhr. Im Gegensatz zu meinem Vater – und sogar zu Marianne, der der Medienrummel völlig gleichgültig war – schien Tom die Aufmerksamkeit regelrecht zu genießen.

»Ich wurde für die Kameras geboren«, hatte er einmal mit einem Zwinkern zu mir gesagt.

»Also, Rebecca«, sagte Marianne zu meiner Mutter und ignorierte Fenellas Chihuahua, der wütend vom Arm des peinlich berührt wirkenden Assistenten herunterkläffte, der ihn festhalten sollte. »Ich habe gehört, dass du bereits das Privileg hattest, die Brautjungfernkleider zu sehen.«

Meine Mutter lächelte geheimnisvoll. »Man kann nie wissen, wie ein Kleid wirkt, bis man es angezogen erlebt hat.«

»Apropos angezogen. Sollen wir loslegen?« Fenella forderte unsere beiden Mütter auf, ihre Plätze auf dem Sofa einzunehmen, und scheuchte Marianne und mich hinter zwei Paravents, die im Wohnzimmer aufgestellt waren. Zwei elegant gekleidete Damen folgten mir und halfen mir beim Ausziehen.

Ich hörte Mum mit Helena auf dem Sofa kichern. Mum ist Reisejournalistin und oft für irgendwelche abenteuerlichen Projekte am Ende der Welt unterwegs, aber den Sommer verbringt sie regelmäßig in England. Obwohl meine Eltern noch nie eine romantische Beziehung miteinander geführt haben, sind sie richtig gute Freunde, und Mum VERGÖTTERT Helena geradezu. Und da Helena in allen Punkten ihre Zustimmung zu brauchen scheint, ist Mum sehr in die Hochzeitsplanung involviert.

»Ich kann es kaum erwarten, euch zu sehen!«, rief Helena, während eine der Damen meine Haare unsanft zu einem Knoten schlang, damit sie nicht im Weg waren, und die andere den Reißverschluss eines verdächtig großen Kleidersacks aufmachte, der am Paravent hing.

Die letzte Anprobe vor ein paar Wochen war für Marianne und mich ein traumatisches Erlebnis gewesen, weil die Brautjungfernkleider, in die Helena uns gesteckt hatte, ausgesehen hatten wie Sesamstraßen-Kostüme. Bestimmt hatten alle Beteiligten aus dieser Erfahrung gelernt. Ich war mir sicher, dass dieses Mal endlich Helenas exzellenter Geschmack als international anerkannte Mode-Ikone zum Vorschein kommen würde.

Hmmm ... Was auch immer mir von gleich mehreren Assistentinnen über den Kopf gezogen wurde, fühlte sich ziemlich schwer an.

Und es wurde viel geächzt dabei.

»Geschafft«, sagte eine der Damen und keuchte, als hätte sie gerade eine Trainingseinheit im Fitnessstudio hinter sich.

»Du siehst aus wie eine Märchenfigur«, flüsterte die andere Frau, während sie mich gerührt betrachtete.

Oh ja, ich sah allerdings aus wie eine Märchenfigur.

UND ZWAR WIE EIN KOBOLD!

»Helena!«, jaulte ich verzweifelt, als eine der Frauen meine Taille so sehr einschnürte, dass ich kaum noch Luft bekam.

»Traumhaft, nicht wahr?«, rief Helena. »Diese wunderschönen Kleider habt ihr Diana zu verdanken – das ist die Dame, die gerade neben dir steht, Anna. Sie ist die Designerin.«

Die Frau, die mich soeben fertig eingeschnürt hatte, legte den Kopf schief und lächelte. »Absolut perfekt. Du siehst aus wie eine Prinzessin.«

Na gut, ich war vielleicht keine Modedesignerin, aber war diese Frau BLIND?! Sie hatte mich in ein lavendelfarbenes Ungetüm mit so vielen Lagen Netzstoff gesteckt, dass man damit eine ganze Schule Schwertwale hätte fangen können.

»Lass mich mal sehen!«, kreischte Helena, und Mum fügte hinzu: »Ja, wir wollen euch unbedingt begutachten!«

Diana scheuchte mich hinter dem Paravent hervor, und zur gleichen Zeit erschien Marianne neben ihrem. Ihr Gesichtsausdruck spiegelte haargenau wider, wie ich mich fühlte.

»Oh, Mädels«, flüsterte Helena, während ihr die Tränen in die Augen stiegen.

GOTT SEI DANK – sie hatte offenbar gemerkt, dass diese Kleider die schlimmste Entscheidung waren, die sie je getroffen hatte. Es würde ein irrsinniger Aufwand werden, zum zweiten Mal die Brautjungfernkleider zu ändern – noch dazu so kurz vor dem großen Tag. Und da es ein Vermögen kosten würde, war Dad bestimmt nicht begeistert davon. Helena tat mir fast ein bisschen leid.

Gerade wollte ich mit möglichst tröstender und beruhigender Stimme zu ihr sagen, »Keine Sorge, Helena, zusammen schaffen wir das«, als ihr Gesicht sich zu einem strahlenden Lächeln verzog.

»Ihr seht wunderschön aus! Genauso hatte ich es mir vorgestellt. Die Kleider sind perfekt!« Sie sprang auf und stöckelte zu Diana hinüber, um sie zu umarmen, wobei ihr eine Freudenträne die Wange hinunterkullerte.

Dann drehte sie sich wieder zu uns um und teilte uns mit: »Ich könnte nicht glücklicher sein. Diese Kleider sind unglaublich wichtig für mich. Ich bin so stolz auf meine beiden Mädchen!«

Ich stand völlig schockiert da und überlegte, ob vielleicht irgendwo im Haus giftige Chemikalien ausgetreten waren und die Anwesenden als Folge davon ihre Sehkraft eingebüßt hatten.

Hilfe suchend wandte ich mich meiner Mutter zu, aber selbst die hatte sich eine Hand aufs Herz gelegt und nickte langsam, während sie uns betrachtete. Ich zog wilde Grimassen und versuchte sie mithilfe vielsagender Blicke dazu zu bringen, den Mund aufzumachen und auszusprechen, wie schrecklich wir aussahen.

»Ich finde, die beiden sehen grandios aus, Helena! Sie haben wirklich großes Talent, Diana. Was machst du da mit deinem Gesicht, Anna? Du siehst aus, als wolltest du Fenellas goldigen kleinen Chihuahua imitieren.«

»Mum«, begann Marianne, der anzumerken war, dass sie sich sorgfältig die richtigen Worte zurechtlegte. »Ich finde die Farbe total super, aber …«

»Oh, Marianne!«, unterbrach Helena ihre Tochter und schwebte durchs Zimmer, um sie in ihre Arme zu reißen, was bei einem Brautjungfernkleid mit derart ausladendem Rock nicht leicht war. Sie musste sich von der Seite nähern, um es auch nur annähernd hinzukriegen. »Ich wusste, dass es dir gefallen würde! Was habe ich nur für ein Glück, so eine wunderbare Tochter zu haben!«

Marianne erstarrte, unsicher, wie sie reagieren sollte. Helena tupfte sich die Augen trocken, und alle drehten sich zu mir um und warteten auf mein Urteil. Marianne starrte mich stirnrunzelnd an, und mir war klar, dass sie das Gleiche von mir erwartete wie ich vorhin von Mum: dass ich den Mut aufbrachte, die Wahrheit zu sagen.

Aber wie sollte das gehen? Helena war so glücklich, und die Designerin stand direkt neben mir, und was hatte sie in der Hand? Richtig: STECKNADELN. Jede Menge kleine, spitze Stecknadeln. Mir blieb keine andere Wahl.

»Ich finde die Kleider echt … toll.«

Marianne hob verzweifelt den Blick zur Zimmerdecke.

»Ach, Anna!«, rief Helena und kam herüber, um mich zu umarmen und anschließend liebevoll über die Ärmel meines Kleids zu streichen. »Findest du diese vielen Rüschen nicht auch wunderschön?«

»Ich … äh … ja, klar.«

»Und der Rock ist so wunderbar weit und wallend – einfach genial!«

»Ja.« Ich lächelte matt und versuchte, Begeisterung vorzutäuschen. »Bist du sicher, dass wir damit durch den Mittelgang passen? Ha, ha, war nur ein Witz.«

»Ich glaube, ich muss dein Kleid an der Brust ein wenig enger nähen«, sagte Diana, die mich prüfend betrachtete. »Mir war nicht klar, dass du obenrum so schmal bist.«

Na, großartig. Vielen Dank auch, Diana.

»Ja, in diesem Bereich ist sie noch nicht ganz so weit entwickelt.«

Wunderbar. Danke, Mum.

»Wenn du das Kleid doch schon bei unserem Familien-Dinner vor deiner Abreise nach Rom tragen könntest!«, seufzte Helena. »Dann könnte dich Connor auch darin sehen! Wirklich schade!«

»Äh, ja. Das ist wirklich … äh … Das ist wirklich äußerst schade.«

»Wir sollten die Kleider jetzt besser wieder ausziehen«, erklärte Marianne eilig. »Damit sie nicht knittern, wisst ihr? Noch mehr knittern, meine ich. Ha, ha!«

»Gut mitgedacht, Marianne!« Helena klatschte in die Hände. »Keine Sorge, ihr Süßen: Nur noch wenige Wochen, und die ganze Welt wird euch in diesen umwerfenden Roben sehen! Würdet ihr nicht auch am liebsten *heulen* deswegen?«

Marianne und ich tauschten gequälte Blicke aus. Helena hatte den Nagel auf den Kopf getroffen.

Kapitel vier

Von: **jess.delby@zingmail.co.uk**
An: **anna_huntley@zingmail.co.uk**
Betreff: **Und?**

Bist du schon nervös?

J x

P.S.: Ich versuche schon den GANZEN TAG, dich auf dem Handy zu erreichen. Unglaublich, dass ich deinetwegen in den Sommerferien gezwungen bin, meinen Laptop aufzuklappen, um dir eine E-Mail zu schreiben! In den Ferien sollte man den Computer normalerweise nicht einmal ANGUCKEN.

Von: **anna_huntley@zingmail.co.uk**
An: **jess.delby@zingmail.co.uk**
Betreff: **Re: Und?**

Warum sollte ich nervös sein?

LG, Anna xxx

P.S.: Hund hat mein Handy bei Hamish abgeliefert. Du weißt schon, das ist der Zwergspitz von ein paar Häuser weiter. Sein Besitzer hat es gerade zurückgebracht.

Von: **jess.delby@zingmail.co.uk**
An: **anna_huntley@zingmail.co.uk**
Betreff: **Re: Re: Und?**

Weil du heute Abend mit deiner ganzen Familie essen gehst. Und mit Connor.

Wie kann es sein, dass dein Hund dir ständig dein Handy klaut?

J x

Von: **anna_huntley@zingmail.co.uk**
An: **jess.delby@zingmail.co.uk**
Betreff: **Re: Re: Re: Und?**

Wieso? Ist doch keine große Sache, dass ich mit meiner Familie und Connor essen gehe.

Ich finde es eigentlich ziemlich süß, was Hund getan hat. Vielleicht hatte Hamish Geburtstag oder so was. Hund ist sehr aufmerksam, was solche Dinge angeht.

LG, Anna xxx

Von: **jess.delby@zingmail.co.uk**
An: **anna_huntley@zingmail.co.uk**
Betreff: **Re: Re: Re: Re: Und?**

Zum letzten Mal, Anna: Hund ist ein HUND. Er weiß nicht, was Geburtstage sind, und er macht sich ganz sicher nicht die Mühe, dem Zwergspitz von nebenan ein Geschenk vorbeizubringen. Er ist einfach nur ein Dieb auf vier Pfoten.

Wie auch immer, schön, dass du nicht nervös bist. Ich hatte mir nur Sorgen gemacht, weil ich an damals gedacht habe, als Danny und ich mit deiner ganzen Familie essen waren.

Du weißt schon, in diesem türkischen Restaurant, wo deine Mum und Helena sich den Bauchtänzerinnen angeschlossen haben und dein Dad Unmengen Raki getrunken hat, oder wie das Zeug heißt, und uns daraufhin erzählt hat, ein Regisseur hätte ihm mal prophezeit, er könne der nächste Brad Pitt werden, ein Angebot, das er mit der Begründung abgelehnt habe – ich zitiere: »Die Magie des geschriebenen Wortes ist mir allemal lieber.«

Aber wenn du nicht nervös bist, ist ja alles gut. Der Abend wird bestimmt super.

So, und jetzt fahre ich meinen Laptop wieder herunter und checke zum hundertsten Mal, ob ich auch alles habe für Rom.

ICH FREU MICH SO!

Schreib mir nach dem Abendessen eine SMS, ja? Jetzt, wo du dein Handy wiederhast, lasse ich keine Ausreden mehr gelten.

J x

Hallo! Das ist die Mailbox von Jess. Hinterlasst mir eine Nachricht, dann rufe ich zurück.

PIEP

Jess. Ich bin's. Anna. Du hattest recht. Ich kann nicht glauben, dass ich nicht bedacht habe, in was für einen Haufen Verrückter ich hineingeboren wurde und in welche Katastrophenzone sich Connor da begeben wird. Du musst mir HELFEN. Wie kann ich mich vor dem Abendessen drücken?! GEH AN DEIN TELEFON!

Hallo! Das ist die Mailbox von Jess. Hinterlasst mir eine Nachricht, dann rufe ich zurück.

PIEP

Jess, geh ran, das ist ein Notfall! O Gott, mir ist gerade wieder eingefallen, wie Mum damals Marianne bei ihrem ersten Aufeinandertreffen erzählt hat, dass sie sich in Malawi mal mit einem Warzenschwein angefreundet hat. WAS, WENN SIE CONNOR DIE GESCHICHTE MIT DEM WARZENSCHWEIN ERZÄHLT? Hättest du gern eine Freundin, deren Mutter dir erzählt, dass sie mit einem Warzenschwein befreundet ist? Eben. Ich bin geliefert!

Hallo! Das ist die Mailbox von Jess. Hinterlasst mir eine Nachricht, dann rufe ich zurück.

PIEP

Plan A ist gescheitert. Dad hat mir die Story nicht abgekauft, dass ein Panther aus dem Londoner Zoo ausgebrochen ist und nun frei herumläuft, weshalb wir zu unserer eigenen Sicherheit zu Hause bleiben müssen. Angeblich gibt es überhaupt keine Panther im Londoner Zoo. Ich muss mir also einen Plan B einfallen lassen. Was für ein Zoo hat denn bitte keine Panther? Bescheuert.

Hallo! Das ist die Mailbox von Jess. Hinterlasst mir eine Nachricht, dann rufe ich zurück.

PIEP

Plan B ist ebenfalls gescheitert. Jetzt habe ich mir völlig umsonst die Arme mit Ketchup eingeschmiert. Dad brüllt mich die ganze Zeit an, dass ich alles wieder saubermachen soll, und zwar schnell, weil wir sonst zu spät kommen. Tja, das Abendessen findet also statt. Connor hat keine Ahnung, worauf er sich eingelassen hat. Ich rufe dich später an, wenn ich keinen festen Freund mehr habe und mein Leben für immer vorbei ist.

Hallo! Hier ist Anna. Nachrichten bitte nach dem Signalton. Okay, tschüss!

PIEP

Mann, ich habe gerade deine ganzen Nachrichten abgehört. Was zur Hölle war Plan B?

»Anna«, kicherte meine Mutter, während sie sich über ihren Lachs hermachte. »Wenn dich jemand fragt, worauf du dich bei deiner Reise nach *Bella Roma* am meisten freust, solltest du vielleicht nicht unbedingt als Erstes sagen: ›darauf, dass ich von diesen nervigen Londoner Tauben wegkomme.‹«

»Wieso, diese Viecher nehmen total überhand! So wie sie überall herumstolzieren, könnte man meinen, sie würden einen Staatsstreich planen«, verteidigte ich mich und ließ zu, dass Marianne Pommes frites von meinem Teller stibitzte. »Wenn irgendwann eine Taube auf dem britischen Thron landet, sagt nicht, ich hätte euch nicht gewarnt!«

»Tauben sind echt eine Bedrohung der nationalen Sicherheit.« Connor nickte und bedachte mich mit einem entwaffnenden Lächeln. »Zum Glück kennt Helena den Premierminister persönlich.«

»Stimmt. Wisst ihr, er hat wirklich einen ganz grandiosen Sinn für Humor, auch wenn man das bei seinen biederen Krawatten niemals vermuten würde. Wie auch immer, ich finde es einfach großartig, dass du Gelegenheit hast, so eine Reise zu machen, Anna«, schwärmte Helena. »Und wenn du zurückkommst, wirst du rundum erfrischt und erholt sein für die Hochzeit.«

»Dann noch so ein Reiseziel! Ach, Rom«, seufzte Mum.

»Was war denn in Rom?«, fragte Marianne neugierig, während Mum immer verträumter dreinblickte.

»Oh, du weißt schon.« Sie griff nach ihrem Glas, schwenkte es und lehnte sich bedächtig auf ihrem Stuhl zurück, als wäre sie Gandalf und wollte den Hobbits von ihrem großen Abenteuer erzählen. »Dort habe ich Alberto kennengelernt.«

»Mum«, stöhnte ich und sah sie flehend an. »Bitte sag nichts allzu Seltsames!«

»Er war Poet und spielte Ukulele, ein wahnsinnig gutaussehender Typ«, seufzte sie, woraufhin Marianne loskicherte und ich den Kopf in meinen Händen vergrub. »Ich wurde seine Muse.«

»Oh, wie wunderbar!«, geriet Helena in Verzückung.

Connor und mein Vater warfen sich gegenseitig Blicke zu und fühlten sich sichtlich unwohl. Ich rutschte noch weiter auf meinem Stuhl nach unten und konzentrierte mich ganz auf mein Wasserglas.

»Wie schade, dass du nicht mitkannst, Connor«, sagte Mum und legte mitfühlend den Kopf schief. »Rom ist wirklich eine *sehr* romantische Stadt. Anna und du, ihr hättet unter dem Sternenhimmel dahinschlendern und eure Zweisamkeit genießen können …«

Ich verschluckte mich an einem Eiswürfel und fing an zu husten. Marianne klopfte mir auf den Rücken.

»Danke«, röchelte ich, bevor ich mich zu Mum umdrehte und sie vielsagend ansah. »Genug von Rom«, sagte ich nachdrücklich. »Reden wir doch lieber über Connors Comic.«

»Du wirst also wirklich den *ganzen* Sommer daran arbeiten?«, fragte Marianne.

»Sieht ganz so aus.« Er nickte begeistert. »Dass ich deswegen die Romreise verpasse, ist natürlich traurig, aber da muss ich durch. Außerdem kann ich ja noch Zeit mit Anna verbringen, wenn sie zurückkommt.« Er lächelte mir zu.

»Dann hat sie dir bestimmt viel zu erzählen«, sagte Helena. »Jede Menge Abenteuer und Spaß und Fettnäpfchen!«

»Nein, nein«, antwortete ich möglichst weltmännisch und erwachsen. »Ich werde mich an sämtliche Regeln halten, mich vollkommen unauffällig verhalten und keinerlei Aufmerksamkeit auf mich ziehen. Die Sehenswürdigkeiten, die auf dem Programm stehen, klingen spannend genug. Autsch!« Ich warf Marianne einen vorwurfsvollen Blick zu, weil sie mir aus irgendeinem Grund gegen den Knöchel getreten hatte.

Helena zog überrascht die Augenbrauen hoch. »Na ja, ich hoffe, du hast nicht vor, dich an *alle* Regeln zu halten.«

»Genau das sollte Anna tun, wenn du mich fragst, Helena«, sagte Dad streng, woraufhin Mum verächtlich schnaubte und Helena verächtlich den Kopf über ihn schüttelte.

»Wenn du schon darauf bestehst, dich an die Regeln zu halten«, erklärte Helena bestimmt und rollte die Ärmel ihres Kimonos hoch, »dann sorge dafür, dass es die richtigen Regeln sind.«

Helena Montaines oberste Regeln, um den Besuch einer neuen Stadt voll auszukosten:

1. Keine Angst davor haben, neue Dinge auszuprobieren, zum Beispiel Delikatessen und Traditionen. »Ich glaube, ich hätte damals am Filmset in Dubai nicht halb so viel Spaß gehabt, wenn ich mich geweigert hätte, auf diesem albernen Tier zu reiten, diesem Kamel. Zuerst hatte ich nicht die geringste Lust dazu, aber am Ende ist wirklich eine enge Bindung entstanden zwischen Ibil und mir. Natürlich erst, nachdem er mit dem Spucken aufgehört hat.«
2. Mit den Einheimischen sprechen. »Absolut unerlässlich, wenn man eine neue Stadt besucht, denn nur Einheimische können einem sagen, wo sich die saubersten Toiletten der Umgebung befinden. Eine unverzichtbare Information.«
3. Mindestens ein historisches Denkmal ganz am Anfang der Reise besichtigen, damit man ein Foto von sich neben dieser Sehenswürdigkeit vorweisen kann. »Wenn man dann nämlich zufällig in einem Luxus-Spa landet und ein paar Tage dortbleibt, kann einem niemand vorwerfen, man hätte die furchtbar wichtige Kultur des Ortes, an dem man sich befindet, versäumt, schließlich hat man den Gegenbeweis auf Foto.«

4. Mindestens einen wichtigen Satz in der Landessprache lernen und ihn möglichst häufig anwenden. »Für Italien empfehle ich den Satz *attenzione con la mia casella di cappello.* Das bedeutet: ›Vorsicht mit meiner Hutschachtel.‹«
5. Eigene Regeln aufstellen. »Es sind DEINE Ferien und DEINE Erinnerungen, also sorge dafür, dass es gute Erinnerungen werden. Und mit gut meine ich *amüsant.*«

Ich lachte etwas nervös, weil ich glaubte, bei der letzten Regel ein leichtes Stirnrunzeln bei Connor wahrgenommen zu haben.

»Helena hat recht«, erklärte meine Mutter. »Die Reise ist Annas erstes großes Abenteuer, und das sollte sie in vollen Zügen genießen.«

»Apropos Abenteuer«, hakte Marianne ein. »Ich habe euch ebenfalls von einem Abenteuer zu berichten. Ich ziehe nämlich um«, verkündete sie strahlend. »Tom und ich haben beschlossen, zusammenzuziehen.«

Ich war völlig baff. Marianne hatte kein Wort davon zu mir gesagt. Ich hatte nicht einmal gewusst, dass das Thema überhaupt zur Debatte stand. Helenas Gesichtsausdruck nach zu urteilen, hatte auch sie nichts geahnt.

»Das geht ein bisschen schnell, ich weiß, aber wir meinen es beide total ernst mit unserer Beziehung und haben ausgiebig über die Sache gesprochen. Wir freuen uns riesig, zumal der Zeitpunkt ideal ist. Während Tom die nächsten Monate auf Tour ist, kann ich in Ruhe die perfekte Wohnung für uns suchen, und wenn er zurückkommt, ziehen wir ein!«

»Glückwunsch, Marianne!«, übernahm Mum das Kommando, weil Helena vollkommen perplex zu sein schien. »Das ist ja toll!«

»Ja«, stimmte ihr Helena zu, nachdem sie sich von ihrem ersten Schock erholt hatte. »Das geht tatsächlich ziemlich schnell, aber was das angeht, muss ich mir natürlich an die eigene Nase fassen. Man sollte immer tun, was einen glücklich macht.« Sie sah Dad an, der dämlich zurücklächelte und die Hand ausstreckte, um seine Finger mit ihren zu verschränken und ihr dann die Hand zu küssen.

Kann schon sein, dass es süß ist, wie verliebt die beiden sind. Bla, bla, bla. Aber müssen sie solche Sachen direkt vor MIR machen?

Verlegen wich ich Connors Blick aus. Er griff herüber und drückte beruhigend meine Hand, woraufhin ich noch mehr errötete und auf meine Füße hinunterstarrte.

»Tom macht mich glücklich. So glücklich war ich noch nie«, sprudelte Marianne hervor, während ihr das Blut in die Wangen stieg.

»Also dann.« Helena hob ihr Glas. »Herzlichen Glückwunsch, Marianne! Was für aufregende Neuigkeiten!«

»Du meine Güte, was für ein Sommer!« Mum lachte. »Auf die Hochzeit, auf Connors Comic, Mariannes neue Wohnung und Annas Rom-Abenteuer!«

Alle hoben ihre Gläser, um miteinander anzustoßen, und Marianne lehnte sich so weit zur Seite, dass sich unsere Schultern berührten.

»Und auf unsere eigenen Regeln«, flüsterte sie mir ins Ohr.

Kapitel fünf

Den ganzen nächsten Morgen spielte ich Hund vor, es wäre ein vollkommen normaler Tag. Er saß wie immer neben mir, während ich mir die Zähne putzte, und beäugte mich misstrauisch, als ich die Zahnbürste danach in meinem Kulturbeutel verstaute statt in ihrem angestammten Zahnputzbecher.

Anschließend verfolgte er mit leicht verdutztem Blick, wie ich durchs Haus schlenderte und wie zufällig Alltagsgegenstände wie mein Handy-Ladegerät und mein Shampoo einsammelte, sie hinauf in mein Zimmer trug und die Tür hinter mir zumachte.

»Anna!«, rief Dad von unten die Treppe herauf. »Du kommst noch zu spät! Rebecca, Helena und Marianne sind jede Minute hier, um uns abzuholen. Bis dahin muss alles fertig gepackt und abfahrbereit sein!«

»Was macht Hund gerade?«, rief ich durch die geschlossene Tür zurück.

»Was?«

»Ich habe gefragt, was Hund macht!« Vorsichtig öffnete ich meine Tür einen Spalt und spähte hinaus.

»Keine Ahnung, Anna«, antwortete Dad genervt. »Ich glaube, er kaut im Wohnzimmer am Monopoly-Spielbrett herum. Habe ich dir nicht gesagt, dass du in seiner Reichweite keine Brettspiele herumliegen lassen sollst? Weißt du nicht mehr, was mit dem Leiterspiel passiert ist?«

»Er ist also abgelenkt?«

»Ja. Er ist noch nicht über LOS gegangen.« Dad lachte MEGALAUT über seinen eigenen Witz.

»Dad, ich meine es ernst! Ich muss wissen, ob die Luft rein ist und ich meinen Koffer nach unten bringen kann.«

»Meine Güte, Anna, bring ihn doch einfach runter. Soll ich kommen und dir tragen helfen?«

»Nein! Nein, bleib bitte unten. Wenn du hochkommst, merkt er vielleicht, dass etwas im Busch ist. Benimm dich so normal wie möglich. Schnapp dir ein Blatt Papier und stöhne herum, weil du bald dein Buch abgeben musst, oder sag irgendetwas Langweiliges über den Krieg. So wie immer.« Nachdem ich meine Zimmertür weit genug aufgeschoben hatte, um mich mit meinem Koffer hindurchzwängen zu können, hörte ich ihn murmeln, wie undankbar die jungen Leute doch heutzutage seien. »Ist die Haustür offen?«

»Ja.«

»Ist der Kofferraum offen?«

»Ja!«

»Okay, dann pass bitte auf, dass du mir nicht im Weg herumstehst. Ich werde nämlich jetzt mit dem Koffer nach unten rennen, durch die Haustür hinausflitzen und den Koffer ins Auto schmeißen, ohne dass Hund etwas davon mitkriegt. Wenn er sich nähert, musst du mich warnen. Dann renne ich schnell zurück und verstecke den Koffer.«

»Dich warnen?«

»Ja. In einer Geheimsprache. Am besten durch ein Krächzen oder so was.«

»Ein *Krächzen?* Anna, wovon redest du da bitte?«, fragte Dad mit einem leicht genervten Unterton.

Ich seufzte, weil er so schwer von Begriff war, obwohl wir es eilig hatten. »Das ist Geheimsprache und bedeutet ›Hund ist im Anmarsch.‹«

»Oder ich könnte einfach sagen, ›Hund ist im Anmarsch‹, weil er nämlich ein Hund ist und keine Menschensprache versteht«, echauffierte sich Dad.

»Das denkst *du*. Ich weiß es besser. Ist die Luft rein? Vielleicht sollte ich meine Walkie-Talkies holen. Die könnten uns jetzt nützlich sein.«

»Anna, komm jetzt die Treppe runter und lade deinen Koffer ins Auto, bevor ich die Beherrschung verliere.«

»NA SCHÖN. Aber wenn Hund den Koffer sieht und verrücktspielt, weil ich ihn verlasse, gib nicht MIR die Schuld, wenn er irgendwas im Haus kaputtmacht, um mich zu bestrafen.«

»Anna ...«

Ich schlich leise mit meinem Koffer aus dem Zimmer und begann meinen äußerst langsamen, vorsichtigen Abstieg, während Dad am Ende der Treppe stand und mir mit verschränkten Armen zusah. Der Koffer war viel schwerer als erwartet, obwohl ich wegen der Gewichtsbeschränkung der Fluglinie bereits die Hälfte wieder ausgepackt hatte. Ich bekam ihn kaum vom Boden hoch.

Mit dem Rücken an der Wand rutschte ich seitlich Stufe für Stufe hinunter und spannte meine Muskeln dabei aufs Äußerste an, damit der Koffer nur ja nicht den Boden berührte und ein Geräusch erzeugte.

»Was um alles in der Welt machst du da? Warum kommst du wie ein Krebs die Treppe herunter?«

»Ich komme vor allem *lautlos* die Treppe herunter«, zischte ich zurück. »Und jetzt sei still. Das kleinste ungewöhnliche Geräusch könnte Hund auf den Plan rufen, und dann sieht er mich mit dem Koffer und flippt VÖLLIG aus. Ernsthaft, Dad, du bist echt ein unsensibles Trampeltier. Als Spion könntest *du* ganz sicher nicht arbeiten.«

Genau in diesem Moment ließen mich meine Arme im Stich, und der Koffer rutschte mir aus den Händen und landete mit einem dumpfen Knall auf der Treppe, bevor er jede einzelne Stufe hinunterpolterte und vor Dads Füßen liegenblieb.

Dad und ich erstarrten.

Lauschend warteten wir darauf, dass Hund aus dem Wohnzimmer getrottet kam. Als nichts zu hören war, atmete ich erleichtert auf und bedeutete Dad, sich schnell den Koffer zu schnappen und ihn zur Tür hinauszutragen. Ich half ihm, ihn in den Kofferraum zu hieven, und ignorierte dabei sein Genörgel: ob ich versehentlich den Kühlschrank mit eingepackt hätte, ob ich wirklich so viele Outfits mitnehmen müsse, dass mein Gepäck für ein ganzes Jahr reichen würde, dass man zu seiner Zeit wochenlang mit demselben T-Shirt ausgekommen sei, und so weiter und so fort.

Ich hielt es nicht für den richtigen Moment, ihn darauf hinzuweisen, dass wir uns nicht mehr in der Steinzeit befanden.

Als wir uns wieder zum Haus umdrehten, schnappte ich nach Luft und blieb stocksteif stehen. Hund saß auf der Eingangsstufe und beobachtete uns.

Erwischt.

Bestimmt hatte er die ganze Szene mitangesehen.

»Hund«, sagte ich in möglichst beschwichtigendem Tonfall. »Es ist nicht so, wie du jetzt vielleicht denkst. Ich fahre nur zwei Wochen weg, aber ich verlasse dich nicht, sondern bin im Handumdrehen wieder da. Dad gibt dir sicher jeden Tag eine Extraportion Futter als Wiedergutmachung.« Dad schnaubte neben mir, und ich boxte ihm in den Arm. »Also lass uns einfach wieder reingehen und wie erwachsene Menschen darüber reden.«

Ich sah, wie Hunds Auge zuckte.

Blitzschnell sprang er auf die Pfoten, rannte zurück ins Haus und jagte in vollem Tempo die Treppe hoch.

»NEIN, HUND, KOMM ZURÜCK!«, schrie ich und schoss hinter ihm ins Haus und die Stufen hinauf. Ich sah gerade noch seine Schwanzspitze in meinem Zimmer verschwinden. Als ich vor meiner Zimmertür schlitternd zum Stehen kam, stand Hund mit dem Gesicht zu mir auf meinem Bett und hielt mein Handy im Maul.

»Hund«, sagte ich langsam und ruhig. »Tu jetzt nichts Unüberlegtes, ja? Du willst doch nicht, dass du es hinterher bereust, oder?«

Sein Schwanz wedelte langsam hin und her.

»Gib mir mein Handy, Hund«, forderte ich ihn behutsam auf und machte einen Schritt nach vorn.

Er wich einen Schritt zurück und schüttelte warnend den Kopf. Dad trat hinter mir in die Tür und stieß einen lauten Seufzer aus, als er sah, wie wir uns in dieser verfahrenen Pattsituation gegenüberstanden.

»Du bist schuld, Dad.«

»Wieso *ich?*«

»Ich hab dir gesagt, dass wir zu oft John-Wayne-Filme gucken. War ja klar, dass das irgendwann auf ihn abfärbt.«

»Schluss jetzt mit dem Unsinn«, sagte Dad, schob mich zur Seite und ging mit großen, zuversichtlichen Schritten auf unseren Labrador zu. »Aus! Aus, Hund!«

Hund wusste genau, dass er am längeren Hebel saß, und wartete, bis mein Dad nahe genug herangekommen war. Dann sprang er vom Bett, wich ihm aus und schoss an mir vorbei aus dem Zimmer und die Treppe hinunter. Dad und ich verfolgten ihn in die Küche, wo wir stolpernd abbremsten, als wir sahen, dass er mein Handy mit seinem sabbernden Maul über seinem Wassernapf baumeln ließ.

»Hallihallo!« Helena kam fröhlich mit Marianne und meiner Mutter im Schlepptau ins Haus geschlendert. »Jemand da?«

Die drei betraten die Küche und sahen Dad und mich wie angewurzelt dastehen, den Blick fest auf Hund gerichtet. »Oje.« Mum biss sich auf die Lippe. »Hat er den Koffer gesehen?«

»Jetzt bestärke Anna nicht auch noch, Rebecca! Das eine hat nicht das Geringste mit dem anderen zu tun.«

»Natürlich hat das eine mit dem anderen zu tun, Nicholas.« Mum seufzte. »Typisch für dich, dass du so etwas nicht wahrhaben willst.«

»Hund, es sind doch nur zwei Wochen.« Ich versuchte es mit einer anderen Taktik und ließ mich auf alle viere nieder, in der Hoffnung, dass er zu mir kam, wenn ich nicht mehr so bedrohlich über ihm aufragte. »Ich verspreche, dass ich bald wieder da bin. Ich fahre doch nur nach Rom.«

Beim Wort »Rom« war ein lautes Platschen zu hören, weil Hund mein Handy losgelassen hatte. Es plumpste genau in die Mitte seines Wassernapfs. Ich schloss entsetzt die Augen, und Hund trottete hoch erhobenen Hauptes an mir vorbei, um sich zum Schmollen ins Wohnzimmer zurückzuziehen. Kurz darauf hörte ich ihn geräuschvoll am Monopoly-Brett herumnagen, womit er ein für alle Mal klarstellte, was er von der ganzen Sache hielt.

»Oh, Anna, dein Handy!«, rief Mum und rettete es hastig aus dem Wassernapf. Sie schnappte sich ein Geschirrtuch und versuchte verzweifelt, es damit abzutrocknen.

»Du musst es in eine Packung Reis legen«, instruierte Marianne und marschierte sofort zum Küchenschrank, um eine zu suchen.

»Dieser Hund«, sagte Dad seufzend, während ich vom Boden aufstand.

»Er kann doch nichts dafür!«, widersprach ich entrüstet. »*Ich* bin schuld, weil ich nicht ehrlich zu ihm war. Es war sowieso Zeit, dass ich ein neues Handy kriege – das letzte, das du mir geschenkt hast, ist schon uralt.«

»Darüber sprechen wir im Auto.« Dad raufte sich verzweifelt die Haare. »Tja, sieht aus, als würden wir während deiner Romreise ausschließlich per E-Mail kommunizieren. Und jetzt alle Mann ins Auto.«

Ich wartete, bis die anderen eingestiegen waren. Dad stand in der Haustür und klopfte ungeduldig mit dem Fuß auf den Boden, weil er endlich das Haus hinter uns abschließen wollte, während ich im Schneidersitz neben Hund saß, der jetzt noch eingeschnappter war, weil Dad das Monopoly-Spielbrett und auch alles andere Wertvolle vor ihm in Sicherheit gebracht hatte. Alles, was er noch hatte, um sich von seinem Kummer abzulenken, war ein schmuddeliger alter Tennisball. Ich umarmte ihn stürmisch, und ich glaube, er verzieh mir, denn er leckte mich ab und versetzte mir einen liebevollen Kopfstoß.

Sobald wir im Flughafenterminal waren und vor unserem Check-in-Schalter um die Ecke bogen, wurden wir von Paparazzi-Rufen und Blitzlichtgewitter begrüßt.

Woher wissen die Reporter, vor welchem Schalter sie auf uns warten müssen?, fragte ich mich schockiert, bis ich kapierte, dass das wohl nicht allzu schwer zu erraten gewesen war. Unsere Lehrerin Mrs Ginnwell hielt nämlich ein großes Schild hoch, auf dem stand: »CHECK-IN WOODFIELD-SCHULE.«

Helena kam als alter Presseprofi spielend mit der Situation klar und begleitete mich zu Mrs Ginnwell, wobei sie engelsgleich in die Kameras lächelte, während sie majestätisch mit ihrem breitkrempigen Sonnenhut und ihrem wogenden

Sommerkleid an den Journalisten vorbeischwebte. Marianne stöckelte auf hohen Absätzen neben uns her, mit einer riesigen Sonnenbrille, knappen Jeans-Shorts, einem strahlend weißen T-Shirt und mit Schmuck behängten Armen und Fingern. Wenn ich doch nur genauso mühelos mit der versammelten nationalen Presse hätte umgehen können, aber für mich wurde selbst so etwas Nebensächliches wie das Einchecken von Gepäck zur Zerreißprobe, weil dabei Hunderte Kamerablitze in meinem Gesicht explodierten und wir von allen Seiten Fragen zugerufen bekamen.

»Anna, welchen Designer trägst du heute?« (Ach, lustige Geschichte – dieses T-Shirt war eigentlich mal ein Kleid, aber Hund hat die Hälfte davon aufgefressen, um mich dafür zu bestrafen, dass ich mitten in *Zurück nach Hause – Die unglaubliche Reise* den Fernseher ausgeschaltet habe.) »Helena, irgendwelche Probleme bei den Hochzeitsvorbereitungen?« *(Sehr gute Frage. Ja, ein großes Problem sogar: Sie verkleidet ihre Tochter und ihre Stieftochter als riesige fliederfarbene Mumins!)*

»Marianne, stimmt es, dass Sie und Tom Kyzer gerade eine Krise haben?« *(Tja, Sie haben sich offenbar nicht die Exklusivrechte an der ganzen Wir-ziehen-zusammen-Geschichte gesichert, Sie Spätzünder.)*

»Anna, hast du nach der Katastrophe neulich auf der Comic-Messe Angst, in Italien erneut für Chaos zu sorgen?«

Ich erstarrte.

Der Reporter schien meine Nervosität zu wittern: »Anna, denkst du manchmal darüber nach, dass du deine Freunde und deine Familie in Verlegenheit bringen könntest mit diesen Aktionen, oder genießt du die Aufmerksamkeit, die du damit erregst? Wie geht dein Freund mit dem Druck um …« Er legte eine Kunstpause ein. »… während er allein zu HAUSE sitzt?«

Plötzlich schwenkten sämtliche Kameras vom Rest der Familie zu mir.

»Ich … ich …«

Dads Arm schob sich um meine Schultern, und dann führte er mich energisch vom Check-in-Schalter zur Warteschlange vor der Sicherheitskontrolle.

»Hier ist dein Pass«, sagte er und drückte ihn mir in die Hand. »Was hatte ich dir bezüglich der Paparazzi gesagt? Ignorier sie einfach!«

»Aber sie haben nach Connor gefragt!« Ich fühlte mich schrecklich bei dem Gedanken, dass Connor schon wieder in die neueste Klatschmeldung über mich hineingezogen werden könnte, obwohl er nicht einmal dabei gewesen war.

»Die versuchen ganz gezielt, dich aus der Reserve zu locken, das weißt du. Tu ihnen diesen Gefallen einfach nicht.« Dad drückte tröstend meine Schultern, und ich nickte.

Während wir immer noch umschwirrt von der Presse am Ende der Warteschlange standen, zog Helena eine flache Schachtel aus ihrer überdimensionalen Handtasche und hielt sie mir hin.

»Ein Abschiedsgeschenk«, sagte sie mit einem Lächeln. »Nur eine Kleinigkeit.«

»Danke, Helena!« Ich nahm die Schachtel nervös von ihr entgegen, und die um uns herumstehenden Reporter verstummten gespannt. Hin und wieder wurde geflüstert: »Was ist in der Schachtel?« Oder: »Pass auf, dass du im richtigen Moment abdrückst!«

Während ich die Schleife löste, war ich mir der auf mich gerichteten Kameras überdeutlich bewusst und bereute es, keinen Oh-wie-toll-Gesichtsausdruck einstudiert zu haben. Ich öffnete die Schachtel und spähte hinein. »Wow! Super! Ist das ein Fächer? Sehr … praktisch.«

»Darf ich?« Helena griff nach dem Fächer und klappte ihn mit einer schwungvollen Bewegung auf, wodurch eine Glitterwolke aufstieg und auf uns herabrieselte.

Die Reportermeute applaudierte entzückt, und Helena neigte den Kopf Richtung Blitzlichtgewitter, fächelte sich elegant mit meinem Geschenk Luft zu und zeigte mir genau, wie man mit dem Fächer umzugehen hatte. Marianne trug zwar ihre Sonnenbrille, aber ich war mir ziemlich sicher, dass sie dahinter genervt die Augen verdrehte.

»Was für ein wunderbares Geschenk!«, schwärmte meine Mutter. »Sehr nützlich bei der Hitze in Rom, und so hübsch!«

»Handgemacht, von einer charmanten Geisha aus Japan«, teilte ihr Helena mit und zeigte auf das kunstvolle, farbenfrohe Muster des Fächers. »Ich habe nämlich mal ein paar Wochen dort gedreht.«

»Danke, Helena«, sagte ich und klopfte mir den Glitter von den Ärmeln.

»Ich habe auch eine Kleinigkeit für dich«, verkündete Mum und hielt mir eine Tüte hin.

Zögernd griff ich danach. Mum hatte immer schon einen ziemlich eigenartigen Geschmack, was Geschenke angeht. Meistens sind es irgendwelche altertümlichen Gegenstände aus abgelegenen Regionen der Welt, was bei einer bekannten Reisejournalistin wohl nicht weiter überrascht. Meine Standardreaktion – »Toll, Mum, echt was Besonderes« – nutzte sich trotzdem allmählich ab.

Ich schob meine Hand vorsichtig in die Tüte, wobei ich Dads Augenbrauen zu ignorieren versuchte, die warnend in seinem Gesicht herumhüpften. Was ich schließlich aus der Tüte hervorzog, ließ sich nur als schmutziger, zerklüfteter Stein beschreiben.

»Äh … toll, Mum, echt was Besonderes.«

»Dieser Stein steht für Orientierung, Weisheit und Glück«, erklärte sie. »Er wird dir jetzt, wo du kein Handy mehr hast, um uns im Notfall zu erreichen, besonders nützlich sein.«

Ich nickte. »Genial«, sagte ich und stopfte den Stein in meine Tasche. »Voll super. Okay, ich gehe dann mal besser durch die Sicherheitsschleuse. Danke für … äh … den Fächer und den Stein.«

Ich umarmte alle zum Abschied und reihte mich nach einem letzten Winken in die Schlange ein. Während ich mich noch einmal nach meiner Familie umdrehte, die eifrig winkte und dabei immer noch von der Presse bedrängt wurde, bemühte ich mich, das Geflüster und die vielsagenden Blicke um mich herum nicht zu beachten, und tat so, als würde ich nicht merken, dass die Person hinter mir Fotos von mir schoss.

»Wir sehen uns bei der Hochzeit!«, rief Marianne über die Reporter und die wartenden Reisenden hinweg.

»Und versuch bitte, nicht wieder in Schwierigkeiten zu geraten!«, fügte Dad hinzu.

Ich zeigte meine Bordkarte vor, bog um die Ecke und war außer Sichtweite. In der plötzlichen Stille wurden die Sorgen, die mir durch den Kopf gingen, umso lauter. Während Connor in den nächsten beiden Wochen an seinem Comic arbeitete, würde ich ganz kultiviert Rom bereisen. Ohne blamable Pressegeschichten. Ich musste nur darauf achten, jedem Ärger aus dem Weg zu gehen. Das konnte doch nicht so schwer sein!

Ich schob die Hand in die Hosentasche und zog Mums Geschenk hervor. »Hoffentlich hältst du, was du versprichst«, murmelte ich leise und hoffte, dass niemand mitbekam, wie ich mit einem Stein redete. Mein Gefühl sagte mir, dass ich so viel Glück brauchen würde, wie ich nur kriegen konnte.

Kapitel sechs

Ich entdeckte Jess neben dem Parfümstand, wo sie offenbar gerade einen Erstickungsanfall hatte.

»Was ist los?«, fragte ich, während sie durch die Gegend hustete und keuchte.

»Ich … habe … mir … das … Parfüm … in … den … Mund … gesprüht.«

»Nicht doch, Jess, da gehört Parfüm nicht hin«, tadelte ich sie und bot ihr die Wasserflasche an, die ich gerade gekauft hatte. »Man sprüht es sich auf die Handgelenke.«

Sie stürzte dankbar das Wasser hinunter und stemmte dann entrüstet die Hände in die Hüften. »Ach nee! Die Sprühdüse hat in die falsche Richtung gezeigt, als ich draufgedrückt habe. Warum hast du eigentlich beim Check-in so lange gebraucht? Danny, Stephanie und ich haben in der Zeit sämtliche Duty-Free-Geschäfte abgeklappert.«

»Meine Familie hat mir noch Geschenke überreicht, bevor ich durch die Sicherheitsschleuse bin.«

»Abschiedsgeschenke? Wie süß! Was hast du bekommen?«

»Einen Fächer und einen Stein. Wo sind die anderen?«

Jess machte ein verwirrtes Gesicht, gab jedoch keinen Kommentar zu meinen Geschenken ab. Inzwischen war sie an meine eigenartige Familie gewöhnt. »Die sind alle im Buchladen. Wir sollen in zehn Minuten zum Info-Point kommen und dann mit Mrs Ginnwell zum Flugsteig gehen. Ich habe freiwillig angeboten, hier auf dich zu warten. Hast du das Theater da hinten einigermaßen heil überstanden?«, fragte sie und wies mit dem Kopf Richtung Sicherheitsschleuse.

»Ach das«, seufzte ich. »Ich habe ungefähr zehnmal den Alarm ausgelöst, als ich durch den Ganzkörperscanner gegangen bin, und die haben einfach nicht rausgekriegt, woran es lag. Ich hatte den Stein von meiner Mutter im Verdacht, aber sie haben mich von Hand mit diesem piepsenden Gerät abgetastet, und das hat immer wieder an meinem rechten Arm Alarm geschlagen.«

Ich hielt den rechten Arm hoch, um meine Schilderung besser zu veranschaulichen. »Dabei trage ich überhaupt keinen Schmuck. Die Sicherheitstante war völlig ratlos, und das hat mich auf einen Gedanken gebracht: Was, wenn ich das Ergebnis eines misslungenen wissenschaftlichen Experiments bin? Vielleicht hat man mir als Kind ein Serum injiziert, genau wie Captain America, und dann ist irgendwas schiefgegangen, weshalb meine Eltern die Sache seither vor mir geheim halten! Und ich habe es nur herausgefunden, weil die ominösen Chemikalien in meinem Blut die Flughafenscanner zum Piepsen bringen!«

Jess hob eine Augenbraue. »Ich meinte eigentlich, ob du den Presserummel dort draußen gut überstanden hast, aber danke für dein irres Geschwafel.«

»Oh.« Ich kontrollierte trotzdem misstrauisch meine Handgelenke. »Ja, das war schon okay. Lass uns zum Info-Point gehen.«

Unterwegs dorthin erzählte ich Jess von unserem Familien-Dinner.

»Marianne und Tom ziehen zusammen?« Sie machte ein überraschtes Gesicht. »Ich dachte, er wäre gerade auf Tour.«

»Ist er auch. Und wenn er zurückkommt, organisieren sie gemeinsam den Umzug.«

»Verstehe. Die viel wichtigere Frage ist allerdings, wie es mit Connor war. Hat er dir einen leidenschaftlichen Abschiedskuss gegeben?«, fragte sie und stieß mich scherzhaft mit dem Ellbogen an, während ich entrüstet nach ihr schlug.

»Nein! Na ja, du weißt schon …«

Ich spürte, wie mir die Hitze in die Wangen stieg. Mein Abschied von Connor hatte nicht gerade in einem sehr romantischen Rahmen stattgefunden, weil meine gesamte Familie hinter uns im Auto gewartet hatte, während wir uns vor seiner Haustür gegenüberstanden.

»Tja, also … danke für die Einladung«, hatte er gesagt, und ich hatte über meine Schulter gespäht und festgestellt, dass alle im Auto krampfhaft in die andere Richtung starrten. Alle außer Dad, dem Helena den Kopf mit Gewalt wegdrehen musste.

»Danke, dass du mitgekommen bist«, antwortete ich. »Hoffentlich war meine Familie nicht zu anstrengend für dich. Das ist sie nämlich manchmal.«

Er lachte. »Nein, es war super.« Er hielt inne und schob sich die Ponyfransen aus der Stirn. »Ich werde dich vermissen, Spidey.«

Diesen Spitznamen hatte er mir verpasst, nachdem wir herausgefunden hatten, dass wir beide total auf Marvel-Comics standen.

Ich öffnete den Mund, um ihm zu sagen, was mir auf der Zunge brannte: dass ich mir so sehr wünschte, ihn in Rom dabeizuhaben, und ob er den Comic nicht doch zwei Wochen lang Comic sein lassen und mit mir und allen unseren Freunden in den Urlaub fahren konnte. Aber ich bremste mich und schluckte meine Worte hinunter. Es wäre nicht fair gewesen. Eigentlich musste ich sogar stolz darauf sein, einen so intelligenten, motivierten Freund zu haben, der bereit war, seine

Sommerferien für etwas zu opfern, dem seine ganze Leidenschaft galt.

»Ich werde dich auch vermissen.«

»Da bin ich mir nach dem heutigen Abend nicht mehr so sicher«, sagte Connor in scherzhaftem Ton, machte jedoch ein unbehagliches Gesicht dabei.

»Wie meinst du das?«, fragte ich bestürzt.

»Ach, du weißt schon.« Er wies mit dem Kinn Richtung Auto, bevor er den Blick auf seine Füße senkte. »Was Helena gesagt hat ... wie sehr du dich amüsieren wirst und so.«

»Ich würde mich wesentlich mehr amüsieren, wenn du dabei wärst.«

Connor lächelte und griff nach meiner Hand.

HUUUUUUUUP!

Ich fuhr erschrocken herum und sah, wie Helena meinem Vater eine vorwurfsvolle Kopfnuss verpasste.

O Gott, wie peinlich. Wenn ich mich doch auf der Stelle in der Äußeren Mongolei in einem Erdloch verkriechen und sterben könnte, dachte ich.

»Ha, ha. Eigentlich müssten wir mittlerweile an Publikum gewöhnt sein.« Connor lachte nervös. »Wenigstens sind diesmal keine Kameras involviert.«

»Na ja, ich weiß nicht, ob eine Autohupe so viel besser ist«, murmelte ich und funkelte meinen Dad böse an.

»In Italien hast du eine Weile Ruhe vor der Presse, das wird bestimmt ganz angenehm.« Connor lächelte. »Und ich werde die meiste Zeit in meinem Zimmer verbringen und am zweiten Teil von *Das sagenhafte It-Girl* arbeiten, also können sie mich auch nicht belästigen, um an dich heranzukommen. Auf die Weise entgehe ich dem Rummel.«

»Klar, das stimmt schon«, erwiderte ich und versuchte, genauso enthusiastisch zu klingen wie er. »Schöner wäre es allerdings gewesen, wenn wir dem Rummel zusammen entflohen wären.«

»Ich weiß.« Er nickte. »Aber wir werden jeden Tag telefonieren und uns E-Mails schreiben.«

Mein Dad hupte erneut und zeigte auf seine Armbanduhr, um mir zu bedeuten, dass ich mich beeilen sollte. Als ich sah, wie Helena ihm erneut eins überzog, ging es mir sofort ein wenig besser.

»Ich geh dann mal lieber«, sagte ich seufzend. »Viel Glück mit dem Comic.«

Das war er schon gewesen, unser Abschied.

»Das war alles?« Jess wirkte völlig unbeeindruckt, nachdem ich ihr alles haarklein geschildert hatte.

»Was hattest du denn erwartet?«, fragte ich lachend. »Dass er mir seine unsterbliche Liebe schwört?«

»Das wäre nett gewesen«, erklärte sie, bevor sie beim Anblick der vielen Kopfhörer im Schaufenster eines Flughafengeschäfts völlig aus dem Häuschen geriet und hineinrannte, um sie alle anzuprobieren.

Ich folgte ihr, schnappte mir ebenfalls einen Kopfhörer und stülpte ihn mir über den Kopf, woraufhin der Lärm des geschäftigen Flughafens sofort verstummte und eine langsame Liebesballade voller Herzschmerz erklang. Nicht gerade das, was ich jetzt brauchen konnte, aber das wollte ich mir vor Jess nicht anmerken lassen.

Ich seufzte. Wenn ich ehrlich war, war ich schon ein wenig enttäuscht über den Abschied von Connor. Ein bisschen mehr Kummer darüber, dass ich für zwei Wochen das Land verließ, wäre durchaus angebracht gewesen. Vielleicht eine kleine Träne? Der Austausch von romantischen Symbolen? Natürlich nicht wie in früheren Zeiten, als Liebende sich gegenseitig abgeschnittene Haarsträhnen geschenkt haben. So etwas Ekliges hätte mir wahrscheinlich einen Riesenschrecken eingejagt. Aber irgendeine andere Kleinigkeit.

Ich tröstete mich mit dem Gedanken, dass Connor ziemlich schüchtern und ich auch nicht gerade die Erfahrenste in Liebesdingen war. Und dass mein Dad eine völlig fehlgeleitete Vorstellung davon zu haben schien, wie man sich angemessen verhält, wenn man den Freund der Tochter vor dessen Haustür absetzt.

Außerdem hieß es immer, dass die Liebe mit der Entfernung größer wurde. Wie bei Arwen und Aragorn in *Herr der Ringe*. Oder bei Spiderman und Mary Jane Watson …

Wie auch immer, Connor hatte jedenfalls versprochen, dass wir jeden Tag telefonieren würden.

Vermutlich wartete sogar schon eine E-Mail auf mich, wenn ich in Italien landete, eine E-Mail, in der er mir mitteilte, wie sehr er es bereute, sich nicht richtig von mir verabschiedet zu haben …

Plötzlich wurde mir der Kopfhörer von den Ohren gerissen. »Hey!« Ich wirbelte herum und entdeckte Jess direkt neben mir.

»Hast du nicht gehört, dass ich ungefähr hundert Mal deinen Namen gerufen habe? Es ist höchste Zeit, zu den anderen zu gehen«, sagte Jess und legte den Kopfhörer zurück auf seinen Ständer. »Du warst irgendwie voll weggetreten grade.«

»Nein, war ich nicht«, widersprach ich und errötete heftig, während ich nach meinem Handgepäck griff.

»Ach nein?« Sie zog die Augenbrauen hoch und nahm noch einmal meinen Kopfhörer vom Ständer, um ihn sich ans Ohr zu halten. »Wovon du zu *dieser* Musik wohl geträumt hast?«

Als wir um die Ecke bogen, sahen wir Mrs Ginnwell bereits am Info-Point auf uns warten. Diesmal hielt sie ein großes gelbes Schild mit der Aufschrift »TREFFPUNKT WOODFIELD-

SCHULE« hoch, während sie mit der anderen Hand die britische Fahne schwenkte.

»Darf ich Ihnen zu Ihrer tollen Schilderauswahl gratulieren, Mrs Ginnwell?«, fragte Jess.

»Danke, Miss Delby«, antwortete Mrs Ginnwell und bedeutete uns, neben ihr zu warten. »Noch so ein frecher Spruch und du wirst dir Notizen über die Architektur unseres Hotels machen, während alle anderen am Ende der Reise bei der Abschiedsparty weilen. Verstanden?«

Jess verzog mürrisch das Gesicht, und ich biss mir auf die Lippen, um nicht zu lachen. Mrs Ginnwell nahm ihre Arbeit als Lehrerin sehr ernst, das musste man ihr lassen. Sie sorgte dafür, dass kein Schüler aus der Reihe tanzte, ganz im Gegensatz zu den anderen mitreisenden Lehrern. Miss Lawler und Mr Crowne diskutierten im Buchladen hitzig über die besten Krimiautoren, und Mr Kenton entdeckte ich in der Spielhalle, wo er sich mit James Tyndale bei einem Zombie-Spiel duellierte.

Ich lachte, als ich beobachtete, wie James triumphierend die Arme hochriss, nachdem er sämtliche Zombies ausgelöscht hatte, woraufhin ihn ein griesgrämiger Mr Kenton widerwillig zum Sieger erklären musste. James klatschte sich zufrieden mit seinem besten Freund Brendan Dakers ab. Er war total ehrgeizig, wenn es um Wettkämpfe ging, was praktisch sein konnte, wenn man ihn beim Schulsporttag in seiner Mannschaft hatte – so wie ich vor ein paar Wochen –, aber auch anstrengend, wenn er in den Sommerferien regelmäßig vor der Tür stand, um einen zu einer »lockeren Joggingrunde« abzuholen

Ich versuchte mich natürlich jedes Mal davor zu drücken, weil (a) der Sporttag vorbei war, unsere Mannschaft gewonnen hatte und es daher keinen Grund mehr gab, sich körperlich anzustrengen, und ich (b) keine dieser Verrückten war, die nur so zum Spaß durch die Gegend rannten.

James zwang mich trotzdem, mit ihm joggen zu gehen, und rief mir ununterbrochen bescheuerte Sachen zu, die mich motivieren sollten, zum Beispiel: »Nimm die Knie hoch!« Oder: »Sieger machen keine Pausen!« Oder: »Fall nicht wieder in den Teich, Anna!«

Es war also nicht weiter überraschend für mich, dass er auch Zombie-Spiele furchtbar ernst nahm.

James fing meinen Blick auf und grinste mir triumphierend zu. Während ich zurückgrinste, stieß mir Jess den Ellbogen in die Rippen, um mich vergnügt auf die weinerliche Stimme in unserer Nähe aufmerksam zu machen. Sie gehörte Sophie Parker, dem beliebtesten Mädchen unserer Schule. Sophie erkundigte sich gerade wichtigtuerisch bei Mrs Ginnwell, wo sie eine offizielle Beschwerde über den Flughafen loswerden konnte.

Danny kam mit Stephanie zu uns herübergeschlendert. »Was macht sie jetzt schon wieder für ein Theater?«, flüsterte er leise, um nur ja nicht in Sophie Parkers Schusslinie zu geraten.

Es funktionierte nicht. Sie bedachte ihn mit einem verächtlichen Blick. »Das Sicherheitspersonal hat mir mein Wasser weggenommen.«

»Dann kauf dir halt was Neues zu trinken«, schnaubte Jess belustigt.

»Das war nicht einfach irgendein Wasser«, zischte Sophie und warf theatralisch die Haare zurück. Sie war nicht gerade Jess' größter Fan. Mich mochte sie genauso wenig, aber wenigstens fühlte sie sich von mir nicht persönlich bedroht. In ihren Augen war ich nichts als eine peinliche Versagerin, die ihr immer wieder in die Quere kam. Die hübsche und sportliche Jess hingegen war Sophies größter Albtraum.

»Es war ein unglaublich teures, aromatisiertes Spezialwasser, das die Hautzellen von Grund auf regeneriert«, plapperte Josie Graham nach, was Sophie ihr offenbar zuvor erklärt hatte, und klang dabei wie ein schlechter TV-Spot.

Josie war Sophies oberste Hofdame und nie weit von ihrer Königin entfernt.

Sie hasste mich wie niemanden sonst an der Schule, vermutlich, weil ich einmal ihre Haare in Brand gesteckt und ihr ein anderes Mal eine Diskusscheibe ins Gesicht geworfen hatte. Es war beide Male ein Unfall gewesen, aber natürlich war es ein ziemlich unglücklicher Zufall, dass ich zweimal hintereinander ausgerechnet sie erwischt hatte.

Sie warf mir einen abschätzigen Blick zu. »Das Wasser ist importiert – aus *Italien.*«

»Das ist das Dümmste, was ich je gehört habe«, amüsierte sich Jess. »Wohin, glaubst du, reisen wir heute, Sophie?«

»Danke, Mädels, das reicht jetzt«, mischte sich Mrs Ginnwell ein, bevor der Streit eskalieren konnte. »Sophie, du weißt, dass du keine Flüssigkeiten durch die Sicherheitsschleuse mitnehmen darfst. Du bist also selbst schuld. Gut, ich glaube, jetzt sind alle da.« Mrs Ginnwell nahm ihr Schild herunter und klatschte in die Hände. Wütend darüber, dass sie einfach so abgefertigt worden war, verschränkte Sophie die Arme und warf der selbstgefällig grinsenden Jess vernichtende Blicke zu. »Ihr habt feste Sitzplätze, die auf euren Tickets stehen«, teilte uns Mrs Ginnwell mit. »Genau dort werdet ihr während des Flugs sitzen. Ich möchte nicht, dass getauscht oder sich beschwert wird, ist das klar? Dadurch entsteht nur Chaos, und wir begleitenden Lehrer haben es schwerer, den Überblick zu behalten.«

Sofort brach Getuschel und Geraschel aus, weil alle nach ihren Tickets kramten und sich mit ihren Freunden berieten.

»Wir sitzen kilometerweit voneinander entfernt!«, rief ich, nachdem Jess und ich unsere Sitznummern verglichen hatten.

»Du sitzt zwei Reihen hinter mir, Anna«, beruhigte mich Jess grinsend. »Ich bin mir sicher, dass du das überlebst.«

»Hey, ich bin eine Reihe vor dir«, stellte James fest, der über meine Schulter spähte.

»Cool! Da können wir uns gegenseitig Briefchen schreiben!«, rief ich ohne nachzudenken, woraufhin Jess einen Lachanfall bekam und ihn durch lautes Husten zu überspielen versuchte.

»Lackieren wir uns auch gegenseitig die Nägel?«, fragte James grinsend.

Lass mich auf der Stelle im Erdboden versinken.

Wenn ich geglaubt hatte, diese Situation sei unangenehm, wurde ich eines Besseren belehrt, als ich das Flugzeug bestieg und sah, neben wem ich saß.

Kapitel sieben

»Das darf doch nicht wahr sein!«, stöhnte Sophie und warf mir einen herablassenden Blick zu, nachdem ich mich zum Sitz neben ihr durchgekämpft hatte.

»Hi. Na, wie läuft dein Sommer bisher?«, fragte ich mit übertrieben munterer Stimme, verzweifelt darauf hoffend, dass eine Flugreise vielleicht genau das Richtige war, um das Eis zwischen Sophie und mir zu brechen.

Das war allerdings relativ unwahrscheinlich, wenn man bedachte, was alles passiert war, seit ich auf ihre Schule ging: Erst hatte ich ihr versehentlich den Freund ausgespannt, zumindest vorübergehend, und dann hatte ich vor ein paar Wochen auch noch ihre Mannschaft beim Sporttag geschlagen – und der Sieg beim Sporttag war Sophie WAHNSINNIG wichtig. Die Chancen, dass sie bereit war, noch einmal von vorn anzufangen, standen also schlecht.

»Ich will nicht von dir angesprochen werden während des Flugs«, erklärte sie und zog eine seidene Schlafmaske aus ihrer Designerhandtasche. »Und fang bloß nicht an zu schnarchen, falls zu einschläfst.« Mit diesen Worten zog sie ihre Schlafmaske an, schob ihr rosa Nackenkissen zurecht und drehte sich von mir weg.

Wenn Connor doch nur hier gewesen wäre! Er hatte kein Problem damit, Sophie zu ignorieren, und wusste immer genau, was er zu mir sagen musste, damit ich mich weniger wie eine Versagerin fühlte.

Ich beugte mich zur Seite und reckte den Hals, weil ich wissen wollte, ob Jess vielleicht zu mir nach hinten kommen und mich retten konnte, wobei ich es irgendwie schaffte, Sophie das Kissen wegzustoßen.

Sie gab ein Geräusch von sich, das verdächtig nach einem Knurren klang. Ich rutschte so weit von ihr weg, wie ich nur konnte, und saß stocksteif da, zu verängstigt, um mich zu rühren.

Nachdem das Flugzeug gestartet war, flog ein Zettel von James durch die Lücke zwischen den Vordersitzen und landete auf meinem Schoß.

Wetten, du traust dich nicht, ihr Gesicht vollzukritzeln? Wie gut kannst du Schnurrbärte malen?

Ich schnaubte, woraufhin Sophie sich leicht auf ihrem Sitz bewegte. Nachdem sie wieder vollkommen ruhig dasaß, riss ich leise eine Seite aus meinem Notizblock und schrieb eine Antwort an James.

Willst du Plätze tauschen und mir zeigen, wie es geht? Sie mag dich, daher würde ihre Reaktion bei dir bestimmt deutlich gemäßigter ausfallen.

Feigling.

Sagt der Typ, der Angst vor Würmern hat …

Jeder hat Angst vor Würmern, wenn sie ihm unerwartet ins Gesicht GEWORFEN werden.

Tja, vielleicht solltest du keine unschuldigen Leute anbrüllen, die bei einem mörderischen Trainingslauf mal fünf Sekunden verschnaufen.

Du hattest bereits zwanzig Minuten auf der Wiese herumgelegen. Ich bin mehrere Runden um den Park gerannt, während du dein Nickerchen gehalten hast.

Ich habe kein Nickerchen gehalten, sondern Würmer aus der Erde gebuddelt, damit ich sie nach dir werfen kann.

Hey, weißt du was?

Was?

Ich habe gerade um die Ecke geschielt. Jess pennt tief und fest.

Ich dachte sorgfältig über das Risiko nach, mich in Sophies Nähe zu bewegen.

Ich hole meinen Stift.

Wir waren alle so aufgeregt, als wir in Rom ankamen, dass sich nicht einmal Josie oder Sophie darüber beschwerten, dass wir mit unserem Gepäck in einen engen, stickigen Bus gepfercht wurden. Auf der Fahrt zum Hotel starrten wir aus den Fenstern und betrachteten ehrfürchtig die prächtigen Denkmäler und Gebäude, während modisch gekleidete Italiener auf Motorrollern an uns vorbeisausten und in schmale Kopfsteingässchen abbogen.

Vor lauter Staunen vergaß ich vollkommen, Jess darüber zu informieren, dass sie mit Filzstift gemalte Katzenschnurrhaare im Gesicht hatte.

Begeistert miteinander schnatternd stürmten wir das Hotel, in dessen Lobby Mrs Ginnwell eine ganze Weile brauchte, um sich Gehör zu verschaffen.

»Ihr seid in Zweier- und Dreiergruppen auf die Zimmer verteilt«, erklärte sie und holte tief Luft, bevor sie hinzufügte: »Wir haben euch euren jeweiligen Zimmergenossen zugeteilt …« Alle fingen an zu stöhnen. »UND ICH MÖCHTE KEINE BESCHWERDEN HÖREN!«

»Bitte sag, dass ich mit dir auf dem Zimmer bin, oder zumindest mit jemandem, der mich nicht total zum Kotzen findet«, jammerte ich an Jess gewandt und blickte zu Sophie und ihren Hofdamen hinüber, die auf der anderen Seite der Lobby standen und finster zurückstarrten.

»Keine Sorge, die stecken dich bestimmt nicht zweimal mit Sophie zusammen«, tröstete mich Jess und zog einen Handspiegel aus der Tasche, um die Haarsträhnen wieder hochzustecken, die sich aus ihrer Frisur gelöst hatten. »So viel Pech hast nicht einmal du. Der Blitz schlägt nie zweimal am selben Ort … WAS IST DENN DAS DA IN MEINEM GESICHT?«

»Wusstest du nicht, dass in Anna eine echte Künstlerin schlummert?«, fragte James lachend und zwinkerte mir zu.

»DAS IST DOCH …!«, setzte Jess zu einer Schimpftirade an.

»Anna Huntley?«, rief Mrs Ginnwell in diesem Moment und warf einen Blick auf ihr Klemmbrett. »Du teilst dir das Zimmer mit … Sophie Parker.«

Sie schwenkte fröhlich unseren Zimmerschlüssel. Mein Blick schoss zu Sophie, deren Mund ungläubig offenstand. »Wie war das mit dem Blitz, der nie zweimal am selben Ort einschlägt?«, fragte ich.

»Tja«, sagte Jess, klappte ihren Handspiegel zu und grinste so breit, dass ihre Schnurrhaare sich über ihr ganzes Gesicht zogen. »Manche Leute würden jetzt von Karma sprechen.«

Kapitel acht

Von: **rebecca.blythe@bouncemail.co.uk**
An: **anna_huntley@zingmail.co.uk**
Betreff: **Grüße aus England!**

Hallo, meine Süße!

Ich hoffe, du verbringst einen wunderbaren ersten Abend im schönen Rom! Danke für deinen Anruf vorhin. Ich freue mich sehr, dass du gesund und munter in Italien angekommen bist. Ignorier einfach das Gemecker deines Vaters aus dem Hintergrund, weil du vom teuren Hotelfestnetz aus angerufen hast. Es ist ja nicht deine Schuld, dass Hund dein Handy kaputt gemacht hat!

Zum Glück waren Helena und ich gerade zufällig bei euch zu Hause. Dein Vater wäre sonst einfach ans Telefon gegangen, hätte sich vergewissert, dass du noch am Leben bist, und anschließend sofort wieder aufgelegt. Unglaublich! Ich mache die viele Kriegsliteratur dafür verantwortlich, mit der er sich beschäftigt. Die lässt ihn gefühlsmäßig völlig abstumpfen.

Wie schön, dass du während deines Aufenthalts E-Mails vom Hotelcomputer schreiben kannst, um mit uns in Kontakt zu bleiben. Klingt nach einem hochmodernen Hotel, wenn es dort sogar einen Computer gibt! Du hättest mal die Absteigen sehen sollen, in denen ich während meiner Europareisen nächtigen musste. Als ich in Frankreich war und über eine Laufbahn als Pferdeflüsterin nachdachte, habe ich in einer Herberge gehaust, die so etwas wie ein umgebauter Zoo gewesen sein muss – überall Heu.

Was wolltest du mir eigentlich vorhin über dein Zimmer erzählen? Ich konnte nichts verstehen, weil deine Stimme so gedämpft klang. Hattest du beim Telefonieren einen Schal über dem Kopf?

Es klang ungefähr so wie: »Ich verteile es immer im Hornvieh.« Oder: »Ich keile beim Schwimmen vor Zorn viel.«

Vielleicht habe ich dich falsch verstanden, Anna, aber du solltest dich auf keinen Fall am Wandschmuck vergehen, schon gar nicht, wenn es sich um Hornvieh handelt. In Madrid habe ich einmal den Nasenring eines Stierkopfes abgebrochen, der an der Wand der Hotelsuite hing, und das kam gar nicht gut an bei der Hotelleitung.

Davon, dass du nach irgendjemandem auskeilst, bin ich ebenfalls nicht begeistert, Anna. Auch nicht aus Zorn. Wenn du dich beim Schwimmen gegen irgendetwas verteidigen musst, einen bösartigen Fisch zum Beispiel, ist das natürlich etwas anderes. Allerdings habe ich auf eurem Reiseplan gar nichts von einem Ausflug ans Meer gesehen …

Hab eine schöne Zeit, mein Schatz! Wir vermissen dich jetzt schon, vor allem dein Vater. Ich habe ihn vorhin dabei erwischt, wie er voller Verzweiflung in dein leeres Zimmer gestarrt hat. Er hat sich natürlich herausgeredet und gesagt: »Warum kann sie

ihr Zimmer nicht *einmal* halbwegs ordentlich hinterlassen?«
Dann hat er sich an seinen Angelködern zu schaffen gemacht, was selbstverständlich nur ein Ablenkungsmanöver war.

Ciao, bella!

Mum xxx

Von: **anna_huntley@zingmail.co.uk**
An: **rebecca.blythe@bouncemail.co.uk**
Betreff: **Re: Grüße aus England!**

ICH TEILE MEIN ZIMMER MIT SOPHIE.

Das habe ich vorhin am Telefon gesagt, Mum! Ich teile mein Zimmer mit Sophie!

Warum sollte ich beim Schwimmen auskeilen?? Oder irgendetwas im Hornvieh verteilen?? Und warum hast du den Nasenring eines Stierkopfs abgebrochen?? Wann hast du über eine Laufbahn als PFERDEFLÜSTERIN nachgedacht?!

WARUM KANN MEINE FAMILIE NICHT NORMAL SEIN?!

LG, Anna xxx

»Dieses Hotel ist so was von eklig.«

Sophie warf ihr Gepäck auf eins der Betten und stolzierte zum Fenster, um die Jalousie hochzuziehen. »Nicht mal eine schöne Aussicht haben wir! Man sieht nur so einen doofen Innenhof.«

»So schlimm ist das Hotel doch gar nicht«, äußerte ich schüchtern und schürfte mir fast die Finger an der rauen Oberfläche der Tagesdecke auf. »Und Innenhöfe sind eigentlich ganz cool.«

»Innenhöfe sind cool?«, wiederholte Sophie schnaubend. »Hörst du dir jemals selbst zu, wenn du redest?«

Sophie und ich hatten verzweifelt dagegen protestiert, dass wir zusammen in einem Zimmer untergebracht waren, vor allem, nachdem Josie und Jess ebenfalls ein gemeinsames Zimmer zugeteilt bekamen und sich genauso darüber aufregten. »Es wäre doch ganz einfach, Mrs Ginnwell«, hatte Jess argumentiert. »Tauschen Sie uns aus, damit Anna mit mir auf dem Zimmer ist und Josie mit Sophie. Und schon sind alle zufrieden.«

»Zum ersten Mal bin ich einer Meinung mit Jess Delby.« Sophie wirkte ein wenig angewidert von dieser Erkenntnis, drehte sich jedoch mit zuckersüßer Miene zu Mrs Ginnwell um. »Ich verstehe nicht, was das Problem ist. Das ist doch die perfekte Lösung!«

»Genau«, nickte Jess. »Wenn wir einfach tauschen, sind alle happy. Dann muss keiner mit einer Person das Zimmer teilen, die er … äh … mit der er nicht so gut kann.«

»Mädels, ich bin sehr enttäuscht von euch. Von euch allen vieren. Erstens hatte ich ausdrücklich darum gebeten, dass es wegen der Einteilung kein Genörgel gibt, und zweitens ist es äußerst unhöflich, sich in Anwesenheit der eigenen Zimmergenossin lauthals über diese zu beschweren.«

»Glauben Sie mir, die Beschwerde beruht auf Gegenseitigkeit«, erklärte Sophie und warf ihre Haare zurück.

»Im Leben kann man sich seine Teamkameraden eben nicht immer aussuchen, was nicht heißt, dass man kein Team ist.«

»Diese beiden würde ich mir ganz sicher NIE als Teamkameradinnen aussuchen«, sagte Sophie höhnisch und musterte Jess und mich herablassend, während Josie hinter ihr laut loskicherte.

»Und ich würde NIE bei dir im Team sein wollen, schließlich habt ihr das letzte Mal, als du Mannschaftskapitänin warst, verloren. Oder hast du etwa schon verdrängt, dass Annas Team euch vor ein paar Wochen geschlagen hat?« Jess grinste triumphierend, während Sophie knallrot anlief und sie wütend anstarrte.

»Das reicht jetzt! Ich bitte euch!« Mrs Ginnwell klopfte auf ihr Klemmbrett, um unsere Aufmerksamkeit zu erregen. »Meine Entscheidung steht fest. Anna, du teilst das Zimmer mit Sophie; Jess, du bist mit Josie auf dem Zimmer. Ich will von keiner von euch mehr einen Ton über die Sache hören. Wenn mir zu Ohren kommen sollte, dass es zwischen euch Ärger gibt, sitzt ihr im Flieger zurück nach England, bevor ihr auch nur ›Spaghetti‹ sagen könnt. Ist das klar?«

Wir nickten widerwillig.

»Gut. Betrachtet es als Chance, euch gegenseitig besser kennenzulernen. Ihr seid alle vier so *entzückende* Mädchen. Manchmal wird einem erst klar, was man alles gemeinsam hat, wenn man längere Zeit ein Zimmer miteinander teilt.«

Sophie verzog das Gesicht und machte auf dem Absatz kehrt, um zur Treppe zu stöckeln, während Josie hinter ihr hertrottete. Jess sah mich an und zuckte mit den Schultern. Wir gaben uns geschlagen und machten uns ebenfalls auf den Weg nach oben.

Obwohl Sophie auf unserem Zimmer sofort wieder mit dem Nörgeln anfing – zuerst über die mangelnde Aussicht und dann über die fehlenden Gratisspröbchen im Badezimmer –, ertappte ich mich dabei, dass ich naiv darüber nachgrübelte, ob vielleicht doch noch die Hoffnung bestand, dass Sophie und ich während dieses Urlaubs miteinander auskamen. Schließlich hatte es einmal eine Zeit gegeben, in der wir beinahe Freundinnen geworden wären: damals, als mein Dad beschlossen hatte, mein Leben zu ruinieren, indem er sich spontan mit einer berühmten Schauspielerin verlobte, wodurch er aller Welt die Macht verlieh, mich täglich in Zeitungen, Klatschzeitschriften und Online-Artikeln zu demütigen.

Natürlich hatte sich dann herausgestellt, dass Sophie nur wegen meines neu errungenen It-Girl-Status so nett zu mir gewesen war, aber es hatte auch ein paar aufrichtige Momente zwischen uns gegeben, da war ich mir sicher. Zum Beispiel, als sie Josie einmal dafür getadelt hatte, dass sie sich über mich lustig machte. Vielleicht schlummerte unter Sophie Parkers arroganter, grausamer Oberfläche ja doch ein Hauch von Freundlichkeit.

Während ich noch von einer Zukunft träumte, in der wir halbwegs anständig miteinander umgingen, merkte Sophie, dass ich sie schon eine ganze Weile versonnen betrachtete. »Weißt du, wenn du so glotzt, siehst du aus wie einer dieser rotäugigen Frösche, die immer von Alligatoren gefressen werden.«

Aha! Kommunikation – das war immerhin ein Anfang! »Beeindruckend, was du alles über Frösche weißt. Guckst du auch immer die Natursendung von David Attenborough? Das mit den Fröschen kam bestimmt in einer der letzten Folgen vor.«

Sie ignorierte mich einfach.

»Jetzt mal im Ernst«, fuhr ich fort, ohne eine Ahnung zu haben, worauf ich hinauswollte. »Ich wusste gar nicht, dass du dich für solche Themen interessierst – wilde Tiere und so. Neulich habe ich eine Folge gesehen, in der es um Insekten ging. Das war echt interessant. Wusstest du, dass Bombardierkäfer kochend heiße Gase auf ihre Feinde spritzen? Ehrlich, sie haben Drüsen an ihrem … « Ich geriet ins Stocken, weil ich spürte, dass dies vielleicht nicht der richtige Weg war, das Eis zwischen Sophie und mir zu brechen. »Na ja … an ihrem Hinterteil. Daraus feuern sie die Gase ab und können dabei sogar die Richtung wechseln. Cool, oder?«

Sophie ließ langsam das Kleid sinken, das sie hochgehalten hatte, und legte es zurück in ihren Koffer. »Oh mein Gott. Du bist echt ein Freak.« Um nicht in meine Nähe kommen zu müssen, schob sie sich an der Wand entlang zum Badezimmer und schloss sich darin ein.

Es klopfte an unserer Zimmertür. »Anna?«

Als ich die Tür öffnete, stand Jess vor mir, die sich mit einem Waschlappen energisch das Gesicht abrubbelte. »Ich wollte dir nur mitteilen, dass ich beschlossen habe, dir die Sache mit den Schnurrhaaren großzügig zu verzeihen«, verkündete sie und marschierte an mir vorbei ins Zimmer, um sich auf mein Bett plumpsen zu lassen. »Ich hielt es für das Beste, es dir persönlich zu sagen.«

»Ist das wirklich der Grund dafür, dass du hergekommen bist?«

Sie lächelte verschmitzt, während sie weiterhin versuchte, sich den Filzstift vom Gesicht zu schrubben. »Natürlich. Obwohl es mir wahnsinnig schwergefallen ist, mich von Josie zu trennen. Wir kommen *blendend* miteinander aus.«

»So schlimm?«

»Sie hat mir einen Vortrag darüber gehalten, dass ich meine Haare falsch trage.« Jess verdrehte die Augen zur Decke. »Wie kann man seine Haare falsch tragen? Es sind Haare! Haare sind am Kopf festgewachsen und hängen herunter! Ich musste unbedingt raus aus unserem Zimmer, weil sie schon dazu übergegangen ist, meine Fingernägel zu beäugen, und ich Angst hatte, dass ich zu hören kriege, ich würde meine Nagelhäutchen falsch tragen. Wo steckt denn Queen Sophie?«

»Im Badezimmer. Ich glaube, ich habe sie vertrieben, indem ich von heißen Gasen erzählt habe, die aus Käferhinterteilen spritzen.«

»Da könntest du durchaus recht haben.«

»Ich wollte nur versuchen, mich ein bisschen mit ihr anzufreunden.«

»Klar. Da redet man am besten über Käferkacke.«

»Es ist keine Kacke, sondern ein siedend heißes Gas, mit dem diese Käfer ihre Feinde bombardieren.«

»Warum wolltest du dich überhaupt mit ihr anfreunden?«, fragte Jess verächtlich.

»Weil ich dachte, dass Mrs Ginnwell vielleicht nicht ganz unrecht hat. Du weißt schon: damit, dass man versuchen soll, Gemeinsamkeiten zu entdecken.«

»Lass lieber alles beim Alten, glaub mir«, widersprach Jess kopfschüttelnd.

In diesem Moment ging die Badezimmertür auf, und Sophie steckte in ein Handtuch gewickelt den Kopf heraus. »Was machst *du* denn hier? Ich hoffe, das ist jetzt nicht jeden Tag so.«

»Ach, du weißt doch, wie sehr ich Gespräche mit dir genieße, Sophie«, erwiderte Jess grinsend. »Erzähl uns doch noch mal von diesem importierten Wasser!«

»Die Dusche funktioniert nicht«, sagte sie zu mir und ignorierte Jess einfach. »Geh und beschwer dich beim Geschäftsführer des Hotels. Er soll jemanden hochschicken.«

»Bist du sicher, dass sie nicht geht?«, fragte ich.

»Hast du mal versucht, das Wasser aufzudrehen?«, lautete Jess' Beitrag.

»Natürlich habe ich versucht, das Wasser aufzudrehen!«, zischte Sophie. »Geh bitte einfach und hol jemanden.«

»Lass mich mal versuchen, die Dusche zum Laufen zu bringen«, schlug ich vor und verfolgte damit weiter meine Mission, mit meiner Zimmernachbarin gut auszukommen.

Jess hob skeptisch die Augenbrauen, als ich mit großen Schritten ins Badezimmer ging und so tat, als wüsste ich, was ich da tat. Ich drehte den Wasserhahn in beide Richtungen, aber nichts passierte. Also zog ich den Duschkopf aus der Halterung, um ihn genauer zu betrachten. »Vielleicht ist er kaputt.«

»Ach nee«, fauchte Sophie, grapschte mir den Duschkopf aus der Hand und inspizierte ihn ebenfalls, während ich weiter an den Hähnen herumfummelte. »Das habe ich dir doch vorhin schon gesagt.«

Ich drehte den Kaltwasserhahn so weit auf, wie es ging, und zog dann probeweise an dem Riegel zwischen den beiden Hähnen. Zuerst war ein leises Gluckern zu hören, und dann explodierte die Dusche regelrecht und spritzte mit voller Wucht eiskaltes Wasser in Sophies Gesicht.

Sie schrie auf und ließ den Duschkopf fallen, dessen Schlauch daraufhin ein Eigenleben entwickelte und sich wild hin und her schlängelte, während ich ihn zu fangen versuchte. Leider sind meine Fangkünste ungefähr auf dem Niveau eines Pinguins. Ich hüpfte also unbeholfen durchs Badezimmer, während der Duschschlauch vor mir abhaute und das Badezimmer, Sophie und mich völlig durchnässte.

»HÖR AUF HINTERHERZURENNEN! DREH LIEBER DAS WASSER AB, DU SCHWACHKOPF!«, brüllte Sophie. Ich taumelte zum Wasserhahn und drehte ihn so schnell wie möglich zu. Schweigend und triefend standen wir da, während Jess, die das ganze Spektakel bequem von meinem Bett aus beobachtet hatte, sich vor Lachen nicht mehr einkriegte.

»Das war doch eigentlich ganz lustig, oder?«, stammelte ich und blickte Sophie hoffnungsvoll an, während mir das Wasser vom Gesicht tropfte.

Sie umklammerte wutentbrannt ihr klatschnasses Handtuch und strich sich die triefenden Haare aus dem Gesicht.

»Vielleicht doch nicht so lustig«, murmelte ich, nachdem ich ihren Gesichtsausdruck gesehen hatte, der mich interessanterweise an Darth Vader erinnerte. Ich beschloss, ihr diese Ähnlichkeit lieber nicht mitzuteilen.

»Dieser Urlaub wird eine absolute Katastrophe«, zischte Sophie und zeigte auf die Badezimmertür. Nachdem ich draußen war, knallte sie die Tür hinter mir zu.

Jess wischte sich die Lachtränen aus dem Gesicht und warf ein Handtuch nach mir. »Zum Totlachen. Ihr zwei solltet in einer eigenen Comedy-Sendung auftreten.«

Warum immer ich?

Kapitel neun

Von: **connorlawrence1@zingmail.co.uk**
An: **anna_huntley@zingmail.co.uk**
Betreff: **Hey!**

Hey Spidey!

Schade, dass ich deinen Anruf verpasst habe – mein Handy ist beim Zeichnen immer auf lautlos gestellt.

Schön, dass du gut angekommen bist! Danke auch für die Telefonnummer des Hotels. Ich wollte dich gestern noch zurückrufen, aber als ich den versäumten Anruf entdeckt habe, war es schon total spät, und da du ja mit Sie-deren-Name-nicht-genannt-werden-darf auf einem Zimmer bist, wollte ich es nicht riskieren, das schlafende Ungetüm zu wecken.

Was für ein Pech, dass du ausgerechnet sie als Zimmernachbarin erwischt hast. Hast du Mrs Ginnwell gefragt, ob du tauschen kannst?

Und? Hast du schon dein Gewicht in *gelato* verspeist? Da du ja gerade erst angekommen bist, wäre das ganz schön beeindruckend. Du musst unbedingt eine Eisdiele finden, in der es Nutella-Eis gibt. Ich weiß, dass die Italiener auf so was stehen. Vielleicht kannst du dich ja dafür einsetzen, dass Nutella-Eis aus Italien nach England importiert wird! Du als It-Girl hättest diesbezüglich bestimmt gute Chancen.

Bei mir läuft alles super. Heute habe ich den ganzen Tag an der Handlung gearbeitet und ein paar Ideen skizziert. Ich muss mir noch einen Bösewicht samt Sidekick ausdenken. Vielleicht könnte ich ja Sophie und Josie fragen, ob sie mir Modell sitzen? Kleiner Scherz. Ich würde es mit keiner von beiden lange in einem Raum aushalten.

Ich wünsche dir ganz viel Spaß! Ruf mich an, wenn es sich ergibt, ich will alles über deinen ersten Tag in Rom erfahren!

Connor xx

»Guten Morgen, du Intelligenzbestie! Was liest du da?«

»He!«, rief ich entrüstet, als Jess mir das Blatt Papier aus der Hand riss, das ich las, während ich im Treppenhaus auf sie wartete.

Während sie mit großen Schritten die Treppe hinunterging und ich eilig hinterherstolperte, warf sie einen flüchtigen Blick auf die ersten Zeilen. »Aha, eine E-Mail von Connor.« Sie lächelte verschmitzt und hielt mir das Blatt hin. »Und du hast sie ausgedruckt, weil …?«

»Weil ich keine Zeit hatte, sie vor dem Frühstück noch zu lesen«, schmollte ich und grapschte ihr die E-Mail aus der Hand.

Jess schnaubte ungläubig. »Du bist so eine schlechte Lügnerin! Du wolltest sie ganz genau analysieren, stimmt's?«

»Hat es was zu bedeuten, wenn er mit zwei Küssen unterschreibt, was meinst du? Das ist doch ein gutes Zeichen, oder? Oder findest du, er hätte mehr als zwei Kreuze machen sollen?«

»Nein, ich denke, es ist ein gutes Zeichen.« Jess gähnte, während wir zusammen zum Frühstückszimmer gingen.

»Aber er schreibt nichts davon, dass er mich vermisst!«, sagte ich und überflog noch einmal die E-Mail.

»Du bist erst *eine* Nacht weg.«

»Da hast du auch wieder recht. Er hätte trotzdem zurückrufen müssen, meinst du nicht? Schließlich habe ich ihm extra die Hotelnummer gegeben. Andererseits hat er den ganzen Tag gearbeitet und die Nachricht deshalb zu spät gekriegt. Er schreibt, dass er anrufen *wollte*, es aber nicht getan hat, um Sophie nicht zu wecken, was auf jeden Fall vernünftig war. Allerdings hätte er dann ja heute Morgen anrufen können. Wenn er mich tatsächlich vermissen würde, hätte er heute Morgen angerufen, oder was denkst du?«

»Ich denke, dass es zu früh ist, um mir so verrücktes Zeug anzuhören.«

»Vielleicht sollte *ich* ihn anrufen. Meinst du, ich sollte ihn anrufen? Er schreibt ja hier, dass ich ihn anrufen soll. Aber ich glaube, er meint eher heute Abend als jetzt gleich. Hier steht es. Was meinst du?« Ich hielt Jess den Ausdruck unter die Nase, erpicht auf ihre Meinung.

Sie nahm mir die E-Mail aus der Hand, zerknüllte sie und warf sie in den Abfalleimer.

»Oh nein! Warum hast du das getan?«, jammerte ich, während wir uns dem Frühstücksbuffet näherten.

»Weil wir in Rom sind, Anna. Wir machen hier Urlaub, und das bedeutet, dass du dich entspannen und die Reise genießen sollst.«

»Ja doch«, seufzte ich. »Ich wünschte nur, er wäre hier und könnte die Reise mit uns genießen.«

»Ich weiß. Das wäre uns allen lieber. Und jetzt hör damit auf, jeden Buchstaben seiner E-Mail zu analysieren, sonst interpretierst du nur wieder irgendwelche Sachen hinein, die gar nicht stimmen.« Jess legte mir ihre Hand auf die Schulter. »Natürlich vermisst er dich. Wer würde dich nicht vermissen?«

Ich lächelte ihr dankbar zu. Obwohl sie mich ständig aufzog, hatte Jess ein Händchen dafür, mich aufzumuntern.

»Na los, setzen wir uns zu den anderen«, schlug sie vor und steuerte auf Danny und Stephanie zu, die allein an einem Tisch saßen und Dannys Reiseführer studierten.

»Guten Morgen!«, rief Stephanie munter und hob den Blick vom Buch, als wir uns setzten. »Habt ihr gut geschlafen?«

»Geht so«, stöhnte Jess, stützte den Kopf in die Hand und rührte ihren Joghurt um. »Josie dachte ständig, sie würde irgendetwas hören, und hat ungefähr hundert Mal das Licht an- und ausgemacht.«

Danny, Stephanie und ich blickten über die Frühstückstische hinweg zu Josie hinüber, die gerade lautstark ihre Überzeugung kundtat, dass es im Hotel spukte.

»Die ist so was von lächerlich«, sagte Stephanie mitfühlend.

»Lächerlich ist gar kein Ausdruck. Sie ist die Schlimmste!«, flüsterte Jess.

»Äh, da erlaube ich mir, anderer Meinung zu sein. Für mich ist Sophie Parker die Schlimmste«, warf ich ein. Schließlich hatte ich bereits erheblich unter Madame Ach-so-toll gelitten.

Hier die Gründe, warum es das Schlimmste ist, mit Sophie Parker zwei Wochen lang das Zimmer zu teilen, und warum diese Erfahrung ein unheilbares psychisches Trauma bei mir hinterlassen wird:

1. Wisst ihr, was mich an meinem ersten Morgen in Rom aus dem Schlaf gerissen hat? Der drohende ERSTICKUNGSTOD!

Ja, richtig gelesen. Erstickungstod. Sophie meinte nämlich, so viel Haarspray verwenden zu müssen, dass das ganze Zimmer – und meine ganze Lunge – voll damit waren. Ich wachte auf, weil ich heftig husten musste, woraufhin ich mich durch die Haarspraywolke zum Fenster vortastete und es aufriss, um den dringend benötigten Sauerstoff einzuatmen. Sie entschuldigte sich nicht einmal, sondern sprühte weiter jede noch so winzige Strähne in Form. Was, wenn ich nächstes Mal nicht rechtzeitig aufwache? NIE WIEDER?

2. Statt »Guten Morgen« zu sagen, übte sie völlig ungerechtfertigt Kritik an mir.

Als ich nach ihrer Haarspray-Attacke endlich zu husten und zu keuchen aufhörte, sagte sie: »Du siehst so was von BESCHEUERT aus, wenn du schläfst.« Damit hat sie bewirkt, dass ich am liebsten nie wieder einschlafen würde.

3. Sie benutzt alle Handtücher, wenn sie duscht.

Ernsthaft. ALLE Handtücher. Mir blieb noch genau ein kleines Handtuch übrig, das einfach mal gar nichts bedeckte. Als ich ihr diesen Umstand höflich mitteilte, nachdem ich sie darum gebeten hatte, mir meine Kleider ins Badezimmer zu reichen, da ich schlecht mit einem WASCHLAPPEN bekleidet herauskommen konnte, zuckte sie nur mit den Schultern und meinte: »Tja. Ich brauche nun mal so viele Handtücher. Finde dich damit ab.«

WER IST DIESES MONSTER?

4. Ich werde niemals zwei Wochen lang ihre BRUTAL ehrlichen Kommentare ertragen. Hier ein Auszug:

»Das willst du wirklich anziehen? Das ist ja der Horror!«

»Du siehst scheiße aus, wenn du die Haare hochgesteckt hast.«

»Du siehst scheiße aus, wenn du die Haare offen trägst.«

»Findest du nicht, dass du es mal mit mehr Make-up probieren solltest?«

»*Noch* mehr Make-up.«

»Ich musste die ganze Nacht über deinen Käfervortrag nachdenken. Dabei habe ich mir folgende Frage gestellt: Sind deine sozialen Fähigkeiten nur total verkümmert, oder bist du wirklich vollkommen durchgeknallt?«

»Netter Versuch, aber den Wettbewerb ›Wer hat die schlimmste Zimmernachbarin‹ gewinne ich trotzdem«, erwiderte Jess. »Deine hat dich wenigstens in Ruhe schlafen lassen. Ich dagegen bin völlig k.o. Warum mussten wir überhaupt so früh aufstehen?«

»Weil wir heute den Vatikan besichtigen!«, antwortete Danny begeistert und griff aufgeregt nach Stephanies Hand. »Dort gibt es immer eine lange Warteschlange, deshalb müssen wir früh da sein.«

Stephanie lachte, weil Danny vor Aufregung förmlich auf seinem Stuhl auf und ab hüpfte. Ich senkte den Blick auf mein Frühstück, weil niemand mitkriegen sollte, wie neidisch ich war. Ich hätte mich auch gerne mit Connor auf den heutigen Ausflug gefreut.

»Dank der überaktiven Fantasie meiner Zimmergenossin werde ich heute wahrscheinlich zu müde sein, um irgendetwas mitzukriegen«, ärgerte sich Jess.

»Wenigstens hat sie dich nicht mit Haarspray vergiftet«, merkte ich an. »Habe ich eigentlich schon erwähnt, dass Sophie mein heutiges Outfit mit einer Eistüte verglichen hat?«

»Das könnte doch auch was Nettes sein«, nuschelte Danny, der den Mund voller Frühstücksflocken hatte.

»Na klar. In einem anderen Universum, in dem Sophie nette Sachen zu mir sagt.«

»Das machen die mit Absicht«, sagte Jess plötzlich und knallte ihren Löffel auf den Tisch. Sie funkelte die Lehrer, die gerade zur Tür hereinkamen, wütend an. »Das ist irgend so eine fiese Verschwörung, damit wir die Italienreise doof finden und im September froh sind, wieder zur Schule gehen zu dürfen.«

»Wir werden diese Reise in vollen Zügen genießen«, erklärte Danny bestimmt, und Stephanie legte ihm verliebt den Arm um die Taille und drückte ihn an sich. »Und daran können auch keine verrückten Verschwörungstheorien etwas ändern.«

Jess starrte ihn vorwurfsvoll an.

Nach dem Frühstück trommelten uns die Lehrer in der Lobby zusammen, zählten uns durch und führten uns dann aus dem Hotel. Mrs Ginnwell übernahm das Kommando und hielt die britische Flagge hoch, während sie zum Bus vorausmarschierte, der in einiger Entfernung parkte. Sie sah aus wie eine Entenmutter, die stolz ihre aufgereihten Entenküken ausführte.

Am Vorabend musste ich vom Flug völlig übermüdet gewesen sein, denn mir war gar nicht aufgefallen, wie schön die Straße war, in der unser Hotel lag.

Ich fühlte mich in einen alten Film hineinversetzt, den ich einmal mit Dad hatte gucken müssen: *Zimmer mit Aussicht*. Nur, dass ich keinen mit Rüschen besetzten Sonnenschirm mit mir herumtrug und weit und breit keine nackten Männer zu sehen waren, die um einen See herumrannten. Ansonsten war alles fast genauso – die Sonne schien strahlend auf die kopfsteingepflasterten Sträßchen, die hohen steinernen Gebäude und die mit zahlreichen Blumentöpfen geschmückten Fensterbänke herab.

»Echt hübsch, oder?«, ertönte plötzlich eine Stimme hinter mir.

Ich fuhr erschrocken herum. »James. Äh, ja. Sehr gefühlvolle Beschreibung übrigens für einen Jungen«, sagte ich und hob skeptisch eine Augenbraue.

»Sorry, ich wollte dir keinen Schrecken einjagen.« Er grinste. »Willst du jetzt vielleicht in den Bus steigen, bevor wir dich hier vergessen? Oder brauchst du noch ein bisschen mehr Zeit mit den echt hübschen alten Gemäuern?«

»Ha, ha!«

»Kommt jetzt, ihr zwei!«, rief Mr Kenton. »Wir haben viel vor und wenig Zeit.«

»Bist du bereit, über die Tatsache zu reden, dass du neulich die Londoner Comic-Messe dem Erdboden gleichgemacht hast, oder tun wir einfach so, als wäre es nie passiert?«, fragte James, während wir zu den anderen aufschlossen. »Beachtliche Zerstörungskraft für eine so kleine Person.«

»Dem Erdboden gleichgemacht ist ja wohl ein bisschen übertrieben«, protestierte ich.

»Ich persönlich finde es ziemlich beeindruckend, dass du allein eine ganze Großveranstaltung lahmlegen kannst. Du wirst immer besser darin, aus der Menge hervorzustechen.«

»Dabei würde ich viel lieber darin verschwinden und niemandem auffallen.«

James lachte. »Tja, diesbezüglich stehen die Chancen leider schlecht, Anna Huntley.«

Ich hatte keine Ahnung, wie ich darauf reagieren sollte. Zum Glück winkte uns Mrs Ginnwell in diesem Moment in den Bus. Während ich mir den Sitz neben Jess sicherte – eine Reihe vor Danny und Stephanie –, nahm James auf der anderen Seite des Gangs neben Brendan Platz.

»Jetzt geht's endlich los!«, freute sich Danny, dessen Gesicht in der Lücke zwischen unseren Sitzen auftauchte, als sich der Bus rumpelnd in Bewegung setzte. »Jess, du musst auf der Fahrt unbedingt Fotos von der schönen Architektur machen!«

Jess drehte sich zu ihm um, hielt das Objektiv ihrer hochmodernen Spiegelreflexkamera direkt vor sein Gesicht und drückte ab. Der Blitz ließ ihn vor Schreck zurückzucken.

Seit Jess ein Praktikum bei einer Modezeitschrift gemacht hatte, betrieb sie ihr Hobby Fotografie mit immer größerer Begeisterung. Am Ende des letzten Schuljahrs hatte sie sogar das beste Kunstprojekt der ganzen Schule abgegeben. Es war also für niemanden eine Überraschung, dass der Inhalt ihres Gepäcks hauptsächlich aus ihrer umfangreichen Fotoausrüstung bestand.

»Mega, das wird auf keinen Fall gelöscht«, verkündete sie nach einem Blick aufs Display, während Stephanie und ich kicherten und Danny sich die Augen rieb. »Ich liebe Nahaufnahmen.«

»Ich sehe überall Flecken!«, beschwerte sich Danny.

»Tja, dann sag mir in Zukunft nicht mehr, was ich zu fotografieren habe.«

»Kann ich doch nicht wissen, dass deine Künstlerseele so sensibel ist«, erwiderte Danny seufzend.

»Äußerst sensibel. Ommmm. Ich glaube, ich habe eine Vision«, murmelte Jess mit rauchiger, dramatischer Stimme und setzte sich aufrecht hin.

»Hey, Jess!« Brendan kniete auf seinem Sitz und winkte zu uns herüber. »Kannst du mal ein Foto von mir und Tyndale machen?« Er legte den Arm um James und streckte die Zunge heraus. »Oder vielleicht hättest du gern eine andere Pose, damit unsere Muskeln besser zur Geltung kommen«, fügte er hinzu und ließ seinen Bizeps spielen. »Da staunt ihr Ladys, was?«

»Setz dich wieder hin, du Idiot«, lachte James und schubste Brendan zurück auf seinen Sitz.

»Brendan, du bist so ein Angeber«, sagte Sophie, die hinter den beiden saß und sich nun besitzergreifend über die Lehne zu ihm nach vorn beugte.

»Guck dir das an!«, rief Josie und versuchte verzweifelt, Sophies Aufmerksamkeit zu erregen, indem sie mit einer Zeitschrift vor ihrem Gesicht herumwedelte. »Angeblich haben sich Marianne Montaine und Tom Kyzer getrennt. Vielleicht hat Tom sie sitzengelassen, nachdem er sie in diesem Kleid gesehen hat«, kicherte Josie und spähte aus dem Augenwinkel zu mir herüber. Ich starrte aus dem Fenster, während mir das Blut in die Wangen stieg. Ich war hier in Italien, um alldem zu entkommen, und jetzt das. Auf keinen Fall würde ich Josie den Gefallen tun, ihr auch nur ansatzweise Beachtung zu schenken.

Sophie warf einen flüchtigen Blick auf die Zeitschrift und sagte nur herablassend: »Mir gefällt das Kleid.« Dann studierte sie ihre Nägel, als sei das alles unter ihrer Würde.

»Na ja, schlecht ist es nicht«, beeilte sich Josie zu sagen und versuchte es dann mit einer anderen Taktik. »Vielleicht war es ihre durchgeknallte Familie, die ihn vergrault hat. Wie peinlich für sie.«

»Die beiden haben sich nicht getrennt!«, platzte ich heraus, weil plötzlich die Wut in mir hochkochte.

»Hier steht, dass auch ihre jeweiligen Feiergewohnheiten für Spannungen gesorgt haben«, zitierte Josie wichtigtuerisch. »Diese Beziehung hat ja nicht gerade lang gehalten, was?«

»Ich denke mal, wir glauben in diesem Fall Anna, Mariannes Stiefschwester, die ständig mit ihr zusammen ist, und nicht irgendeinem dahergelaufenen Reporter, der den beiden nie begegnet ist«, stellte Jess amüsiert klar.

»Manchmal steht in diesen Artikeln aber auch die Wahrheit!«, wehrte sich Josie, deren Wangen knallrot angelaufen waren. »Promi-Paare trennen sich doch ständig!«

»Kann schon sein«, erwiderte ich und versuchte ruhig zu bleiben, wie Connor es mir zweifellos geraten hätte. »Lass dir trotzdem gesagt sein, dass Marianne und Tom sich definitiv nicht trennen. Sie ziehen sogar zusammen.«

»Leute!«, rief Danny aufgeregt. »Wir sind da! Und ihr habt die ganzen schönen Sehenswürdigkeiten verpasst, an denen wir vorbeigekommen sind. Steph, gib mir mal den Reiseführer. Anna, hast du Interesse an ein paar interessanten Fakten über die Vatikanstadt?«

»Unbedingt«, antwortete ich und beeilte mich, in die Sonne hinauszukommen.

Während Danny begann, Informationen herunterzurasseln, denen ich nur mit halbem Ohr lauschte, setzte ich meine Sonnenbrille auf und betrachtete die hoch aufragenden Mauern der Vatikanstadt und die immer länger werdende Warteschlange.

»Auf geht's, Jungs und Mädels!«, rief Miss Lawler aufgeregt und winkte uns, ihr zu folgen.

Danny heftete sich erwartungsvoll an ihre Fersen und unterhielt sich dabei mit Stephanie, während ich deprimiert hinterherschlurfte und mich neben Josie wiederfand.

»Tom Kyzer und Marianne Montaine mal beiseite«, sagte sie, offenbar immer noch verärgert darüber, dass ich sie vorhin vor allen anderen bloßgestellt hatte. »Wo ist denn eigentlich *dein* Freund, Anna?«

»Connor konzentriert sich ganz auf seinen Comic«, teilte ich ihr voller Stolz mit. »Du weißt doch, dass sein erster Comic veröffentlicht wurde, oder? Und jetzt arbeitet er an seinem zweiten.«

»Ach ja? Ich finde das irgendwie komisch.« Sie täuschte Besorgnis vor. »Man sollte doch meinen, dass er zwei Wochen mit seiner neuen Freundin verbringen will, wenn er noch den ganzen restlichen Sommer Zeit hat, an seinem Comic zu arbeiten. Stimmt doch, dass ihr gerade erst zusammengekommen seid, oder? Er muss ja mit SEHR viel Hingabe bei dieser Comic-Sache sein.«

»Ist er auch«, erwiderte ich unsicher.

»Erstaunlich, dass deine familiäre … Situation ihn noch nicht verjagt hat.«

»Ich habe keine Ahnung, wovon du sprichst, Josie«, sagte ich seufzend und sah mich nach jemandem um, der mich vor ihr retten konnte. Aber Jess war damit beschäftigt, Stephanie herumzudirigieren, um ein gutes Foto von ihr vor dem Vatikan zu machen, und Danny war bereits ein Stück weitergegangen und unterhielt sich mit Miss Lawler über die Überreste der mittelalterlichen Befestigungsanlage, die sich innerhalb der Vatikanmauern befanden.

Josie lachte höhnisch. »Keinerlei Privatsphäre, katastrophale erste Dates, über die sich die Klatschpresse auslässt … Also, mir persönlich wäre das unangenehm, aber zum Glück sieht das ja jeder anders.«

»Sicher, dass dir das unangenehm wäre, Josie?«, fragte eine Stimme hinter uns. Wir drehten uns um und entdeckten James, der gerade mit seinem T-Shirt die Gläser seiner Sonnenbrille säuberte. »Ich hätte gedacht, dass dir die Kameras der Reporter gefallen würden, fotogen wie du bist.«

Josie zögerte und schien nicht recht zu wissen, ob er seine Bemerkung ironisch meinte oder nicht. Dann beschloss sie, sie als ernst gemeintes Kompliment aufzufassen, und säuselte mit schiefgelegtem Kopf: »Danke, Jay-Jay!«

»Sophie hat gerade nach dir gesucht, glaube ich«, fügte er hinzu, woraufhin sie sofort davonstöckelte, um ihre Anführerin zu suchen.

Ich grinste. »Danke für die Rettung, Jay-Jay.«

»Nenn mich noch einmal Jay-Jay, und ich rette dich nie wieder!«

Von: **anna_huntley@zingmail.co.uk**
An: **connorlawrence1@zingmail.co.uk**
Betreff: **Grüße aus Rom!**

Hi!

Vielen Dank für deine E-Mail von gestern Abend! Wie läuft es heute mit dem Comic? Hattest du einen schönen Vormittag?

Ich bin gerade in einem Internetcafé in der Nähe des Vatikans. Dort waren wir heute Morgen, und es war absolut unglaublich! Ich hatte eigentlich fest damit gerechnet, den Papst kennenzulernen, aber laut Danny schlendert er nicht einfach den ganzen Tag herum und unterhält sich mit Touristen. Das war also ein bisschen enttäuschend.

Ich wünschte, du wärst hier! Vor allem vorhin im Bus hätte ich dich gebrauchen können, als Josie aus ihren bescheuerten Klatschzeitschriften vorgelesen hat. Natürlich hat sie wieder alle möglichen Sachen über Marianne behauptet, die überhaupt nicht stimmen. Du weißt irgendwie besser als ich, wie man mit solchen Situationen umgeht.

Ansonsten war es wirklich ein Wahnsinnstag bis jetzt! Ich muss los, Jess beschwert sich schon, weil es hier drinnen so heiß ist.

Telefonieren wir später?

Anna xx

Kapitel zehn

Von: **anna_huntley@zingmail.co.uk**
An: **marianne@montaines.co.uk;**
rebecca.blythe@bouncemail.co.uk;
helena@montaines.co.uk
Betreff: **Rom**

Hi Mum, Helena und Marianne!

Waren heute in der Sixtinischen Kapelle. War echt cool.

Hoffe, es geht euch gut.

LG
Anna xxx

Von: **marianne@montaines.co.uk**
An: **helena@montaines.co.uk;**
anna_huntley@zingmail.co.uk;
rebecca.blythe@bouncemail.co.uk
Betreff: **Re: Rom**

Danke, Anna. Echt anschaulich. Man hat das Gefühl, dabei gewesen zu sein.

Marianne x

Von: **rebecca.blythe@bouncemail.co.uk**
An: **marianne@montaines.co.uk;**
helena@montaines.co.uk;
anna_huntley@zingmail.co.uk
Betreff: **Re: Re: Rom**

Schatz,

ich muss sagen, du hast wirklich Talent für Reiseberichte. Wie gründlich und detailliert du deine Eindrücke beschreibst!

Wobei du natürlich nicht viel Erzählstoff hattest. Die Sixtinische Kapelle ist ja zum Glück nicht eins der berühmtesten und prächtigsten Meisterwerke der Welt, mit einer vom großen Künstler Michelangelo gemalten Decke, auf der mehrere ergreifende Szenen aus dem Alten Testament zu sehen sind und für deren Fertigstellung er fünf Jahre brauchte. Und Fresken und Wandteppiche von vielen anderen führenden Malern ihrer Zeit gibt es dort ja zum Glück auch nicht zu bestaunen.

Es hat diese Künstler des fünfzehnten Jahrhunderts bestimmt viel Blut, Schweiß und Tränen gekostet, ihre Kunstwerke zu vollenden, aber sie können in Frieden ruhen, wissen sie doch, dass du dieses Paradies, das sie geschaffen haben, besichtigt und mit einer weit über deine vierzehn Jahre hinausgehenden Weisheit und Wortgewandtheit beschrieben hast: »War echt cool.«

Noch viele Jahre wird man diese treffliche Aussage zitieren!

Mum xxx

Von: **helena@montaines.co.uk**
An: **marianne@montaines.co.uk;**
anna_huntley@zingmail.co.uk;
rebecca.blythe@bouncemail.co.uk
Betreff: **Re: Re: Re: Rom**

Liebste Rebecca,

dein unglaubliches Wissen versetzt mich immer wieder in Erstaunen! Ich habe das Gefühl, unheimlich viel aus deiner E-Mail gelernt zu haben. Dabei glaube ich, dass ich die Sixtinische Kapelle selbst schon einmal besucht habe, und zwar vor zehn Jahren, als ich in Italien Werbung für einen schrecklichen Film machen musste, in dem ich mitgespielt habe – einen Film, von dem zum Glück nie wieder jemand gehört hat. Es ging darin um Männer, die in kurzen Hosen herumgerannt sind.

Helena x

Von: **rebecca.blythe@bouncemail.co.uk**
An: **marianne@montaines.co.uk;**
helena@montaines.co.uk;
anna_huntley@zingmail.co.uk
Betreff: **Re: Re: Re: Re: Rom**

Helena, du bist wirklich süß! Und was den Film angeht, bist du sicher wieder viel zu bescheiden.

Wie war dein Termin mit Fenella heute Morgen?

Rebecca x

P.S.: Ein Film über Männer, die in kurzen Hosen herumrennen, klingt überhaupt nicht schrecklich! Im Gegenteil!

Von: **helena@montaines.co.uk**
An: **marianne@montaines.co.uk;**
anna_huntley@zingmail.co.uk;
rebecca.blythe@bouncemail.co.uk
Betreff: **Re: Re: Re: Re: Re: Rom**

Oh, wie lieb von dir, dass du dich an den Termin erinnerst! Wir haben über Unterhosen diskutiert. Die Einzelheiten erzähle ich dir mal in Ruhe.

Helena x

P.S.: Ich versichere dir, dass der Film stinklangweilig war. Die Männer haben ständig über irgendeinen Becher geredet, und die Kamera zoomt sich ein paarmal an mein verzweifeltes Gesicht heran, das man kaum sieht vor lauter Dauerwelle. Ich weiß nicht einmal mehr, wie der Film hieß.

Von: **rebecca.blythe@bouncemail.co.uk**
An: **marianne@montaines.co.uk;**
helena@montaines.co.uk;
anna_huntley@zingmail.co.uk
Betreff: **Re: Re: Re: Re: Re: Re: Rom**

Ein Film über Männer, die in kurzen Hosen herumrennen und über Becher reden? Klingt echt fetzig! Erzähl uns doch von der Unterhosendiskussion!

Rebecca x

Von: **marianne@montaines.co.uk**
An: **helena@montaines.co.uk; anna_huntley@zingmail.co.uk; rebecca.blythe@bouncemail.co.uk**
Betreff: **Re: Re: Re: Re: Re: Re: Re: Rom**

Ich will nicht bei der Unterhosendiskussion dabei sein. Nur zur Info.

Mum, in dem Film ging es um eine Außenseitermannschaft, die die Fußballweltmeisterschaft gewonnen hat. Die Männer haben nicht über einen *Becher* geredet, sondern über den WM-POKAL!

Zum Glück haben den Film nur ungefähr zwei Leute außer uns gesehen …

Marianne x

Von: **helena@montaines.co.uk**
An: **marianne@montaines.co.uk; anna_huntley@zingmail.co.uk; rebecca.blythe@bouncemail.co.uk**
Betreff: **Re: Re: Re: Re: Re: Re: Re: Re: Rom**

Ich habe mehrere Unterhosen anprobiert, Rebecca, war mir aber unsicher, was den Schnitt anging. Manche waren riesig! Damit alles bleibt, wo es hingehört, du weißt schon. Bei einem Modell war ich überzeugt, dass ich komplett darin verschwinden und nie wieder auftauchen würde – für immer verschollen in einer Unterhose! Es hat sich dann aber als äußerst raffiniert erwiesen, was das Kaschieren des Bauchbereichs angeht.

Helena x

Von: rebecca.blythe@bouncemail.co.uk
An: marianne@montaines.co.uk;
helena@montaines.co.uk;
anna_huntley@zingmail.co.uk
Betreff: Re: Re: Re: Re: Re: Re: Re: Re: Re: Rom

Die Unterhosenanprobe klingt ja fast schon traumatisch, Helena! Ich hatte mal ein ähnliches Erlebnis in Japan, wo ich nach dem Baden meine Unterhose mit der eines Sumo-Ringers verwechselt habe.

Rebecca x

Von: helena@montaines.co.uk
An: marianne@montaines.co.uk;
anna_huntley@zingmail.co.uk;
rebecca.blythe@bouncemail.co.uk
Betreff: Re: Re: Re: Re: Re: Re: Re: Re: Re: Re: Rom

In die Unterhose hast du doch mindestens fünfmal reingepasst! Was hast du gemacht, als du den Irrtum bemerkt hast?!

Helena x

Von: rebecca.blythe@bouncemail.co.uk
An: marianne@montaines.co.uk;
helena@montaines.co.uk;
anna_huntley@zingmail.co.uk
Betreff: Re: Re: Re: Re: Re: Re: Re: Re: Re: Re: Re: Rom

Das muss ich dir alles mal bei einem Abendessen erzählen, Helena. Das Ende der Geschichte beinhaltet nämlich eine

Zufallsbegegnung mit einem jungen Mann namens Matthew Cornes, in den ich mich Hals über Kopf verliebte. Leider stellte sich am Ende heraus, dass wir wegen seiner Vorliebe für Eidechsen nicht kompatibel waren, aber es war trotzdem eine Wahnsinnsgeschichte. Und alles nur wegen einer japanischen Sumo-Ringer-Unterhose!

Matthew besitzt übrigens inzwischen ein entzückendes Restaurant im West End. Da müssen wir unbedingt mal zusammen hin, Helena! Wunderbare Tapas.

Rebecca x

Von: **helena@montaines.co.uk**
An: **marianne@montaines.co.uk;**
anna_huntley@zingmail.co.uk;
rebecca.blythe@bouncemail.co.uk
Betreff: **Re: Re: Re: Re: Re: Re: Re: Re: Re: Re: Re: Re: Rom**

Au ja, lass uns das Restaurant von diesem Eidechsen-Kerl besuchen! Ich liebe Tapas – diese ganzen süßen kleinen Tellerchen!

Beim Tapas-Essen kannst du mir auch das Ende deiner Sumo-Ringer-Unterhosen-Geschichte erzählen. Ich sterbe vor Neugier!

Und *ich* erzähle dir, wie ich als junges Mädchen einmal Probleme mit einem Rasenmäher bekam, weil ich den Gärtner beeindrucken wollte – einen ganz markanten Typen ...

Helena x

Von: anna_huntley@zingmail.co.uk
An: marianne@montaines.co.uk; rebecca.blythe@bouncemail.co.uk; helena@montaines.co.uk
Betreff: Re: Re: Re: Re: Re: Re: Re: Re: Re: Re: Re: Re: Re: Rom

Wie immer danke ich euch herzlich für diese aufschlussreiche Aneinanderreihung von E-Mails.

Mit euch beiden als Vorbildern ist es echt ein Wunder, dass Marianne und ich noch nicht im Gefängnis gelandet sind.

LG, Anna xxx

Kapitel elf

Hier ein paar Momente in meinem Leben, in denen ich die Verantwortung für etwas übertragen bekam, was dann nicht so ganz klappte wie geplant:

1. Als Dad mich einmal damit beauftragte, die Lichter an unserem Weihnachtsbaum anzubringen, woraufhin ich mich so in den blöden Kabeln verhedderte, dass er mich mit einer Zange wieder herausschneiden musste.
Wenn ihr mich fragt, habe ich ihm damit einen Gefallen getan. Es war höchste Zeit, dass er endlich eine neue Lichterkette kauft, statt weiter die alte zu verwenden, die so antik war, dass sie vielleicht sogar schon im Stall von Bethlehem hing und Maria und Josef beleuchtete.

2. Als Dad einmal sagte, ich dürfe den Lammbraten aufschneiden, woraufhin ich ihn versehentlich auf den Boden fallen ließ.
IRGENDJEMAND hat das Ding eindeutig nicht gut genug gebraten. Warum wäre es sonst wohl so leicht vom Teller gerutscht? War ja nicht MEINE Schuld, dass Hund sich den Braten direkt schnappte, einen Großteil davon verdrückte und das Ganze dann über Dads antikem Schachbrett wieder hervorwürgte. Keine Ahnung, warum Dad so sauer war – das Schachbrett war sowieso nicht mehr zu gebrauchen, seit Hund drei Bauern und einen Läufer gefressen hatte.

3. Als ich einmal aufs Auto aufpassen sollte, während Mum kurz in den Supermarkt ging, woraufhin ich mich leider ein- und sie aussperrte.
Schuld war eindeutig Mums blöder Hightech-Schlüssel mit den vielen Knöpfen. Da nützte es auch nichts, dass sie durchs Fenster »DRÜCK AUF ENTRIEGELN!« brüllte. Woher sollte ich denn wissen, welcher Knopf das war?
4. Als Mum mich aufforderte, in einem Restaurant in Paris die Bestellung zu übernehmen, um mein Französisch anzuwenden, woraufhin ich am Ende meiner Bestellung zum Kellner statt »Danke vielmals« »Danke, schöner Hintern« sagte.
Französisch ist echt doof.
5. Als mir einmal ein Lehrer auftrug, anlässlich eines Schuljubiläums eine riesige altmodische Glocke zu läuten (anscheinend eine alte Tradition), woraufhin ich mich selbst mit der Glocke im Gesicht traf und ohnmächtig wurde.
Die Schule hätte ernsthafte Probleme mit dem Jugendschutz kriegen können. Sie hatte großes Glück, dass ich so ein versöhnlicher, großzügiger Mensch bin und sie nicht verklagt habe.
6. Als ich in Rom mit dem Lesen des Stadtplans an der Reihe war und sich die ganze Gruppe wegen mir hoffnungslos verirrte, umringt von streunenden Katzen, die uns anstarrten, als wollten sie sagen: »Wie bescheuert seid ihr eigentlich?«

»Wer hatte die Idee, Anna den Stadtplan zu geben?«, beschwerte sich Josie lautstark.

»Wieso, wir sollen uns doch abwechseln, und Anna war gerade dran«, erklärte Jess, die auf dem Boden kauerte, um alle

Katzen aufs Foto zu bekommen. »Ich finde es total cool hier. Scheint ein touristisch noch nicht erschlossener Teil von Rom zu sein.«

»Ja, und es gibt auch einen *Grund* dafür, dass dieser Teil nicht erschlossen ist«, regte sich Josie auf. »Kann BITTE mal jemand dieser Katze sagen, dass sie ABHAUEN soll?«

»Das ist nur eine Katze.« James verdrehte die Augen. »Entspann dich, Josie. Anna führt uns bestimmt gleich in die richtige Richtung.«

»Miss Lawler!«, jammerte Josie. »Können Sie uns nicht einfach sagen, wo wir hinmüssen?«

»Ich weiß das genauso wenig wie ihr«, erwiderte Miss Lawler. Sie zuckte fröhlich mit den Schultern, rückte ihren Sonnenhut gerade und bewunderte die Umgebung. »Außerdem dürfen wir euch nicht helfen. Ihr sollt den Weg allein finden. Wir sind nur zur Beobachtung dabei.«

»Oh Mann! Warum ist Sophie nicht hier?«

»Wieso, damit sie das Nörgeln übernehmen kann und du nur zu nicken brauchst?«, fragte Jess und schoss weiter Fotos, während Josie vor Wut schäumte. »Genieß die Freiheit ohne deine Gebieterin, Josie. Jetzt kannst du tatsächlich eine eigene Meinung haben, ohne sie vorher fragen zu müssen, ob es auch die richtige ist.«

»Ich glaube, wir müssen da entlang!«, rief ich und zeigte begeistert auf ein schmales Sträßchen rechts von uns, wobei ich so auszusehen versuchte, als ob ich wüsste, wovon ich sprach.

»Super!« Jess erhob sich aus der Hocke. »Gut gemacht, Anna.«

Sie hielt anerkennend den Daumen hoch, und ich war wieder einmal erleichtert darüber, sie in meiner Gruppe zu haben. Als Mrs Ginnwell am zweiten Tag unserer Reise verkündet hatte, dass wir den Großteil des Aufenthalts auf Gruppen verteilt verbringen würden, wobei jeden Tag bestimmte Aufgaben zu erledigen seien, um »möglichst viel herauszuholen aus diesem intellektuell stimulierenden und erhellenden Aufenthalt«, war ich zunächst in Panik geraten. Mrs Ginnwell hatte angefangen, die Namen für Gruppe 1 vorzulesen, und Stephanies Name war direkt nach Sophies gekommen. Stephanie hatte so laut geschluckt, dass es im ganzen Frühstücksraum zu hören gewesen war.

Als Mrs Ginnwell zu Gruppe 2 übergegangen war, hatte ich innerlich gejubelt, weil ich nun wusste, dass Sophie und ich zwar die Abende, nicht jedoch zusätzlich die Tage miteinander verbringen mussten.

Danny war in Gruppe 3 gelandet und hatte enttäuscht die Stirn gerunzelt, als die übrigen Namen seiner Gruppe aufgerufen worden waren.

»Was ist los?«, hatte ich ihn gefragt. »Deine Gruppe ist doch ganz okay.«

»Aber es ist keiner von euch drin«, hatte er schulterzuckend geantwortet, und Stephanie hatte ihn in die Wange gekniffen und scherzhaft »Oooooh!« gemacht.

Ob Connor wohl in meiner Gruppe gelandet wäre, wenn er dabei gewesen wäre?

»Keine Sorge, Dan«, hatte Jess gesagt und nach seiner Hand gegriffen. »Ich bin mir sicher, dass deine Gruppenmitglieder deine Vorträge genauso zu schätzen wissen wie wir. Was du uns gestern über die Geschichte der Vatikanstadt erzählt hast, war unglaublich fesselnd. Dieser König Julian hat das echt gut gemacht mit diesem Brasilien-Ding.«

»Papst Julius II«, hatte Danny zähneknirschend korrigiert und ihr seine Hand entzogen. »Und es ging um die *Basilika* St. Peter, nicht um Brasilien!«

Mrs Ginnwell hatte mit Gruppe 4 weitergemacht, die aus allen bestand, die bisher noch nicht aufgerufen worden waren, also auch aus Jess und mir. Jess hatte mir begeistert zugezwinkert, dann jedoch Würgegeräusche gemacht, als auch Josies Name gefallen war.

Von Josie einmal abgesehen, war unsere Gruppe echt gut, auch wenn es ein bisschen traurig war, dass wir nicht mit Danny und Stephanie durch die Stadt ziehen und gemeinsam die Aufgaben lösen konnten. Wenigstens hatte ich Jess an meiner Seite, und James war auch in unserer Gruppe.

»Ich glaube, du hast recht, Anna«, unterbrach James meine Grübelei und zeigte auf den Stadtplan. »Wir müssen hier irgendwo falsch abgebogen sein.«

»Und sind dadurch im Reich der struppigen Katzen gelandet«, fügte Josie mürrisch hinzu und schob ihre große schwarze Sonnenbrille auf ihrem zierlichen Näschen hoch. »Ekelhaft.«

»Ich habe euch doch gesagt, dass ich keine Karten lesen kann. Vielleicht solltest du für mich übernehmen, Jess«, schlug ich vor und hielt ihr den Stadtplan hin.

Miss Lawler griff ein. »Nichts da, Anna, deine Zeit ist noch nicht um. Kartenlesen ist eine sehr wichtige Fähigkeit im Leben, und wenn man sich mal vertut, ist das doch umso lustiger.«

Josie stieß ein lautes »Ha!« aus, gefolgt von einem deutlich leiseren: »Wirklich MEGALUSTIG.« Sie schüttelte den Staub von ihren Sandalen und zupfte an ihrem viel zu kurzen Sommerkleid.

Miss Lawler ignorierte sie einfach. »Also, dann geh du voraus, Anna. Bald werden wir an der Kirche Santa Maria in Cosmedin eintreffen, und ihr werdet über die Wunder und Kostbarkeiten staunen, die ihr dort entdecken werdet. Das Innere der Kirche ist wirklich etwas Besonderes.«

James grinste mir zu, als Josie durch eine Grimasse deutlich machte, wie egal ihr das Innere von Kirchen war. Mir hingegen war diese Kirche ganz und gar nicht egal, denn sie enthielt etwas, auf das ich schon sehr gespannt war.

Wir trafen endlich vor der Kirche ein, und ich schlenderte hinein und blieb zwischen den prächtigen hölzernen Bankreihen stehen, um meine Umgebung auf mich wirken zu lassen. Ehrfürchtig lauschte ich in die Stille hinein.

»Nicht schlecht, was? Miss Lawler hatte recht«, flüsterte James. Mein Blick wanderte über die alten Säulen und Torbögen. »Was suchst du?«, fragte er. Ich schnappte nach Luft, als ich entdeckte, worauf ich es abgesehen hatte. Er folgte meiner Blickrichtung. »Wow, was ist *das* denn? Das ist ja riesig!«

»Komm«, forderte ich ihn auf und zog ihn zu einem großen, runden Wandrelief. *»La Bocca della Verità.«*

Ich winkte Jess, damit sie sich zu uns gesellte, und zeigte auf das Männergesicht, das in eine gewaltige runde Marmorscheibe gemeißelt war. Der Mund des Mannes bildete ein großes, klaffendes Loch. »Du musst ein Foto von mir neben diesem Relief machen!«

»Irgendwie unheimlich, das Ding«, stellte Jess fest und grinste mich dann an. »Gibt es einen Grund dafür, dass du aussiehst, als hättest du gerade im Lotto gewonnen? Du glühst förmlich, was natürlich auch an der Hitze liegen könnte.«

»Leute, was ihr hier vor euch seht, ist extrem berühmt! Habt ihr wirklich noch nie davon gehört?« Beide sahen mich verständnislos an. »Der Legende nach verliert man die Hand, wenn man sie hineinlegt und dabei nicht die Wahrheit sagt.«

»Aha.« Jess nickte. »Jetzt ist es mir sogar noch unheimlicher.«

»Aber viel wichtiger ist, dass das Relief in einem berühmten Moment der Kinogeschichte vorkommt!«, erklärte ich begeistert.

»Ah, daher kennst du das Ding, du Filmfreak«, sagte Jess grinsend.

»Nicht so laut, Anna«, ermahnte uns Miss Lawler und kam zu uns herüber. »Wie ich sehe, habt ihr die *Bocca della Verità* entdeckt. Dieses Relief war einmal Teil eines Brunnens, wenn ich mich nicht irre. Wunderschön, nicht wahr?«

»Ihr kennt doch den Film *Ein Herz und eine Krone*, oder? Mit Gregory Peck und Audrey Hepburn?«

Jess und James starrten mich fragend an, aber Miss Lawler nickte lächelnd. »Einer meiner Lieblingsfilme!«

»Ist das einer von diesen seltsamen, verstaubten Streifen, von denen du immer faselst?«, wollte Jess wissen.

»In *Ein Herz und eine Krone* ist Gregory Peck Reporter und verbringt einen Tag mit Audrey Hepburn, die wiederum eine Prinzessin ist, was er jedoch nicht weiß, genauso wenig, wie sie weiß, dass er Reporter ist. Sie geben sich nämlich als völlig andere Personen aus. Na ja, jedenfalls kommen sie irgendwann in genau diese Kirche!« Ich war inzwischen so aufgeregt, dass ich förmlich auf der Stelle hüpfte. »Gregory Peck erzählt ihr von der Legende, dass Lügner ihre Hand verlieren, wenn sie sie in das Relief legen. Er schiebt selbst die Hand hinein und tut so, als würde sie ihm abgebissen werden, woraufhin Audrey Hepburn schreit wie am Spieß! Das ist eine total berühmte Szene!«

»Na ja, ein tolles Foto gibt das Ding auf jeden Fall her. Anna und James, legt doch mal eure Hände in das Loch und tut so, als würden sie abgebissen werden.«

Jess hob ihre Kamera vors Auge, während wir beide einen Schritt nach vorn machten, bereit, unsere Hände in das Marmorloch zu schieben. Ich machte den Anfang und verzog theatralisch das Gesicht, während ich mich krümmte, als hätte ich große Schmerzen. Nachdem James genug über mich gelacht hatte – »Du siehst aus wie ein mittelalterlicher Wasserspeier!« –, gab er seine Version eines schmerzverzerrten Gesichts zum Besten.

»Jetzt schiebt mal richtig tief eure Hände rein, damit ihr hinterher sagen könnt, dass ihr mutig genug wart!«, drängte uns Jess.

Wir beugten uns vor, und James zwängte seine Hand zu meiner in die Öffnung. Seine Haut fühlte sich warm an in dem kalten Steinloch. Ich sah ihn an, um gleichzeitig mit ihm loszulegen und ein möglichst albernes Gesicht zu ziehen, aber sein Blick war ernst und eindringlich.

Jess' Kamera klickte.

Plötzlich wich James zurück und zog ruckartig seine Hand weg. »Sorry.«

»Schon okay«, antwortete ich lachend und ein wenig verwirrt. »Habe ich kalte Hände?«

»Wahnsinnig schlechte Durchblutung«, bestätigte er und nickte mit gespielter Ernsthaftigkeit.

»Perfekt!«, lobte uns Jess, als sie sich das Foto auf dem Display ihrer Kamera ansah.

»Ein echter Filmmoment«, seufzte Miss Lawler. »Wer von euch weiß, was *Bocca della Verità* bedeutet?«

Ich wusste es. »Der Mund der Wahrheit.«

Von: **anna_huntley@zingmail.co.uk**
An: **connorlawrence1@zingmail.co.uk**
Betreff: **Ich schon wieder!**

Hi, hast du gestern meine E-Mail gekriegt? Vielleicht hat in dem blöden Internetcafé irgendwas nicht funktioniert, und die Mail ist gar nicht bei dir angekommen ... Die Computer dort sahen jedenfalls aus, als hätte der Besitzer sie in der Steinzeit gekauft!

Na ja, wie auch immer: Der heutige Tag war echt schön. Ich, Jess, Josie (leider) und James haben uns die *Bocca della Verità* angesehen – du weißt schon, dieses Relief aus *Ein Herz und eine Krone!*

Ich war eine Zeit lang fürs Lesen des Stadtplans verantwortlich und habe es geschafft, dass wir uns komplett verlaufen haben. Aber das war auch irgendwie witzig, ein ziemlich verrücktes Abenteuer. Jess hat ungefähr eine MILLION Fotos geschossen, die kriegst du natürlich alle zu sehen, wenn wir wieder da sind.

Wie läuft es mit dem Comic? Irgendwelche neuen Entwicklungen?

Vermisse dich xx

Von: **connorlawrence1@zingmail.co.uk**
An: **anna_huntley@zingmail.co.uk**
Betreff: **Re: Ich schon wieder!**

Hi Anna, sorry, dass ich nicht gleich zurückgeschrieben habe, aber es ist was total Verrücktes passiert ...

Die Herausgeber von *Das sagenhafte It-Girl* haben mich heute angerufen – sie finden, dass ich darüber nachdenken sollte, mir einen Agenten zu suchen. EINEN AGENTEN! Unglaublich, oder? Die sehen also anscheinend Potenzial in mir!

Dass ich noch zur Schule gehe, finden sie nicht weiter problematisch. Mein Alter sei vielleicht sogar von Vorteil, sagen sie, ein besonderer Kaufanreiz. Angeblich steht mir – ich zitiere – eine »große Zukunft in der Comic-Welt« bevor.

Ist das nicht der Wahnsinn? Na ja, jedenfalls haben sie *Das sagenhafte It-Girl* an ein paar Agenten geschickt, mit denen sie öfter zusammenarbeiten. Ich müsste in den nächsten Tagen schon eine Rückmeldung erhalten. Meine Mum führt mich heute zur Feier des Tages groß zum Abendessen aus, deshalb muss ich mich jetzt beeilen, aber ich wollte, dass du die Erste bist, die es erfährt. Schließlich warst du die Inspiration für die ganze Sache. *Ich wünschte, du wärst hier, damit wir zusammen feiern könnten!*

Freut mich, dass du einen schönen Tag hattest. Ich hoffe, James und Josie haben nicht zu sehr zusammengegluckt. Und ich kann es natürlich kaum erwarten, Jess' Fotos zu sehen, wenn ihr wieder da seid. Wart ihr schon am Trevi-Brunnen? Vergiss nicht, dir was Schönes zu wünschen …

Connor x

Er meint uns, nicht wahr? Dass ich mir was Schönes für uns wünschen soll. Das bedeutet echt VIEL und gleicht mehr als aus, dass er dieses Mal nur einen Kuss unter die E-Mail gesetzt hat. Nicht, dass ich irgendwas in solche albernen Symbole hineininterpretieren würde. Ist doch völlig egal. Und er hat eindeutig durchblicken lassen, dass er mich auch vermisst, auch wenn er es nicht ausdrücklich gesagt hat: *Ich wünschte, du wärst hier, damit wir zusammen feiern könnten!*

Das bedeutet VIEL mehr als die Tatsache, dass er keine Zeit hatte, meine E-Mail zu beantworten.

Kapitel zwölf

Anna macht Rom unsicher!

Von Nancy Rose – The Daily Post

Obwohl ihr das Comic-Messe-Drama noch in den Knochen steckt, scheint It-Girl **Anna Huntley** nicht bereit zu sein, sich längere Zeit unauffällig zu verhalten. Gerade wurde sie, wie die *Daily Post* jetzt entlarvt hat, in den Straßen Roms dabei beobachtet, wie sie mit ihren Freunden herumalberte. Trotz der Gerüchte, sie sei mit dem jungen Mann aus ihrer Schule zusammen, mit dem sie auch auf der Comic-Messe gesichtet wurde, ist Anna – Tochter des Journalisten **Nick Huntley,** der noch diesen Sommer **Helena Montaine** heiraten wird – offenbar ganz in ihrem Element und genießt Italien ohne ihn. Das junge It-Girl zeigte seine humorvolle Seite und wurde dabei fotografiert, wie es hinter römischen Denkmälern hervorsprang, um seine Freunde zu erschrecken. »Anna hat sich eine Pause vom Medienrummel verdient«, verriet uns eine der Familie nahestehende Quelle. »Sie hat schwierige Wochen hinter sich und wollte der ständigen Kritik für eine Weile entfliehen.« Dem Grinsen auf ihrem Gesicht nach zu urteilen, hat die sonnenverwöhnte Anna ihre Probleme erfolgreich hinter sich gelassen! Es lebe Bella Roma!

»Du bist vor Josie aus … einem Grab gesprungen?«

Mein Dad klang völlig entgeistert. Ich hatte mich gerade bereitgemacht, hinunter zum Frühstück zu gehen, als er angerufen hatte, um mir die Artikel vorzulesen, die in der englischen Presse über mich erschienen waren.

»Hier steht, du würdest dich von deiner humorvollen Seite zeigen«, fuhr er fort. »Mein persönlicher Lieblingssatz stammt allerdings aus einem anderen Artikel, von dem mir Marianne den Link gemailt hat. Hör dir das an: ›Anna, die zu Hause oft unter der strengen Überwachung ihres Vaters leidet, hat im Ausland nun endlich Gelegenheit, auf eigenen Beinen zu stehen.‹ So steht es da, Wort für Wort.«

»Wenigstens eine Information, die zutrifft.«

»Du beziehst dich hoffentlich nicht auf den Kommentar über deinen angeblich so strengen Vater«, sagte er und räusperte sich. »Deine Vorstellung von Freiheit besteht also darin, armen Schulkameradinnen den Schreck ihres Lebens einzujagen?«

»Wir waren an der Grabstätte von Keats und Shelley.«

»Der perfekte Ort für alberne Streiche …«

»Es war nicht geplant! Und ich habe auch nicht gemerkt, dass ich dabei fotografiert werde.«

»Erzähl weiter.«

»Na ja, unsere Aufgabe bestand darin, herauszufinden, was auf den Grabsteinen der beiden Dichter steht, und Josie nörgelte die ganze Zeit herum, dass sie sich unter Urlaub eigentlich etwas anderes vorstellt, als auf einem öden Friedhof herumzulaufen. Daraufhin habe ich zu James gesagt – James kennst du ja –, dass Josie dabei ist, Miss Lawler ernsthaft zu verärgern. Miss Lawler ist immer so begeistert von allem, weißt du, und sie wirkte richtig traurig, weil Josie sich am laufenden Band beschwerte. Das ging schon seit TAGEN so. Also meinte James, dass wir versuchen sollten, Josie ein bisschen aufzumuntern. Du weißt schon, damit ihre Laune besser wird und sie nicht allen anderen den Spaß verdirbt.«

»Und da habt ihr euch gedacht, wenn ihr hinter einem Grab hervorspringt und sie zu Tode erschreckt, muntert sie das auf?«

»Es war wirklich total witzig, Dad, ehrlich«, kicherte ich. »Ich wünschte, Jess hätte im richtigen Moment abgedrückt und Josies Gesichtsausdruck festgehalten. Sie hat so laut geschrien, dass ich schon Angst hatte, mir würden die Trommelfelle platzen. Allein für ihr Gesicht hat es sich schon gelohnt.«

»Das kann ich mir vorstellen. Es freut mich, dass du so unbekümmert bist und dich amüsierst, Anna, aber pass bitte auf, dass du keinen Ärger kriegst.«

»Mach ich, versprochen. James und Josie sind befreundet, deshalb hat sie am Ende doch noch gelacht. James hat sie einfach umarmt, bis sie sich entspannt hat. Es hat also funktioniert! Miss Lawler war nicht sauer, sondern dankbar, das hat man gemerkt. Ich glaube trotzdem nicht, dass Josie heute besonders gut auf mich zu sprechen ist.«

»Ach nein? Warum wohl?«

»Es hat nichts mit dem Grab zu tun, Dad. Gestern Abend hatten wir Zirkusunterricht und haben Kunststücke von italienischen Artisten gelernt – unsere Lehrer legen sich echt mächtig ins Zeug, Dad, damit wir wirklich *alles* erleben, was es hier zu erleben gibt. Na ja, jedenfalls hat sich herausgestellt, dass ich nicht gerade ein Naturtalent im Tellerdrehen bin.«

»Bitte sag jetzt nicht, dass ich schon wieder Blumen an Josies Eltern schicken muss, um mich bei ihnen zu entschuldigen!«, stöhnte er.

»Nein, diesmal habe ich sie nicht angezündet oder ihr einen Diskus ins Gesicht geworfen«, erwiderte ich stolz. »Aber ich hätte sie fast mit einem Teller geköpft, der in ihre Richtung geflogen ist. Ich muss sagen, sie wird immer besser im

Ausweichen! Danach hat sie zu mir gesagt: ›HÖR. AUF. MIT. DEINEN. VERSUCHEN. MICH. UMZUBRINGEN.‹ Ich hatte total Schiss vor ihr, aber alle anderen fanden es megalustig. Na ja, zumindest Jess, Danny und Stephanie.«

»Die arme Josie«, lachte Dad.

»Jess hat ein gutes Foto von mir mit einem Hula-Hoop-Reifen geschossen. Wenigstens etwas, was ich kann.«

»Na, hoffentlich taucht das nicht in der Presse auf! Wirst du sehr belästigt von den Reportern?«

»Fast gar nicht«, gähnte ich und spielte am Telefonkabel herum. »Wie gesagt: Dass ich neulich an der Grabstätte fotografiert wurde, habe ich überhaupt nicht mitgekriegt.«

»Jetzt, wo das erste Foto kursiert, werden bestimmt noch weitere folgen. Sei ein bisschen auf der Hut, ja?«

»Geht klar. Bei dir alles okay, Dad? Du klingst irgendwie so … ernst.«

»Ja, alles okay. Obwohl: Ganz leicht ist es hier gerade nicht, wenn ich ehrlich bin.« Er seufzte.

»Was ist los?« Ich setzte mich aufrecht hin. »Ist was mit Hund? Hat er wieder einen Schlüsselbund gefressen?«

»Nein, nein. Hund geht es gut. Es hat mit der Hochzeit zu tun.«

»Der Hochzeit?« Ich entspannte mich wieder. »Hör auf, dir Sorgen zu machen, Dad. Es wird super. Fenella hat alles unter Kontrolle.«

»Da bin ich mir nicht so sicher. Die Presse verfolgt mich überallhin. Ich kann nicht einen verdammten Schritt tun, ohne dass mir jemand Fragen ins Gesicht brüllt. Es hat krasse Ausmaße angenommen. Ich habe überhaupt keine Lust mehr, das Haus zu verlassen.«

»War doch klar, dass es zur Hochzeit hin schlimmer wird, Dad«, sagte ich. Mir wurde das Herz schwer, weil er so niedergeschlagen klang, und ich versuchte krampfhaft, nicht an Josies hämische Freude über die Beziehungsprobleme von Prominenten zu denken. »Du musst dein Leben einfach ganz normal weiterführen. Das sagst du doch auch immer zu mir, oder?«

»Da hast du natürlich recht«, stimmte er mir zu und klang schon wieder mehr wie der alte, pragmatische Dad. »Seit wann bist du so weise? Also, mach dir keine Sorgen, mein Schatz. Genieß deinen Aufenthalt in vollen Zügen, okay?«

»Okay, Dad. Sicher, dass alles in Ordnung ist?«

»Absolut«, antwortete er energisch. »Wir telefonieren bald wieder. Alles ist gut.«

Wir verabschiedeten uns, und ich legte nachdenklich den Hörer auf. Hatte er gerade wirklich *mich* zu überzeugen versucht, dass alles okay war, oder vielleicht doch eher sich selbst?

»Wie, du kommst nicht mit heute Abend? Aber wir machen Spaghetti!« James schüttelte fassungslos den Kopf. »Warum lässt du es dir entgehen, in Italien Spaghetti zu machen? Hier kommen die Dinger doch her!«

»Ich weiß, aber ich muss wirklich noch mal meinen Vater anrufen und etwas Wichtiges mit ihm ...«

»Für ein Telefonat braucht man doch nicht den ganzen Abend! Ruf ihn an, bevor wir losfahren, und dann komm mit zum Spaghetti-Kochen, du Holzkopf«, sagte Jess lachend und nahm ein knallorangefarbenes Gemüse in die Hand. »Was *ist* das?«

Wir bummelten auf dem lebhaften Campo dei Fiori durch die unzähligen farbenfrohen Marktstände, an denen die Leute Gemüse, Obst, Gewürze, Blumen, Pflanzen und Fisch verkauften. Jess war ganz in ihrem Element und schoss Fotos von den

Marktverkäufern bei der Arbeit und von den mit Waren überquellenden Ständen. Dabei schwärmte sie ununterbrochen von dem unglaublichen Farbspektrum, das sich hier festhalten ließ.

»Ich weiß nicht. Er war vorhin irgendwie nicht ganz er selbst, und ich hatte das Gefühl, dass er mich abwimmeln wollte«, erklärte ich, während Jess das Gemüse zurücklegte und nach einem anderen griff, um es genauer zu betrachten.

»Natürlich ist er nicht er selbst! Er heiratet bald die berühmteste Schauspielerin der Welt!«, sagte sie. »Ist doch klar, dass man da nicht mehr weiß, wo einem der Kopf steht.«

»Er sieht sie aber gar nicht als berühmte Schauspielerin. Für ihn ist sie einfach Helena.«

»Ja, klar. Trotzdem.« Sie zuckte mit den Schultern. »Jeder dreht durch, wenn die eigene Hochzeit bevorsteht, und bei ihm kommt noch hinzu, dass die ganze Welt zuguckt. Das setzt ihn natürlich zusätzlich unter Druck.«

»Ich glaube, du machst dir zu viele Sorgen«, erklärte James und wirbelte einen Strang Knoblauch herum, um uns zum Lachen zu bringen, bis der Verkäufer ihn bat, damit aufzuhören. Zumindest vermuteten wir, dass er ihn das bat. Wir hatten nämlich keine Ahnung, was er sagte, aber es wurde von hektischem Gefuchtel begleitet, daher legte James den Knoblauch vorsichtig zurück und ging auf Abstand. »Wie Jess schon gesagt hat«, fuhr er fort. »Wahrscheinlich ist er nur ein bisschen im Stress wegen der Hochzeit.«

»Im Stress wegen der Hochzeit ist er schon länger.« Ich seufzte. »Glaubt mir, diesmal klang er anders. Ich will mich nur vergewissern, dass er nicht … in Panik verfällt.«

»Was? Hast du etwa Angst, dass er die Hochzeit abbläst?« Jess schnalzte ungläubig mit der Zunge. »Jetzt sei nicht albern, Anna. Er ist bis über beide Ohren in Helena verliebt. Manchmal ist es fast schon widerlich, wie sich die beiden anschmachten.« Sie fotografierte einige Eimer mit Blumen, eine wahre Farbexplosion.

»Natürlich nicht«, erwiderte ich stirnrunzelnd. »Das würde er Helena niemals antun. Aber er hat erzählt, dass er neuerdings überhaupt keine Lust mehr hat, das Haus zu verlassen, weil ihm so viele Paparazzi folgen. Das klingt völlig untypisch für meinen Dad. Ich will einfach nur noch einmal in Ruhe mit ihm reden.«

»Dann tu, was du nicht lassen kannst«, sagte Jess und klopfte mir auf den Rücken. »Unter einer Bedingung.«

»Welcher?«

»Dass wir nach deinem Telefonat und nachdem wir vom Spaghetti-Machen zurückkommen, zusammen Eis essen gehen. Wir müssen mal wegkommen von den Lehrern, damit du einen süßen Italiener dazu bringen kannst, mich um ein Date zu bitten«, sagte Jess bestimmt.

»Du brauchst Annas Hilfe, um Jungen dazu zu bringen, mit dir auszugehen?«, fragte James mit einem boshaften Grinsen.

»Nein, ich meinte … ach, du lieber Himmel, guckt euch mal an, wie GROSS diese Avocado ist!! Ich meinte, dass ich Annas Berühmtheitsbonus gebrauchen könnte.«

»Was ist denn ein Berühmtheitsbonus?«

»Du weißt schon: Anna und ich schlendern durch die Gegend, und plötzlich wird sie von ein paar gutaussehenden Italienern erkannt, die sie daraufhin um ein Foto bitten. Wir kommen ins Gespräch, und es stellt sich heraus, dass die jungen Männer Vespas besitzen und uns liebend gerne auf eine kleine Spritztour einladen würden«, erklärte sie verträumt. »Oder noch besser: Anna wird auf eine schicke italienische Galaveranstaltung eingeladen und nimmt mich als Begleitperson mit. Dort lerne ich einen gutaussehenden jungen Grafen im

Smoking kennen, der sich schon immer gewünscht hat, das englische Mädchen seiner Träume kennenzulernen und Ferien in London zu machen.«

»Sie nutzt mich schamlos aus«, sagte ich und streckte ihr die Zunge heraus.

»Von wegen ausnutzen. Ich finde, du könntest deutlich mehr aus deinem Berühmtheitsbonus herausschlagen. Hast du eine Ahnung, wie viele Gratisklamotten sie kriegt, James? Und wie viele davon sie an mich weitergibt?«

»Wie soll ich Sachen an dich weitergeben, wenn du mich haushoch überragst?«, verteidigte ich mich lachend. »Die schicken mir Klamotten in meiner Größe. Du bist leider viel zu hochgewachsen und modelmäßig dafür.«

»Da hast du recht«, seufzte sie. »Die meisten Kleider würden nicht einmal meinen Hintern bedecken.«

Ich musste grinsen, weil James bei der Vorstellung in lautes Gelächter ausbrach.

»Das Kleidchen, das sie gerade trägt, hat sie natürlich auch zugeschickt bekommen«, teilte ihm Jess mit. »Es wurde speziell für sie geschneidert.«

»Oh, äh … ja. Sieht man. Sehr schönes Kleid, Anna.«

»Jetzt übertreib mal nicht«, wehrte ich lachend ab. Als ich ihn ansah, wandte James verlegen den Blick ab.

Jess zog die Augenbrauen hoch und betrachtete uns aufmerksam. »Mensch, guckt euch diese Chilis an!«, rief sie plötzlich. »Ich bin gleich wieder da, Leute, ich muss unbedingt ein Foto von diesen Chilis machen!« Und schon rannte sie davon.

Sie verschwand in der Menge und ließ James und mich allein vor einer Kiste mit absurd großen Avocados zurück.

Kapitel dreizehn

Von: **connorlawrence1@zingmail.co.uk**
An: **anna_huntley@zingmail.co.uk**
Betreff: **Re: Herzlichen Glückwunsch!**

Spidey, es tut mir so leid, dass ich erst jetzt dazu komme, dir zu antworten. Vielen, vielen Dank für deine Glückwunsch-Mail und auch für die Nachricht, die du auf meiner Mailbox hinterlassen hast. Deine Stimme war mein Highlight des Tages!

Ich weiß deine Unterstützung wirklich zu schätzen, vor allem, da es inzwischen eine Agentin gibt, die sich ganz offiziell für meine Arbeit interessiert. Kein Witz! Sie will noch mehr verschiedene Comic-Beispiele sehen, die ich momentan natürlich noch nicht vorweisen kann.

Während ich jede freie Minute damit verbringe, an der Handlung des zweiten Teils von *Das sagenhafte It-Girl* zu arbeiten, versuche ich daher zusätzlich, Skizzen anzufertigen, die thematisch nichts damit zu tun haben, damit ich ihr zeigen kann, wie vielseitig ich bin. Meinst du, das ist eine gute Idee? Ich wünschte, du wärst hier und könntest mich beraten!

Ich habe der Agentin am Telefon erzählt, dass du das Vorbild für die Figur Ember warst, und sie hat gesagt, dass sie dich wahnsinnig gern kennenlernen würde, wenn du wieder da bist.

Vielleicht könntest du mich ja zu einem Treffen mit ihr begleiten? Wahrscheinlich ist es dir peinlich, so im Mittelpunkt zu stehen, aber ich wäre echt erleichtert, wenn ich dich an meiner Seite hätte.

Wie ist es in Rom? Amüsierst du dich immer noch gut? Hast du schon Nutella-Eis gegessen?

Wie auch immer, ich muss los – weiter an meinem Bösewicht arbeiten! Im Moment sieht er noch aus wie eine Kreuzung aus altem Mann und Lama. Nicht gerade Furcht einflößend …

Connor xx

Mann, ist das langweilig.

Jess! Du kannst doch nicht mitten im Vortrag Briefchen schreiben!

Warum nicht? Ist deutlich spannender, als diesem Kerl zuzuhören.

Dieser KERL ist zufällig einer der angesehensten Galleristen Italiens. Und ich finde seinen Vortrag sehr interessant.

Ach ja? Und worüber redet er?

Wie meinst du das?

Wenn du doch so aufmerksam zuhörst: Worüber redet er?

Worüber wohl? Über Kunst.

Und welche Art von Kunst?

Ich hab echt keine Lust auf deine doofen Spielchen.

Ha, ha! Du hast keine Ahnung, worüber er spricht, gib's zu!

Natürlich weiß ich, worüber er spricht. Es hat mit Farbe zu tun.

Oh – damit hast du meine Vermutung ja voll widerlegt!

Da du selbst Künstlerin bist, solltest du dir wenigstens Notizen machen.

Mache ich doch. Ich mache mir Notizen und schicke sie dir dann.

Ich glaube nicht, dass das zählt.

Apropos Kunst: Hat Connor schon zurückgeschrieben?

Ja! Eine Agentin interessiert sich für seine Comics. Offenbar war es doch die richtige Entscheidung von ihm, zu Hause zu bleiben.

Findest du? Ich nicht. Wir haben so eine GENIALE Zeit hier. Allerdings hätte er wahrscheinlich nicht so viel damit anfangen können.

Wie meinst du das?

Du weißt schon. Er steht nicht so auf organisierten Spaß, oder? An den abendlichen Aktivitäten hätte er bestimmt nicht teilgenommen, für so etwas ist er zu schüchtern. Oder kannst du dir Connor dabei vorstellen, wie er Zirkuskunststücke macht?

Also, ich finde, dass er sich sehr gut auf einem Drahtseil machen würde.

Na klar. Bist du sicher, dass du dir heute Abend das Spaghetti-Kochen entgehen lassen willst?

Ich treffe euch hinterher noch auf ein Eis, versprochen. Oh-oh. Ich glaube, Mrs Ginnwell guckt zu uns rüber. Sie sieht nicht besonders begeistert aus.

Stimmt. Jetzt macht sie irgendwelche Gesten. Was will sie uns damit mitteilen?

Nichts Gutes, wenn du mich fragst. Warum wedelt sie so mit der Hand herum?

Ich glaube, sie macht Schreibbewegungen.

Und jetzt macht sie eine »Ich schneide euch die Kehle durch«-Bewegung.

Das ist nie ein gutes Zeichen.

Ich glaube, sie kommt rüber.

Sie sieht echt sauer aus.

Wir sollten wohl lieber mit dem Briefchenschreiben aufhören, bevor sie uns erwischt.

Zum Glück sind wir so diskret.

Wie Spione. Nur, dass wir keine internationalen Geheimnisse weitergeben.

Warte. Jetzt hat sie gerade etwas mit den Lippen geformt. »Hört auf, Briefchen zu schreiben.«

Ich glaube, sie weiß Bescheid.

»Wie ich höre, kommst du nicht mit zum Spaghetti-Kochkurs, weil du mit deinem Vater telefonieren willst«, sagte Sophie, während sie an meinem Bett vorbei zum Badezimmer stöckelte. Kurz darauf kam sie mit einem großen Kulturbeutel wieder heraus. »Gibt es etwa Ärger im Paradies?«

»Nein«, seufzte ich und versuchte, mich auf das Lackieren meiner Fußnägel zu konzentrieren, damit nichts verschmierte. »Wir plaudern nur ein bisschen. Ich bin sowieso nicht so scharf auf Spaghetti.«

»Du bist so eine schlechte Lügnerin«, erwiderte Sophie. »Wenn du lügen willst, darfst du dabei dein Gesicht nicht so komisch verziehen. Daran merkt man es sofort.«

Ich sagte nichts dazu, in der Hoffnung, dass sie das Thema fallen ließ, aber ich hatte es mit Sophie Parker zu tun, die sich – so zumindest meine bisherige Erfahrung – noch nie aus Rücksicht auf die Gefühle anderer zurückgehalten hatte.

»Es stimmt also, was in den Zeitschriften steht?«, fragte sie und setzte sich vor den Spiegel der Frisierkommode, um sich noch einmal die Wimpern nachzutuschen.

»Ich habe dir doch schon gesagt, dass Tom und Marianne …«

»Nicht über die beiden. Über deinen Dad und Helena.«

Ich erstarrte, und ein Klecks Nagellack tropfte vom Pinsel auf den Teppich. Ich rieb mit dem Zeh daran herum. »Was steht denn in den Zeitschriften?«

Sophie stand auf, ging zu ihrem Bett und warf einen Stapel Hochglanzmagazine zu mir herüber. Ich riskierte einen flüchtigen Blick und entdeckte ein Foto von Helena und meinem Dad auf der obersten Zeitschrift. Eine breite weiße Zickzacklinie verlief in der Mitte des Titelbilds, und es standen jede Menge italienische Wörter in knallroter Schrift neben dem Foto, die mit Ausrufezeichen versehen waren.

»Ich habe mir den Text von der Dame an der Rezeption übersetzen lassen.« Sophie griff wieder nach ihrer Wimperntusche. »Und ich möchte betonen, dass ich das Heft *nicht* gekauft habe, weil deine komische Familie auf dem Cover ist. In italienischen Zeitschriften sind viel bessere Modestrecken.«

»Und was steht da? Normalerweise schreiben diese Blätter nur Müll.«

»Da steht, dass die Hochzeit am dreiundzwanzigsten Juli stattfindet.«

»Was?« Ich stellte mein Nagellackfläschchen ab und griff nach dem obersten Heft. »Wie haben die das herausgefunden?«

»Am dreiundzwanzigsten Juli, im Tilney Hotel in London.« Sophie drehte sich um und beobachtete meine Reaktion. »Deinem Gesichtsausdruck nach zu urteilen, stimmen diese Informationen. Es ist also doch nicht *alles* Müll.«

»Und was steht im Artikel?«

»Keine Ahnung«, schnaubte sie verächtlich und wandte sich wieder ihrem Spiegelbild zu. »Warum hätte ich meine Zeit damit vergeuden sollen, mir von der Rezeptionistin einen ganzen Artikel über *deine* Familie übersetzen zu lassen? Interessiert doch sowieso niemanden.«

Ich blätterte zur Titelstory und starrte auf die Fotos von Dad und Helena und auf die zerbrochenen Herzen, die daneben abgedruckt waren.

Ich weiß nicht, ob Sophie mein besorgtes Gesicht sah und Mitleid bekam, oder ob ihr nur die Vorstellung gefiel, irgendwie an der Sache beteiligt zu sein. Jedenfalls stieß sie einen Seufzer aus und kam herüber, um sich neben mich aufs Bett zu setzen.

»Also: Aus den Illustrationen schließe ich, dass irgendwie angedeutet wird, die beiden könnten sich trennen. Und die Frau von der Rezeption hat irgendwas von zu viel Berühmtheit gesagt – ihr Englisch war nicht so toll, deshalb ist das mit Vorsicht zu genießen. Aber hier …« Sie zeigte mit dem langen blauen Fingernagel ihres Zeigefingers auf einen Satz. »*Pressione* bedeutet Druck, daraus lässt sich erahnen … zu viel Druck. Und in diesem Satz steht das Wort *anormale*, was wahrscheinlich abnormal heißt. Der Name deines Vaters steht auch in dem Satz, also meinen die vielleicht … dass es abnormal für ihn ist. Oder dass *er* abnormal ist?« Sie lachte über ihren eigenen Witz.

Dann lehnte sie sich zurück. »Guck mich nicht so böse an, Anna! Ich versuche nur, dir zu helfen. Zusammenfassend würde ich sagen: In dem Artikel geht es darum, wie stressig es dein Dad findet, einen so berühmten Star wie Helena zu heiraten, und dass ihm wegen dieses ganzen Stresses langsam Zweifel kommen.« Sie verdrehte die Augen und stand auf, um zurück zur Frisierkommode zu gehen. »Als ob das etwas Neues wäre.«

»Überrascht dich das alles gar nicht?«, fragte ich und zeigte auf den Stapel Zeitschriften, die alle ein Foto von Helena mit entweder bekümmertem oder verärgertem Gesicht auf dem Titelbild zeigten.

»Natürlich nicht«, antwortete sie und trug ihren knallroten Lipgloss auf. »Du bist so naiv, dass es schon peinlich ist. Das ist eine Promi-Hochzeit, Anna, keine echte Hochzeit.«

»Was ergibt das denn für einen Sinn?« Ich schüttelte den Kopf.

»Das ergibt sogar sehr viel Sinn. Jeder weiß doch, dass Promi-Beziehungen nicht das Gleiche sind wie normale Beziehungen. Man kann nicht mit einem Star zusammen sein und weiterhin ein normales Leben führen, und man kann ganz sicher keinen Star heiraten und erwarten, dass man eine normale Hochzeit feiert.«

»Da irrst du dich.«

Sie seufzte, drehte sich schwungvoll auf dem Hocker in meine Richtung und sah mich an. Nachdem sie ihre langen, schlanken Beine übereinandergeschlagen hatte, beugte sie sich vor und verschränkte die Finger, als würde sie einem kleinen Kind eine Lektion fürs Leben erteilen. »Anna, glaubst du, Connor genießt es, fotografiert zu werden, wenn er mit dir unterwegs ist?«

»Nein, natürlich nicht …«

»Ich kenne diesen Nerd zwar nicht besonders gut, aber da er noch nie an irgendwelchen schulischen Aktivitäten teilgenommen hat, bei denen man mit normalen Menschen in Kontakt treten müsste, gehe ich mal stark davon aus, dass es die Hölle auf Erden für ihn ist, im Rampenlicht zu stehen.«

»Er ist nicht begeistert davon, was nicht heißt, dass er …«

»Er ist nicht reif genug für so viel Aufmerksamkeit. Die anderen Jungen aus unserem Jahrgang sind natürlich auch nicht viel besser«, erklärte sie verärgert und machte einen Schmollmund. »Brendan findet es zum Beispiel cool, Münzen über den Trevi-Brunnen hüpfen zu lassen und einem gleichzeitig das Lieblingskleid nass zu spritzen. Ich wette, italienische Jungs tun so etwas nicht.«

»Connor wusste von den Paparazzi, bevor wir zusammengekommen sind«, versuchte ich wieder zum Thema zurückzukehren. »Er wollte mich trotzdem als Freundin.«

»Klar, er mag dich halt, und dein Dad mag Helena Montaine. Wer nicht? Helena, meine ich. Sie ist glamourös und wunderschön«, sagte Sophie und warf ihre Haare zurück. »Aber dein Dad wird es sein ganzes Leben lang ertragen müssen, dass ihn Reporter auf Schritt und Tritt verfolgen und dass jeder Fehltritt sofort in der Zeitung landet. Wie ich bereits sagte …«, sie griff nach ihrer Handtasche und warf Lipgloss und Wimperntusche hinein, »… man kann mit einem Star kein normales Leben führen. Warum, glaubst du, existieren Paparazzi überhaupt? Weil langweilige, normale, glückliche Beziehungen nichts hergeben. Die Reporter berichten über Promi-Beziehungen, weil die das genaue Gegenteil sind.«

»Mein Dad ist sehr wohl glücklich!«, stieß ich krächzend hervor. Mir schwirrte der Kopf.

»Anna, du lässt dir einen lustigen Abend entgehen, nur um ihn anzurufen, und willst mir weismachen, du würdest nicht glauben, was in den Zeitschriften steht?«, fragte Sophie und hob zweifelnd die Augenbrauen.

Ich blickte auf den Magazinstapel auf dem Bett. Sophie schüttelte den Kopf und ging zur Tür. Während sie nach der Klinke griff, drehte sie den Kopf zu mir, wobei ihre glänzenden, blond gesträhnten Haare über ihre Schultern schwangen.

»Das ist nun mal der Preis, den man für den Ruhm zahlt. Für Schauspielerinnen, Models, Sängerinnen und It-Girls gibt es normalerweise kein Happy End.« Sophie stand immer noch an der Tür und beobachtete mich aufmerksam, während ich den Kopf gebeugt hielt und mit dem Finger die Zickzacklinie auf dem Foto von Helena und Dad nachfuhr.

»Anna …«, sagte sie zögernd, und ich glaubte, echte Anteilnahme in ihrem Gesicht zu erkennen. Sie öffnete den Mund, um etwas zu sagen, bremste sich jedoch und zog stattdessen ihr Handy hervor, abgelenkt von einer eingegangenen Nachricht. »Ich habe einen Zehentrenner«, erklärte sie eilig, ohne mich dabei anzusehen. »Damit der Nagellack nicht verschmiert. Er ist in meinem Kulturbeutel, falls du ihn ausleihen willst.«

Sie steckte ihr Handy wieder weg, fischte ihre Sonnenbrille aus der Handtasche, setzte sie sich auf den Kopf und verließ das Zimmer.

Wenn das Thema nicht so besorgniserregend gewesen wäre, hätte man fast von einem schönen Moment zwischen Sophie und mir sprechen können.

Ich warf die Zeitschrift zurück aufs Bett und griff nach dem Telefon, doch es begann zu klingeln, bevor ich den Hörer abnehmen konnte.

»Hallo?«

»Anna? Bist du das?«

»Hallo Helena. Gutes Timing. Ich wollte mich gerade bei euch melden.«

»Anna, ich rufe wegen Marianne an.«

»Was ist los?«, fragte ich. Erst jetzt fiel mir Helenas panischer Tonfall auf. »Was ist denn passiert?«

»Tom hat mit ihr Schluss gemacht.« Helena hielt inne. Ihre Atemzüge waren kurz und abgehackt. »Sie ist verschwunden.«

Kapitel vierzehn

Von: **anna_huntley@zingmail.co.uk**
An: **rebecca.blythe@bouncemail.co.uk;**
helena@montaines.co.uk
Betreff: **Marianne**

Ich habe diese Liste zusammengestellt, vielleicht hilft sie euch ja weiter:

Orte, an denen Marianne sein könnte:

1. In ihrem Zimmer
   Vielleicht hat sie die Tür mit ihrem Kleiderschrank oder ihrer Kommode blockiert, so wie ich damals, als ich nicht mehr in die Schule wollte, weil Dad mein Leben ruiniert hatte.
2. Im Staubsaugerschrank
   Der erste Ort, den man aufsucht, wenn man traurig ist. So wie ich damals, als ich Jess angelogen habe, oder kurz vor dem Sporttag oder immer dann, wenn ich mich mal wieder blamiert habe, also so ziemlich jeden Tag, seit ich das Licht der Welt erblickt habe.
3. Im Comic-Laden
   Ein sehr guter Rückzugsort, wenn einen jemand nervt, so wie Dad damals, der total sauer war, weil ich ihm eine Schweinefleischpastete an den Kopf geworfen hatte. Ich musste also dringend aus dem Haus.

4. Im Park mit Hund
   Hund hat eine sehr ruhige Aura und ist ein hervorragender Zuhörer. Der einzige Nachteil ist seine kurze Aufmerksamkeitsspanne. Als ich ihm einmal von meiner Befürchtung erzählte, in der Nacht zuvor eine Spinne verschluckt zu haben, rannte er mitten im Satz davon, um mir eine tote Maus zu holen, und brachte alle Kinder, die in der Nähe waren, zum Heulen.

Habt ihr an allen diesen Orten nachgesehen? Bitte um sofortige Rückmeldung.

LG, Anna xxx

Von: **rebecca.blythe@bouncemail.co.uk**
An: **helena@montaines.co.uk;**
anna_huntley@zingmail.co.uk
Betreff: **Re: Marianne**

Wunderbar, Anna, vielen Dank!

Trotzdem eine kurze Frage, Schatz: Dir ist schon klar, dass Marianne vermisst wird und nicht du?

Mum xxx

Von: **anna_huntley@zingmail.co.uk**
An: **rebecca.blythe@bouncemail.co.uk;**
helena@montaines.co.uk
Betreff: **Re: Re: Marianne**

Ja, Mum, danke. Mir ist klar, dass ich nicht vermisst werde.

Ich wollte euch nur Insiderwissen über die Funktionsweise einer Teenagerpsyche vermitteln. Marianne denkt wahrscheinlich genauso wie ich.

LG, Anna xxx

Von: **rebecca.blythe@bouncemail.co.uk**
An: **helena@montaines.co.uk;**
anna_huntley@zingmail.co.uk
Betreff: **Re: Re: Re: Marianne**

Ah, verstehe! Gut, dann werden wir also an den von dir vorgeschlagenen Orten nachsehen.

Wenn wir schon in diese Richtung denken, sollten wir allerdings auch im Vorratslager des nächsten Supermarktes suchen.

Dorthin hat sich Anna nämlich einmal als Kind geschlichen, als ich beim Einkaufen für einen Moment nicht hingesehen habe, Helena. Sie hat zielstrebig die Nutella-Bestände angesteuert und ist in eine Kiste voller Nutella-Gläser geklettert.

Das Supermarktpersonal war wirklich goldig – wie du dir sicher vorstellen kannst, war ich der Verzweiflung nahe, weil ich Anna nirgendwo finden konnte!

Zum Glück hat der freundliche Herr von der Fischtheke mitbekommen, wie sie den Nutella-Gläsern von ihren Problemen erzählte, während sie sich über eins davon hermachte. Sonst hätten wir sie womöglich nie gefunden!

xxx

Von: helena@montaines.co.uk
An: rebecca.blythe@bouncemail.co.uk; anna_huntley@zingmail.co.uk
Betreff: Re: Re: Re: Re: Marianne

Marianne steht total auf Marmelade!

Ich fahre gleich mal zum Supermarkt bei uns um die Ecke.

Helena x

Von: rebecca.blythe@bouncemail.co.uk
An: helena@montaines.co.uk; anna_huntley@zingmail.co.uk
Betreff: Re: Re: Re: Re: Re: Marianne

Und ich knöpfe mir den Supermarkt bei Nick in der Nähe vor.

Rebecca xxx

Von: anna_huntley@zingmail.co.uk
An: rebecca.blythe@bouncemail.co.uk; helena@montaines.co.uk
Betreff: Re: Re: Re: Re: Re: Re: Marianne

Und ich versuche so zu tun, als hätte Mum diese Geschichte nie jemandem erzählt.

Von: rebecca.blythe@bouncemail.co.uk
An: helena@montaines.co.uk; anna_huntley@zingmail.co.uk
Betreff: Re: Re: Re: Re: Re: Re: Re: Marianne

Lasst uns optimistisch bleiben und als Team zusammenarbeiten! Wir dürfen auf keinen Fall den Mut verlieren!

Feuervögel, auf geht's!

Rebecca x

Von: **helena@montaines.co.uk**
An: **rebecca.blythe@bouncemail.co.uk;**
anna_huntley@zingmail.co.uk
Betreff: **Re: Re: Re: Re: Re: Re: Re: Re: Marianne**

Wunderbar, Rebecca! Ich könnte mir keine bessere Unterstützung wünschen als dich.

Allerdings glaube ich, dass du den Filmtitel nicht ganz richtig wiedergegeben hast. Wenn ich mich recht entsinne, heißt es:

Feuervögel auf und davon!

Helena x

Von: **rebecca.blythe@bouncemail.co.uk**
An: **helena@montaines.co.uk;**
anna_huntley@zingmail.co.uk
Betreff: **Re: Re: Re: Re: Re: Re: Re: Re: Re: Marianne**

Ach ja, natürlich, wie dumm von mir! Diese Filmtitel werfe ich immer durcheinander, stimmt's, Anna? Bestimmt ärgerst du dich jetzt wieder.

Feuervögel auf und davon!

Rebecca x

Von: **anna_huntley@zingmail.co.uk**
An: **rebecca.blythe@bouncemail.co.uk;**
helena@montaines.co.uk
Betreff: **Re: Re: Re: Re: Re: Re: Re: Re: Re: Re: Marianne**

FEUERVÖGEL STARTBEREIT!

Das ist einer der berühmtesten Filmtitel aller Zeiten!!!!

WIE KANNST DU DAS IMMER NOCH DURCHEINANDER-BRINGEN?!

Ich lege mir jetzt eine kalte Kompresse auf den Kopf.

LG,
Anna xxx

»Anna, ich brauche jetzt deine volle Konzentration«, ermahnte mich Danny, als ich mich mit meinem Nutella-Eis an den Tisch setzte.

»Entspann dich, Danny. Sie kann gleichzeitig Eis essen *und* deine Fragen beantworten«, nahm mich Jess in Schutz. »Im Gegensatz zu uns hat sie nicht die letzte Stunde damit verbracht, Spaghetti in sich hineinzustopfen.«

»So ist es, Danny«, bestätigte ich mit ernster Miene. »Ich bin voll konzentriert.«

Dann biss ich von meinem Eis ab.

Fünf kulinarische Überraschungsmomente in meinem Leben:

1. Als ich einmal versehentlich eine Muschel gegessen habe, weil die Sauce, in der sie versteckt war, total lecker gerochen hat. Die Muschel war so eklig, dass ich sie im hohen Bogen wieder ausgespuckt habe, woraufhin sie in der Frisur einer Dame landete und wir das Restaurant verlassen mussten.
2. Als ich einmal ein Currygericht probiert habe, von dem ich dachte, dass es mild gewürzt sei. In Wirklichkeit war es so scharf, dass ich hektisch nach Dads Glas griff, das mir am nächsten stand. Um den Brand in meinem Mund zu löschen, schüttete ich den gesamten Inhalt des Glases in mich hinein, ohne zu merken, dass es Wein war. Dann spuckte ich alles über den ganzen Tisch, und wir mussten das Restaurant verlassen.
3. Als ich einmal Hummer probiert habe und es eklig fand. Weil der Hummer aber so teuer gewesen war, hatte ich ein schlechtes Gewissen und schnappte mir das Schalentier, um Dad mit einem lustigen kleinen Tänzchen zu unterhalten. Dabei flog leider eine der Hummerscheren ab und traf einen Mann am Kopf, woraufhin wir das Restaurant verlassen mussten.
4. Als ich einmal Blutwurst aß und Dad mir erklärte, woraus sie bestand. Daraufhin musste ich mich übergeben, und wir wurden aus dem Restaurant geworfen.
5. Als ich das Nutella-Eis in dieser Eisdiele in Rom probierte und glaubte, mir würde der Kopf explodieren, weil es so unglaublich lecker war, woraufhin ich die schnelle, aber weise Entscheidung traf, nach Italien zu ziehen und mir einen Job in der Eiscreme-Branche zu suchen, damit ich dieses Eis immer in Reichweite habe.

»Wow, du schlingst ja ganz schön«, bemerkte Jess beeindruckt, als ich mich über meine zweite Kugel hermachte.

»Boah, was machen die in dieses Eis?«, fragte ich und hielt staunend den Becher hoch. »Ihr müsst unbedingt auch davon probieren.«

»Au ja!«, sagte Stephanie und nahm erfreut den Löffel entgegen, den ich ihr reichte.

»Konzentration, bitte!«, wiederholte Danny und klopfte mit den Fingerknöcheln auf den Tisch. »Anna, was glaubst du, wo Marianne sein könnte? Denk nach.«

Ich holte tief Luft und vergrub meinen Kopf in den Händen, wobei ich fest die Augen zukniff, um mich so gut wie möglich konzentrieren zu können.

»Sie könnte überall sein«, sagte Jess und nahm den Löffel von Stephanie entgegen, um sich ebenfalls von meinem Eis zu bedienen. »Schließlich hat sie das nötige Kleingeld, um kurz entschlossen in einen Flieger zu steigen und das Land zu verlassen.«

»Wenn sie doch nur ihr Handy wieder einschalten würde! Helena hat erzählt, dass es schon seit ihrem Verschwinden aus ist«, murmelte ich.

»Mach dir keine Sorgen, Anna. Sie will wahrscheinlich nur ihre Ruhe vor der Presse und vor Tom«, beruhigte mich Stephanie. »Bestimmt sieht sie eure Nachrichten bald und meldet sich.«

»Also, wann wurde sie zum letzten Mal gesehen?«, fragte Danny.

»Helena sagt, sie sei ganz normal zu Hause gewesen, als die Textnachricht von Tom …«

»Er hat per SMS mit ihr Schluss gemacht?«, fragte Jess mit weit aufgerissenen Augen. »Dieser Mistkerl!«

»Was hat Helena noch gesagt?«, hakte Danny nach.

»Dass Marianne daraufhin die Treppe hochgerannt ist. Das war's.« Ich zuckte mit den Schultern. »Ihre Zimmertür war abgeschlossen. Helena ging wieder nach unten, um meinen Dad anzurufen, und als sie fertig telefoniert hatte, war Mariannes Zimmer leer. Seither ist ihr Handy aus, und keiner weiß, wo sie ist.«

»Vielleicht bei Tom zu Hause!«, rief Danny mit aufleuchtenden Augen. »Sie wird direkt zu ihm gegangen sein, um ihn zur Rede zu stellen!«

»Tom ist doch gerade auf Tour«, sagte ich.

»Die Nachricht hat sich schon überall im Internet verbreitet«, erzählte Stephanie und biss sich auf die Lippe. »Ich war gerade online, als Danny mich zur Krisensitzung abgeholt hat. Auf den meisten großen Websites ist es die Schlagzeile Nummer eins.«

»Und was steht da so? Woher wissen die es überhaupt schon?«, fragte ich stöhnend und ließ meinen Kopf zurück in meine Hände sinken. Wenn die ganze Sache doch nie passiert wäre!

»Na ja.« Stephanie schluckte. »Es gibt schon länger gewisse Gerüchte.«

»Was für Gerüchte?« Ich hob den Kopf, als ich den nervösen Unterton in ihrer Stimme wahrnahm.

»Dass er eine andere kennengelernt hat«, brachte sie es so schnell wie möglich hinter sich. »Aber das ist, wie gesagt, nur ein Gerücht«, fügte sie hinzu.

»Er wollte doch mit ihr zusammenziehen«, sagte ich vollkommen entgeistert. »Er kann keine andere kennengelernt haben.«

»Das spielt bei der Suche nach ihr überhaupt keine Rolle«, erklärte Danny vernünftig. »Zumal es wahrscheinlich sowieso nur Lügen sind. Du weißt ja selbst, wie das ist, Anna.«

»Danny hat recht«, stimmte ihm Jess zu. »Was die Medien behaupten, ist doch meistens nur Müll.«

»Bei den Hochzeitsdetails lagen sie aber auch richtig.«

Plötzlich erschien James mit einer Zeitschrift in der Hand vor unserer Sitznische. Er rutschte neben Jess auf die Bank, die ihm sofort den Löffel anbot, damit er das sensationelle Eis probieren konnte.

»Hi«, sagte er in die Runde. »Gibt es schon was Neues in Sachen Marianne?«

»Noch nicht«, antwortete Stephanie seufzend. »Sie wird immer noch vermisst.«

»Ich glaube, es gäbe da etwas, was wir tun könnten«, verkündete James und legte die aufgeschlagene Zeitschrift vor uns auf den Tisch.

»Was ist das?«

»Tom Kyzer ist auf Tour. Ratet mal, wo er morgen Abend spielt.« Wir blinzelten ihn ahnungslos an. »In *Rom*. Seine Band spielt morgen Abend hier in Rom.«

»Ernsthaft jetzt?« Alle beugten sich vor, um einen Blick in die Zeitschrift zu erhaschen, während ich verzweifelt die Hochglanzseiten glattstrich. »Das ist alles auf Italienisch!«

»Man versteht es trotzdem ungefähr«, erklärte James mit einem Schulterzucken. »Um ganz sicher zu sein, habe ich auf der Website der Band nachgesehen. Es stimmt: Tom Kyzer spielt morgen in einer großen Konzert-Location namens Atlantico. Dort ist sogar schon Bob Dylan aufgetreten.«

Danny, der neugierig in die Zeitschrift gespäht hatte, lehnte sich zurück. »Du glaubst, Marianne ist hier in Rom?«

»Vielleicht«, antwortete James. »Und wenn nicht, hat Tom vielleicht eine Idee, wo sie sein könnte.«

»James!«, rief ich bewundernd. »Du bist ein Genie! Tom kann mir garantiert irgendwie weiterhelfen.«

»Oh ja! Aber wie wollen wir uns davonschleichen und zu der Location kommen?«, fragte Jess aufgeregt.

»Moment mal.« Ich sah mich am Tisch um. »Ihr könnt nicht alle mitkommen.«

»Warum nicht?«, fragte Jess entrüstet.

»Wenn wir erwischt werden, gibt es richtig Ärger«, argumentierte ich. »Außerdem wird es sicher nicht leicht. Wir müssten uns morgen Abend irgendwie aus dem Hotel schleichen und später wieder unbemerkt hineinkommen.«

»Das kriegen wir hin«, behauptete Danny und schob trotzig das Kinn vor. »Wir haben schon ganz andere Sachen geschafft.«

»Hört mal, ich glaube echt nicht, dass ...«

»Sei einfach still, Anna«, unterbrach mich Jess lachend. »Du könntest diesen Plan niemals ohne uns durchziehen. Bei dir wäre er von Anfang an zum Scheitern verurteilt. Du weißt doch, wie du bist.«

»Du machst das auf keinen Fall alleine«, fügte James mit Nachdruck hinzu. »Wir sind dabei, ob du willst oder nicht.«

Danny und Stephanie nickten eifrig und strahlten sich dann händchenhaltend an.

»Ihr zwei seid übrigens echt widerlich«, bemerkte Jess trocken.

»Morgen Abend, also gut.« Ich holte tief Luft. »Alles, was wir tun müssen, ist, uns in eine der größten Konzert-Locations von Rom zu schmuggeln und mit einem Rockstar zu sprechen, der per SMS mit meiner Stiefschwester Schluss gemacht hat.« Ich biss mir nervös auf die Lippe. »Wisst ihr, was mir komischerweise am meisten Angst macht? Aus dem Hotel zu kommen, ohne dass es Mrs Ginnwell spitzkriegt.«

»Die Lehrer austricksen?« James grinste mich an. »Ist doch ein Kinderspiel.«

Kapitel fünfzehn

»Nur damit ich es richtig verstehe«, sagte Connor, nachdem ich ihn endlich telefonisch erreicht hatte. »Ihr habt vor, euch aus dem Hotel zu schleichen, in eine riesige Konzert-Location hineinzuspazieren und Tom Kyzer zu fragen, ob er euch hilft, das Mädchen aufzuspüren, das er gerade abserviert hat?«

»Ja.«

»Hast du gerade wirklich gesagt, dass Brendan Dakers auch mit von der Partie ist?«

»So ist es. Er ist allerdings erst nachträglich zu unserer Gruppe gestoßen.«

Für einen Moment herrschte Schweigen in der Leitung. »Ist das dein Ernst?«

»Ja!« Ich seufzte und wünschte mir sehnlich, Connor würde die Idee gutheißen, statt meine bohrenden Zweifel noch zu verstärken. »Ich weiß, es klingt verrückt, aber …«

»Verrückt ist noch untertrieben. Wie wollt ihr denn allein schon in den Backstage-Bereich kommen, Anna? Es gibt garantiert Türsteher.«

»James glaubt, dass sie mein Gesicht erkennen. Ich war hier nämlich in den letzten Tagen ziemlich oft in der Presse. Ich behaupte einfach, ich wäre mit Tom verabredet.«

»Ich weiß nicht, Anna.«

Ich raufte mir verzweifelt die Haare. Meine Nervosität war auch so schon groß genug, und nun fiel mir auch noch Connor in den Rücken. Ich beschloss, das Thema zu wechseln.

»Was macht das Zeichnen?«, fragte ich.

»Läuft gut«, antwortete er und klang sofort fröhlicher. »Ich kann es kaum erwarten, dir meine Entwürfe zu zeigen! Manche Charaktere sind echt richtig gut gelungen. Trotzdem hätte ich natürlich gerne deine Meinung mit einbezogen«, fügte er leise hinzu. »Du bist echt genial in solchen Sachen.«

»Quatsch«, widersprach ich lächelnd. »Ich bin überhaupt nicht kreativ. Du bist der Talentierte von uns.«

»Es wäre trotzdem schön, wenn du hier wärst, Anna.«

Ich strahlte.

»Aber jetzt muss ich leider los«, sagte er. Ich umklammerte den Hörer, weil ich noch nicht wollte, dass unser Telefonat endete. Ich brauchte Connors Trost, weil mir richtig schlecht war vor Nervosität. »Heute Abend steht noch jede Menge Arbeit an.«

»Okay«, antwortete ich und schluckte meine Enttäuschung herunter. »Kein Problem. Ich freue mich schon sehr darauf, deine tollen neuen Charaktere zu sehen.«

»Hör mal, tu bitte nichts Unüberlegtes, ja? Ich weiß, was für Angeber James und Brendan sein können. Nicht, dass du wegen irgendeiner dämlichen Idee der beiden in Schwierigkeiten gerätst. Das wäre nämlich typisch, vor allem für Brendan, diesen Scherzkeks. Ich mache mir Sorgen, weil du mir wichtig bist, Anna.«

»Ich weiß.«

Ich wusste es wirklich. Nachdem wir aufgelegt hatten, dachte ich darüber nach, dass Connor immer für mich dagewesen war. Alle anderen hatten entweder versucht, sich wegen meiner neu erlangten Berühmtheit mit mir anzufreunden, oder sie hatten sich über die lächerlichen Situationen kaputtgelacht, in die mein neuerdings berühmtes Ich immer wieder geriet. Zum Beispiel damals, als ich kopfüber in einem

Wasserfall gebaumelt hatte. Oder als ich vor der ganzen Aula zu singen begonnen hatte, obwohl mein Gejaule bestimmt keiner hören wollte. Ob der heutige Abend wohl auch wieder so peinlich enden würde? Allmählich fragte ich mich, ob es nicht besser war, einen Rückzieher zu machen.

Zumal Connors Bedenken wegen Brendan durchaus berechtigt waren. An diesem Vormittag hatte James die ÄUSSERST skeptischen Mitglieder unserer Gruppe mühsam davon überzeugen müssen, dass Brendans Beteiligung eine gute Idee war.

Wir hatten gerade auf der Spanischen Treppe gesessen, während Miss Lawler sich bereitmachte, uns den Zeitplan und die Aufgabe des Tages zu erklären.

»Was für ein wunderbarer Moment, nicht wahr, ihr Lieben?«, sagte sie, nachdem sie von ihrem Klemmbrett aufgeblickt hatte. Damit unterbrach sie unsere ausführliche Diskussion darüber, was ich zu Tom Kyzer sagen sollte. »Seid bitte für eine Minute still und seht euch um. Es geht nicht nur um die Treppe an sich, sondern um die ganze Atmosphäre, die Leute um euch herum, den wunderschönen Brunnen am unteren und die Kirche Santa Trinità dei Monti am oberen Ende, die strahlende Sonne, den blauen Himmel, das Zusammensein mit euren Freunden.« Sie sog tief die Luft ein. »Herrliche Momente wie dieser sind rar gesät im Leben. Genießt ihn in vollen Zügen.«

Ich ließ den Blick über die Menschen schweifen, die um uns herumwuselten oder in Grüppchen auf den Stufen saßen und sich unterhielten, während im Hintergrund das Wasser des Brunnens spritzte und gluckerte. Ich schloss die Augen und spürte die Sonne auf meinem Gesicht.

»Anna genießt wirklich in vollen Zügen«, hörte ich Jess kichernd sagen.

»Halt die Klappe.« Ich lächelte, ohne die Augen zu öffnen, und lehnte meinen Kopf an ihre Schulter, woraufhin sie ihren Kopf auf meinen legte. Jess hatte recht damit, dass Connor etwas Entscheidendes verpasste. Ich selbst hätte diesen Moment auf keinen Fall missen wollen.

Kurz darauf beugte sich James zu uns und ließ die Bombe über Brendans Rolle bei der abendlichen Wir-schleichen-uns-aus-dem-Hotel-Aktion platzen.

»Woher wissen wir, dass er uns nicht verpfeift? Können wir uns sicher sein, dass er der Sache gewachsen ist?«, fragte Jess und suchte die Menschenmenge nach Brendan ab.

Schließlich entdeckte sie ihn. Er zog gerade einem seiner Freunde mit einem Flip-Flop eins über und brach anschließend in lautes Gelächter aus, als sei es das Witzigste, was er je getan hatte.

»Er ist richtig gut in solchen Dingen«, insistierte James.

»Im Umgehen von Regeln?«, wollte Stephanie wissen.

»Genau.«

»Bist du dir sicher? Ich kann mich nicht erinnern, dass Brendan jemals Ärger mit den Lehrern hatte«, sagte ich nachdenklich und erinnerte mich an die vielen Stunden, die ich im letzten Schuljahr mit Nachsitzen verbracht hatte. Oft waren nur Connor und ich dagewesen.

»Weil er sich nie erwischen lässt«, erwiderte James gelassen.

»Und wie sieht sein Plan aus?«, fragte ich und beobachtete, wie Brendan mit seinem Flip-Flop vor Sophies Gesicht herumwedelte, die daraufhin rief: »Iiiiiih, Brendan, voll eklig! Geh und nerv jemand anders!«

»Keine Ahnung«, gestand James lachend. »Aber ich bin mir ganz sicher, dass ihm etwas einfällt, um uns aus dem Hotel zu schleusen, ohne dass Mrs Ginnwell irgendetwas ahnt.«

»Hoffentlich hast du recht, James«, sagte Jess.

»Habe ich«, antwortete er überzeugt. »Ihr müsst mir einfach nur vertrauen.«

Hallo. Dies ist die Mailbox von Nick Huntley. Bitte hinterlassen Sie Ihren Namen und Ihre Nummer sowie gegebenenfalls eine Nachricht, dann melde ich mich bei Ihnen, sobald es mir möglich ist. Vielen Dank.

PIEP

Hallo Nick, Rebecca hier! Erinnerst du dich noch an mich, die Mutter deines einzigen Kindes? Ich frage nur, weil du keine meiner Nachrichten beantwortest. Warum gehst du nicht ans Telefon? Hörst du das Klingeln nicht mehr? Würde mich angesichts deines Alters nicht wirklich überraschen. Soll ich meinen Freund Colin mal fragen wegen eines Hörgeräts für dich? Er trägt jetzt schon seit ein paar Jahren eine Hörhilfe und kann dir sicher ein Gerät empfehlen. Sollte es allerdings so sein, dass du neuerdings ein selektives Gehör entwickelst und VORSÄTZLICH nicht ans Telefon gehst, wenn ich anrufe, werde ich stinksauer, Nicholas. So etwas erwarte ich von Hund, aber nicht von dir. Ich rufe gleich noch mal an, nachdem ich mit Colin gesprochen habe. Hoffentlich bist du bis dahin erwachsen geworden.

Hallo. Dies ist die Mailbox von Nick Huntley. Bitte hinterlassen Sie Ihren Namen und Ihre Nummer sowie gegebenenfalls eine Nachricht, dann

melde ich mich bei Ihnen, sobald es mir möglich ist. Vielen Dank.

PIEP

Hallo Liebling, ich bin's, Helena. Ich habe noch ein bisschen nachgedacht. Meinst du, Marianne könnte im Aquarium sein? Sie ist doch so ein großer Pinguin-Fan. Ich rufe gleich mal dort an und frage nach. Danach melde ich mich wieder und gebe dir Bescheid.

Hallo. Dies ist die Mailbox von Nick Huntley. Bitte hinterlassen Sie Ihren Namen und Ihre Nummer sowie gegebenenfalls eine Nachricht, dann melde ich mich bei Ihnen, sobald es mir möglich ist. Vielen Dank.

PIEP

Nick, Rebecca noch mal. Ich war so abgelenkt von deinem kindischen Benehmen beziehungsweise deinem nachlassenden Gehör, dass ich den eigentlichen Grund für meinen Anruf komplett vergessen habe! Ich wollte dich fragen, ob du glaubst, Marianne könnte vielleicht in Stonehenge sein. Ich erinnere mich, dass sie einmal gesagt hat, sie interessiere sich für alte Bauwerke, und Stonehenge ist so ziemlich das älteste Bauwerk, das mir einfällt. Ich habe vor, meinen Freund Stanley anzurufen. Er wohnt nämlich in der Nähe von Wiltshire und kann bestimmt kurz rüberfahren und nachsehen. Ich melde mich dann wieder bei dir.

Hallo. Dies ist die Mailbox von Nick Huntley. Bitte hinterlassen Sie Ihren Namen und Ihre Nummer sowie gegebenenfalls eine Nachricht, dann melde ich mich bei Ihnen, sobald es mir möglich ist. Vielen Dank.

PIEP

Hallo Liebling, ich bin es wieder. Der Mann vom Aquarium war SEHR unhöflich zu mir! Auf meine Frage, ob er Marianne Montaine irgendwo gesehen habe, hat er doch glatt geantwortet, er hätte keine Zeit für Telefonstreiche, vor allem jetzt nicht, wo er sich um einen Tintenfisch-Notfall kümmern müsse. Und dann hat er einfach aufgelegt! Ich werde mich offiziell über ihn beschweren! Aber als Erstes rufe ich noch einmal an und lasse mir den Namen des Geschäftsführers geben. Und versuch ja nicht, mich davon abzuhalten. Ich melde mich gleich noch mal und erzähle dir, wie es gelaufen ist.

Hallo. Dies ist die Mailbox von Nick Huntley. Bitte hinterlassen Sie Ihren Namen und Ihre Nummer sowie gegebenenfalls eine Nachricht, dann melde ich mich bei Ihnen, sobald es mir möglich ist. Vielen Dank.

PIEP

Nick, hier ist noch mal Rebecca. Stanley geht nicht ans Telefon. Ich versuche jetzt noch einmal Colin zu erreichen. Anscheinend brauchen gleich mehrere meiner Freunde Hörhilfen.

Hallo. Dies ist die Mailbox von Nick Huntley. Bitte hinterlassen Sie Ihren Namen und Ihre Nummer sowie gegebenenfalls eine Nachricht, dann melde ich mich bei Ihnen, sobald es mir möglich ist. Vielen Dank.

PIEP

Du glaubst, nicht, was das Aquarium sich jetzt erlaubt hat, Nick! Als ich anrief, um zu sagen, dass ich, Helena Montaine, mich sehr über einen ihrer Mitarbeiter geärgert hätte und ob ich bitte den Namen des Geschäftsführers erfahren könnte, lachte der Mann am anderen Ende der Leitung und erklärte, der Name des Geschäftsführers laute Mr Ich-bin-nicht-bescheuert. Dann hat er einfach aufgelegt. Schon WIEDER. Ich hoffe, du unternimmst etwas gegen diesen unverschämten Kerl, Nicholas. Du könntest zum Beispiel in einer der Zeitschriften, für die du arbeitest, eine schlechte Kritik über das Aquarium verfassen. Das hat er dann davon!

Hallo. Dies ist die Mailbox von Nick Huntley. Bitte hinterlassen Sie Ihren Namen und Ihre Nummer sowie gegebenenfalls eine Nachricht, dann melde ich mich bei Ihnen, sobald es mir möglich ist. Vielen Dank.

PIEP

Hi Dad, ich bin's. Warum gehst du nicht ans Telefon? In letzter Zeit habe ich irgendwie das Gefühl, dass du langsam taub wirst, aber ich wollte nichts sagen, weil ich ja weiß, wie empfindlich du darauf reagierst, dass du nicht mehr der Jüngste bist. Jess hat mir ihr Handy geliehen, damit ich dir erzählen kann, was wir vorhaben: Wir wollen mit Tom Kyzer sprechen, weil er nämlich hier in Rom ist! Vielleicht versteckt sich ja auch Marianne irgendwo in der Gegend, wer weiß. Ich muss jetzt Schluss machen, weil ich auf einer Feuerleiter stehe und für den Abstieg beide Hände brauche. Tschüss!

Von:	**nicholas.huntley@bouncemail.co.uk**
An:	**helena@montaines.co.uk**
Cc:	**anna_huntley@zingmail.co.uk;**
	rebecca.blythe@bouncemail.co.uk
Betreff:	**Mailbox-Nachrichten**

Das hatte mir heute gerade noch gefehlt.

Rebecca: NEIN, ich glaube NICHT, dass sich Marianne in Stonehenge hinter einer Steinsäule versteckt. Offenbar haben dir die Strauße einmal zu oft in den Kopf gepickt, als du damals in Südafrika sechs Monate lang auf einer Straußenfarm gearbeitet hast. Anders kann ich es mir nicht erklären, dass du nicht mehr zu wissen scheinst, was normales Verhalten ist.

Helena: Lass doch die armen Leute vom Aquarium in Ruhe! Hast du nicht gehört, was der Mann gesagt hat? Er hat einen Tintenfisch-Notfall, um den er sich kümmern muss!

Anna: Ich will lieber gar nicht wissen, warum du gerade auf einer Feuerleiter stehst. Wie auch immer: Komm. Da. Runter.

Marianne braucht sicher nur ein wenig Zeit für sich. Ihr solltet also alle drei mit euren lächerlichen Theorien aufhören. Sie wird schon wieder zurückkommen, wenn sie bereit dazu ist.

Wisst ihr, was ich gerade gedacht habe? Dass Hund das einzige Mitglied meiner Familie ist, das heute nicht den Verstand verloren hat.

Angesichts der Tatsache, dass er vorhin eine Gabel gefressen hat, spricht das nicht gerade für euch drei, würde ich sagen.

Nicholas/Dad x

P.S.: Ich schenke mir jetzt einen großen Whiskey ein und gehe für den Rest des Tages nicht mehr ans Telefon. Ihr könnt das gerne auf mein Gehör schieben. Schön, wenn man eine gute Ausrede hat.

Kapitel sechzehn

Die Feuerleiter war natürlich Teil von Brendans Plan, den er selbst als genial bezeichnete.

»Ich bin vor ein paar Tagen auch über die Feuerleiter abgehauen«, erwähnte er beiläufig, nachdem wir uns alle in meinem Zimmer versammelt hatten, um uns anzuhören, wie er uns unbemerkt aus dem Hotel zu schmuggeln gedachte. »Man kommt direkt runter auf die Straße.«

»Warum können wir uns nicht einfach vorne rausschleichen?«, fragte Jess.

»Zu riskant. Die Lehrer sitzen abends immer auf den Sofas in der Hotellobby und lesen oder machen andere langweilige Sachen. Von dort haben sie die Rezeption und sämtliche vorbeikommenden Hotelgäste perfekt im Blick. Außerdem weiß ich, dass die Hotelmitarbeiter unsere Lehrer informieren sollen, wenn sie sehen, dass Schüler das Hotel verlassen. Und sie sollen diesen Schülern Fragen stellen, bevor sie hinausgehen.« Er zuckte mit den Schultern. »Wahrscheinlich sind sie es gewöhnt, dass bei Klassenreisen immer mal jemand auszubüxen versucht.«

»Woher weißt du das alles?«, wollte Stephanie wissen und spähte bewundernd unter ihren Ponyfransen hervor.

»Ich habe ein bisschen mit der Dame an der Rezeption geplaudert«, antwortete er grinsend. »Und ich habe sie gefragt, ob sie Lust hätte, eine Pizza mit mir essen zu gehen.«

»Ach ja?« James lachte. »Und wie hat sie reagiert?«

»Sie meinte, sie hätte schon gegessen.«

»Na klar.« Jess verdrehte die Augen.

Mir lag die Frage auf der Zunge, warum Brendan so etwas tat, obwohl er doch eigentlich mit Sophie zusammen war, aber ich wollte ihn nicht verärgern. Schließlich tat er mir einen Gefallen, indem er uns aus dem Hotel schmuggelte. Außerdem wirkte Sophie in letzter Zeit sowieso nicht besonders angetan von ihm.

»Ich verstehe immer noch nicht, warum du uns helfen willst«, sagte Jess.

»Aus dem gleichen Grund, aus dem James euch hilft …«, erwiderte Brendan schulterzuckend.

James hob alarmiert den Kopf und warf Brendan warnende Blicke zu, während wir anderen auf eine Erklärung warteten.

»Weil es Spaß macht, etwas Verbotenes zu tun!« Brendan lachte.

Ich seufzte und war ein wenig enttäuscht, ohne so recht zu wissen, warum. Vielleicht hatte Connor doch recht gehabt, was James und Brendan anging.

»Okay, wir klettern also die Feuerleiter runter. Kein Problem«, nickte Danny.

»Der einzige Haken ist das große Fenster in der Hotellobby«, erklärte Brendan. »Die Feuerleiter führt direkt daran vorbei. Wenn euch irgendjemand draußen vorbeiklettern sieht, seid ihr geliefert. Und an dieser Stelle komme ich ins Spiel.«

»Was hast du vor?«, fragte ich.

»Mein Plan ist einfach, aber effektiv«, teilte uns Brendan mit. »Mit minimalem Aufwand lässt sich das maximale Ergebnis erzielen, und zwar so:

Ihr klettert die Feuerleiter runter.

Ihr wartet vor dem Fenster.

Sophie und ich inszenieren dann einen handfesten Streit in der …«

»Moment«, unterbrach ich ihn. »Kannst du Punkt drei bitte noch mal wiederholen?«

»Sophie und ich inszenieren einen Streit in der Hotellobby, und dann …«

»Sophie?« Jess schnappte entrüstet nach Luft. »Auf keinen Fall weihst du Sophie in die Sache ein!«

»Wir brauchen aber ihre Hilfe«, erwiderte Brendan schulterzuckend. »Und dass ich mit Sophie in Streit gerate, ist ein realistisches Szenario.«

»Klingt logisch, finde ich«, sprang ihm James bei.

»Unter gar keinen Umständen!«, rief Jess entsetzt. »Brendan einzuweihen, war das eine – nichts gegen dich, Brendan.« Sie warf ihm einen entschuldigenden Blick zu. »Aber Sophie Parker? Der können wir auf keinen Fall vertrauen. Sie HASST uns. Bestimmt rennt sie sofort los und verpetzt uns bei den Lehrern. Ihr könnte doch gar nichts Besseres passieren, als dass wir Ärger kriegen! Außerdem wirst du sie niemals dazu bringen, freiwillig mitzumachen. Sie hat am Anfang der Reise deutlich genug betont, dass sie niemals mit uns in einem Team sein möchte.«

»Da könnte Jess recht haben«, sagte Danny mit sorgenvoll gerunzelter Stirn. »Wir sollten Sophie lieber nicht in die Sache hineinziehen.«

»Ich bitte euch«, ertönte eine höhnische Stimme von der Tür.

Dort stand Sophie, die mit hoch erhobenem Kopf hereinstolzierte, die Tür hinter sich zuknallte und sie abschloss. »Ich weiß doch sowieso schon alles. Ach ja: Ihr solltet vielleicht ein bisschen leiser reden. Euer Glück, dass niemand auf dem Flur steht und lauscht.«

Sie blieb neben Brendan stehen und betrachtete triumphierend unsere erschrockenen Gesichter.

»Jetzt kriegt euch mal wieder ein«, sagte sie seufzend, zupfte ihren Minirock zurecht und strich sich die Haare glatt. »Ich helfe euch gerne.«

»*Du* hilfst *uns* gerne?«, fragte ich ungläubig.

»Ja«, antwortete sie und machte ein Gesicht, als würde die Situation sie jetzt schon langweilen. »Aber wenn ich euch helfe, unbemerkt aus dem Hotel zu kommen, erwarte ich auch eine Gegenleistung.«

»Oh-oh, das ist GAR NICHT gut«, stöhnte Jess und vergrub den Kopf in ihren Händen.

»Und was für eine?«, fragte ich argwöhnisch.

»Eine Einladung.« Sie richtete entschlossen den Blick auf mich. »Zur Hochzeit. Zur Hochzeit deines Vaters.«

»*Was?*«

Sophie griff nach ihrem Lipgloss, trug ihn auf und erklärte: »Ich will eine Einladung zur Hochzeit deines Vaters. Die Trauzeremonie ist mir egal, aber ich will beim anschließenden Empfang dabei sein. Bei der großen Party. *Falls* die Hochzeit überhaupt noch stattfindet, was laut *Daily Mail* eher unwahrscheinlich ist.«

»Ich kann dir doch keine Einladung zur Hochzeit von meinem Vater und Helena besorgen! Bist du VERRÜCKT?«

Sie steckte den Deckel zurück auf ihren Lipgloss. »Wenn ihr meine Hilfe wollt, muss ich leider darauf bestehen.«

Ich raufte mir die Haare und blickte zu Jess hinüber, die fassungslos den Kopf schüttelte. Auch James machte einen gequälten Eindruck.

»Ich kann *versuchen*, dich irgendwie auf die Party zu schmuggeln. Warum willst ausgerechnet du an der Hochzeit meines Vaters teilnehmen?«

»Weil es die exklusivste Veranstaltung des Jahres wird. Ich habe gehört, dass sogar Leonardo DiCaprio eingeladen ist. Und das will ich mir natürlich nicht entgehen lassen.« Sie zuckte mit den Schultern. »Also, haben wir einen Deal?«

Brendan blickte grinsend in die Runde. »Wir schaffen es wirklich nicht ohne sie, Leute.«

Ich sah James an, der nur hilflos mit den Schultern zuckte.

Dann seufzte ich. »Ja, okay, wir haben einen Deal.«

»Na gut. Da das jetzt geklärt ist, erzähl ich euch den Rest meines Plans«, sagte Brendan. Um Sophies Lippen spielte unterdessen ein selbstgefälliges Lächeln.

Hier der Plan:

1. Brendan führt uns zur Feuerleiter, ohne dass uns jemand sieht.
2. Wir klettern die Feuerleiter runter.
3. Wir halten vor dem Fenster an.
4. Brendan und Sophie inszenieren einen handfesten Streit in der Hotellobby.
5. Die Lehrer greifen ein.
6. Wir klettern schnell am Fenster vorbei auf die Straße.
7. Brendan und Sophie warten, bis wir außer Sichtweite sind, bevor sie ihre Versöhnung inszenieren.
8. Die Lehrer wenden sich wieder ihrer Lektüre zu.
9. Brendan wird von allen als König der Welt gefeiert.
10. (Laut Jess eher als »König der Blödmänner«.)

»Und ihr geht zum Konzert und redet mit Tom Kyzer, der zu diesem Zeitpunkt hoffentlich bereits sein Shirt ausgezogen hat«, schloss Sophie, die damit beschäftigt war, Feuchtigkeitscreme auf ihren Sonnenbrand aufzutragen. »Macht euch keine Sorgen – der Plan ist absolut idiotensicher.«

»Ich hätte nie gedacht, dass ich das einmal sagen würde«, erklärte Jess und ließ sich rückwärts aufs Bett fallen, bevor sie sich das Gesicht mit den Händen bedeckte. »Ich hoffe inständig, dass Sophie recht hat.«

Ein paar Stunden später kauerten wir dichtgedrängt auf der stählernen Plattform der Feuerleiter, die spiralförmig hinunter zur Straße führte.

»Ist die Leiter gefährlich?«, fragte Stephanie ängstlich. »Sie sieht nicht besonders stabil aus.«

»Die müsste schon halten. Okay, ich war neulich allein, und ihr seid zu fünft, aber na ja. Wir sehen ja, was passiert. Also gut«, flüsterte Brendan und rieb sich die Hände, während Stephanie besorgt die Leiter hinunterspähte und Danny sich schützend vor sie kauerte. »Showtime. Ich gehe und hole Sophie. Ihr müsstet uns eigentlich durchs Fenster streiten hören. Wenn nicht, seht ihr auf jeden Fall die Lehrer aufstehen und zu uns rennen. Vorausgesetzt, ihr positioniert euch richtig auf den Stufen. Passt nur auf, dass euch keiner entdeckt.«

Brendan hielt den Daumen hoch und klatschte James ab, bevor er uns auf der Plattform allein ließ und die Notausgangtür hinter sich zumachte.

»Jetzt gibt es kein Zurück mehr«, sagte ich und schluckte nervös.

»Dann los.« James grinste, wuschelte mir durch die Haare und machte sich als Erster auf den Weg nach unten. Wir anderen folgten ihm und klammerten uns am kalten Stahlgeländer fest, während wir hintereinander an der Seitenwand des Hotels hinunterkletterten.

Auf einer Plattform knapp oberhalb des Lobby-Fensters verharrte James und hob warnend die Hand, damit auch wir anderen anhielten.

»Ich sehe Mr Kenton sein Buch lesen. Brendan müsste jeden Moment auftauchen«, flüsterte er.

Ich stand so dicht hinter ihm, dass mein Kinn fast seinen Rücken berührte, während Jess sich hinter mir vorbeugte, mir beide Hände auf die Schultern legte und sie hektisch drückte.

Plötzlich war ein lauter Knall zu hören. Stephanie schnappte erschrocken nach Luft, und auch mir blieb der Atemzug in der Kehle stecken. Lautes Geschrei brach aus, und Sophies schrilles Kreischen stach deutlich aus dem Wirrwarr der anderen aufgeregten Stimmen hervor.

»Los! Los! Los!« James signalisierte uns, ihm zu folgen, und wir brachten eilig den Rest der Feuerleiter hinter uns. Es dauerte nur Sekunden, bis wir alle am Fenster vorbei auf die Straße geklettert und um die nächste Hausecke verschwunden waren.

»Was war das für ein Knall?«, fragte Jess, während sie den Reißverschluss meines Rucksacks aufmachte und den Stadtplan herausholte.

»Die beiden müssen irgendetwas zerbrochen haben, damit ihr Streit noch dramatischer wirkt«, kicherte James.

»Ich muss leider zugeben, dass Sophies Geschrei hervorragend gespielt war«, murmelte Jess. Dann wandte sie sich mit einem mitleidigen Lächeln an mich. »Keine Ahnung, wie du Helena erklären willst, dass du deine Schulfeindin mit zur Hochzeit bringen willst.«

Ich zog eine Grimasse und überlegte, ob sich Sophie wohl durch ein Hintertürchen auf die Hochzeitsparty schmuggeln lassen würde, ähnlich, wie wir es an diesem Abend bei dem Konzert vorhatten. Ich bezweifelte es.

»Hier entlang«, riss mich Danny gnädig aus meinen Gedanken, während er sich den zusammengefalteten Stadtplan in die Hosentasche schob. »Wir müssen uns beeilen, wenn wir vor Konzertbeginn da sein wollen.«

Also marschierten wir durch die kopfsteingepflasterten Sträßchen und die Abendwärme los, ohne viele Worte miteinander zu wechseln. Falls es den anderen auch nur ansatzweise so ging wie mir, waren sie vollauf damit beschäftigt, ihre Nerven im Zaum zu halten. Ich hatte immer noch keine Ahnung, was ich zu den Türstehern oder zu Tom sagen wollte, wenn wir bei der Konzert-Location ankamen. Irgendwie hoffte ich, dass ich Marianne in der Nähe entdeckte und mich direkt auf sie stürzen konnte.

»Alles okay?«, fragte James, als wir uns endlich der Konzerthalle näherten. »Du siehst blass aus.«

»Ach, es ist nur … normalerweise mache ich so was nicht«, gestand ich und schluckte den Kloß in meiner Kehle hinunter. »Das ist total untypisch für mich.«

»Echt?« James sah mich überrascht an. »Finde ich nicht.«

Jetzt war es an mir, ihn überrascht anzusehen.

»Im Notfall für Freunde und Familie da zu sein? Das klingt absolut nach dir«, erklärte er.

»Vorsätzlich die Regeln zu brechen, meinte ich.«

»Na ja, vielleicht ist das ja eine neue Seite an dir.« Er grinste. »Niemand bleibt sein Leben lang gleich. Steht dir gut, finde ich.«

»Guck mal, du Regelbrecherin«, sagte Jess und stupste mich sanft in die Seite. »Tom Kyzer scheint eine riesige Fangemeinde hier in Italien zu haben.« Sie wies mit dem Kinn auf die vielen *On the Rox*-Fans, die vor uns Schlange standen und von denen nicht wenige Toms Gesicht auf ihren T-Shirts hatten.

»Das da drüben müsste der Bühneneingang sein. Seht ihr, was ich meine?« James zeigte auf eine schmale Tür an der Seite des Gebäudes, vor der ein schwarz gekleideter Riese mit Knopf im Ohr stand. Er unterhielt sich mit einem dünnen, sehr jung aussehenden Mann mit Kopfhörern um den Hals.

Bestimmt einer der Tontechniker, dachte ich.

»Der Türsteher könnte auch in einer Spezialeinheit der Armee kämpfen«, stellte Stephanie fest und betrachtete ehrfürchtig die Körpergröße und die Muskeln des Schwarzgekleideten. »Meinst du wirklich, unser Plan geht auf, James?« Sie biss sich nervös auf die Lippe.

»Klar«, antwortete James zuversichtlich. »Jess, du hast deine Kamera parat?«

»Zu Befehl«, erwiderte sie grinsend.

»Und Anna, du hast eine große Sonnenbrille dabei?«

»Die größte, die ich besitze«, sagte ich, gab meinen Rucksack an Jess weiter und setzte die Sonnenbrille auf.

»Perfekt. Du siehst aus wie das It-Girl, das du bist«, lobte James und klatschte in die Hände. »Seid ihr alle bereit? Jetzt sind eure Schauspielkünste gefragt. Jess, du musst so richtig zeigen, was in dir steckt, und noch überzeugender sein als deine beste Freundin Sophie. Ihre Darbietung in der Hotellobby klang vorhin täuschend echt.«

»Ich bitte dich«, schnaubte Jess verächtlich und bereitete ihre Kamera vor. »Ich bin IMMER überzeugender als Sophie.«

James zwinkerte mir zu und flüsterte: »Anna, du kannst jetzt loslaufen. Lass deine innere Marianne raus.« Er nickte Stephanie auffordernd zu.

Auf dieses Signal hin öffnete sie den Mund und schrie so laut, dass die Köpfe sämtlicher *On the Rox*-Fans zu uns herumfuhren: »DAS IST ANNA HUNTLEY!!« Sie packte Dannys Arm und hüpfte wild auf und ab. »DAS IST ANNA HUNTLEY! DIE KENNE ICH! SIE IST MIT TOM KYZER BEFREUNDET!«

Danny und James schlüpften ebenfalls in ihre Rollen und kreischten mit Stephanie um die Wette, stellten mir Fragen und bettelten um ein gemeinsames Foto. Jess hob ihre Kamera und begann, mich von allen Seiten abzulichten, während ich ungerührt weiterging. Es blitzte ungefähr jede Sekunde.

»Hat jemand einen Stift? Ich will ein Autogramm!«, rief Danny in Richtung der wartenden Fans.

Sofort scherten die *On the Rox*-Anhänger aus der Schlange aus und kamen herübergerannt.

Ich gab mir die größte Mühe (a) nicht über meine eigenen Füße zu stolpern und mich (b) nicht von den unzähligen kreischenden Fans einschüchtern zu lassen, die mit gezückten Stiften und Handys auf mich zuschossen.

Nachdem sie einen aufgeregten Kreis um mich herum gebildet hatten, wechselten James, Danny und Stephanie die Rollen und schirmten mich schützend vor der Menge ab. Ich zog unterdessen weiter meine Show ab, hielt den Kopf gesenkt und steuerte auf die Tür zu, blickte nur hin und wieder auf, um den Fans zuzulächeln und zu winken, genau wie Marianne es immer tat. Der Tumult war groß genug, um die Aufmerksamkeit des Türstehers und des Tontechnikers zu erregen, die uns interessiert entgegenblickten.

»Entschuldigung«, sagte James, der jetzt mein persönlicher Bodyguard war. »Anna und ihre Leute möchten gern in den Backstage-Bereich.«

Der Türsteher beäugte ihn misstrauisch und hielt abwehrend die Hand hoch, während die Menge immer aufgeregter und größer wurde, weil weitere Neugierige hinzustießen, die sich einen Blick auf ein Bandmitglied erhofften. Der Türsteher verriegelte die Tür.

Ich beugte mich zu ihm vor und sagte: »Ich bin Anna Huntley, eine Freundin von Tom Kyzer, wie Sie sicher wissen. Eigentlich hatte ich gehofft, unbemerkt hineinschlüpfen zu können, aber …« Ich lächelte entschuldigend in Richtung Menschenmenge. »Wahrscheinlich hätte mir klar sein müssen, dass eingefleischte Tom-Kyzer-Fans auch seine Freunde erkennen.«

Der Türsteher sagte etwas auf Italienisch in ein Mikro, das an seiner Jacke befestigt war, hielt sich einen Finger ans Ohr, als die Antwort kam, und nickte dann. Nachdem er die Tür geöffnet hatte, führte uns der Tontechniker nach drinnen.

Die Tür fiel hinter uns ins Schloss, und ich hörte James erleichtert aufatmen.

»Wollt ihr in Mr Kyzers Garderobe?«, fragte unser Begleiter mit starkem italienischem Akzent.

»Wenn du so nett wärst?« Jess lächelte und klimperte mit den Wimpern, während sie das gebräunte, fein geschnittene Gesicht und die langen Haare des jungen Mannes nicht gerade dezent mit ihren Blicken verschlang.

Ich sah, wie Danny die Augen verdrehte. Der Tontechniker strahlte Jess an und ging neben ihr einen Flur entlang, wobei er ihr eine Menge Fragen stellte. Wir anderen marschierten selbstbewusst hinterher.

Nachdem wir an mehreren schwarz gekleideten Sicherheitsleuten vorbeigekommen waren und immer wieder Mitgliedern der Crew begegneten, die mir unbedingt die Hand schütteln und mir sagen wollten, was für große Fans des YouTube-Videos von meinem desaströsen Comic-Messe-Besuch sie waren (offenbar kursierte es inzwischen überall), kamen wir vor einer großen violetten Tür zum Stehen.

»Hier«, sagte der Tontechniker und drückte Jess eine Visitenkarte in die Hand. »Meine Kontaktdaten.« Sie schmolz förmlich dahin. »Ruf mich an, dann gehen wir einen Espresso trinken.«

Nachdem er Jess noch einmal zugewinkt hatte und den Flur entlang verschwunden war, packte sie meinen Arm und kreischte: »NA ENDLICH!« Dann seufzte sie verträumt und fügte hinzu: »Danke, Anna. Ich wusste, dass du mir in Rom noch irgendwie nützlich sein würdest.«

»Kommt jetzt«, forderte uns Danny genervt auf. »Wir haben eine Mission zu erfüllen.«

»Bist du bereit?«, fragte James und legte mir beruhigend die Hand auf die Schulter. Ich sah die anderen an, die mir aufmunternd zunickten. Also holte ich tief Luft und hob die Hand.

Doch bevor ich an die Tür klopfen konnte, ging diese von allein auf, und Tom Kyzer stand vor uns. Er hielt Händchen mit einer jungen Frau, die ihn bewundernd anschmachtete.

Und diese junge Frau war nicht Marianne.

Kapitel siebzehn

Folgende Gedanken rasten mir durch den Kopf, als ich Tom Kyzer mit einem anderen Mädchen in seiner Garderobe sah, nachdem er erst einen Tag zuvor per SMS mit Marianne Schluss gemacht hatte:

1. WAS?! Nein. NEIN!
2. Wer ist dieses Mädchen? Ich habe sie noch nie gesehen!
3. Moment, ich habe sie doch schon einmal gesehen, aber wo?
4. Jetzt weiß ich es wieder! Auf dem Titel der *Vogue*. Ja, genau da habe ich sie gesehen.
5. An das Titelbild erinnere ich mich deshalb so genau, weil sie mich schon damals an einen Hammerhai erinnert hat.
6. Ihr wisst schon, diese Haie, bei denen die Augen ewig weit auseinanderstehen.
7. Genau daran hat sie mich erinnert. An einen Hammerhai.
8. Einen hübschen Hammerhai, das gebe ich zu. Aber trotzdem einen Hammerhai.
9. Wie kann es Tom Kyzer WAGEN, Marianne für einen Hammerhai abzuservieren?!
10. IST ER VERRÜCKT? Ich hasse ihn!
11. Ich wünschte, ich könnte Karate.
12. Dann könnte ich ihm jetzt nämlich einen Karatehieb verpassen.
13. Wobei es vielleicht ein bisschen schwierig wäre, ihn richtig zu erwischen.

14. Ich müsste Tom erst umrunden, um seinen Rücken zu treffen.
15. Oder ich könnte ihm einen Karatekick verpassen.
16. Und zwar mitten ins Gesicht. Schade, dass ich kein Karate kann.
17. VIELLEICHT TRETE ICH IHM TROTZDEM MITTEN INS GESICHT. UND ZWAR SOFORT.
18. Andererseits mache ich mich damit wahrscheinlich lächerlich und verletze mich noch dazu.
19. Ich trete ihm also lieber nicht ins Gesicht.
20. SONDERN STARRE IHN STATTDESSEN WÜTEND AN.

Tom Kyzer wirkte genauso überrascht darüber, mich zu sehen, wie ich über das Hammerhai-Model an seiner Seite überrascht war.

»Anna?«, fragte er völlig perplex und ließ ihre Hand los, als hätte er sich daran verbrannt. »Was machst du denn hier?«

Äh.

Überleg dir, was du sagen willst, Anna. Du hast deine Freunde den ganzen Weg hierher geschleift. Sie haben für dich Ärger mit den Lehrern riskiert. Sag etwas Intelligentes und Ernstzunehmendes, das Tom Kyzer sein Fehlverhalten bewusst macht.

»Der Tontechniker hat uns hergebracht.«

DER TONTECHNIKER HAT UNS HERGEBRACHT?!

DAS IST DAS BESTE, WAS DIR IN SO EINEM MOMENT EINFÄLLT?!

Ernsthaft, warum bin ich auf diesem Planeten? WARUM?

Er starrte mich an, und ich versuchte krampfhaft, einen vernünftigen Satz zu bilden. Vergeblich. Mein Verstand spielte verrückt, weil ich mir immer noch keinen Reim auf die Situation machen konnte.

Nur eins war mir vollkommen klar: dass dieser dämliche Rockstar Marianne großen Schmerz zugefügt hatte und momentan niemand wusste, wo sie sich befand. Und er benahm sich, als wären ihm ihre Gefühle vollkommen egal!

»Anna hat dir etwas zu sagen«, durchbrach James mein verzweifeltes Schweigen und schob mich sanft nach vorne. »Auf geht's, Anna. Du bist nicht umsonst hergekommen.«

Ich sah James dankbar an und musste daran denken, wie oft er mir vor dem Sporttag gesagt hatte, dass ich den Pokal holen konnte, obwohl ich bis zum Schluss nicht daran geglaubt hatte.

»Tom«, begann ich und holte tief Luft, während James einen Schritt zurücktrat. »Ich muss wissen, wo Marianne ist. Hast du vielleicht von ihr gehört? Sie ist verschwunden, und ich denke, du bist uns zumindest diese Information schuldig, nachdem du sie so mies behandelt hast.«

Ich erwartete, dass er in Anbetracht meines höflichen Tonfalls und meiner vernünftigen Bitte wenigstens ein bisschen zerknirscht war oder sogar ein wenig traurig darüber, dass sich alles so entwickelt hatte. Stattdessen fing er an zu lachen.

Als ob die Geschichte irgendwie witzig wäre.

Ich warf den anderen einen Blick zu und fühlte mich bestärkt, weil auch sie vollkommen schockiert wirkten.

»Anna.« Tom schüttelte den Kopf. »Du willst mir doch nicht weismachen, dass du den ganzen Weg hierhergekommen bist, um mich zu fragen, wo Marianne ist? Ich habe nicht die geringste Ahnung!« Er spähte über seine Schulter zum Hammerhai-Model, das hinter ihm stand und die Szene neugierig beobachtete. »Ernsthaft, ich weiß es nicht. Wie kommst du auf die Idee, dass ich dir weiterhelfen könnte?«

»Wie ich auf die Idee komme? Du warst bis gestern noch mit ihr zusammen! Und weil du ihr das Herz gebrochen hast, ist sie jetzt verschwunden. Wir sind gerade in Rom auf Klassenfahrt, und ich dachte, sie wäre vielleicht auch hier, um mit dir zu reden«, erklärte ich, während mir vor Wut das Blut in die Wangen stieg.

»Tja, ist sie nicht. Hätte ich ehrlich gesagt auch ganz schön komisch gefunden.« Er verschränkte die Arme und verlagerte sein Gewicht auf den hinteren Fuß, als wollte er betonen, wie egal ihm das alles war. »Marianne weiß doch, wie es läuft. Ihr war von Anfang an klar, worauf sie sich eingelassen hat.«

»Glaub mir, sie hatte keine Ahnung, mit was für einem Arschloch sie zusammen ist.« Meine Wut auf Tom hatte mittlerweile jede Schüchternheit und jede Verlegenheit verdrängt. Sie brodelte in mir und drohte überzukochen. »Du hast gesagt, dass du mit ihr zusammenziehen willst!«

»Moment mal, ganz langsam«, sagte er mit erhobenen Händen und schielte wieder zum Hammerhai-Model nach hinten, dessen Augen mit fortschreitendem Gespräch immer schmaler wurden, was es noch MEHR wie ein Hammerhai aussehen ließ.

»Kann sein, dass wir irgendwann darüber gesprochen haben.« Tom zuckte mit den Schultern. »Aber was *Ernstes* war das mit uns nicht.«

»Wie kannst du es als nichts Ernstes bezeichnen, wenn man zusammenziehen will?«, brüllte ich.

Einer der Sicherheitsmänner auf dem Flur hustete und erinnerte mich daran, dass wir unter Beobachtung standen. Also versuchte ich, Klang und Tonhöhe meiner Stimme zu bändigen.

»Ich kapiere gar nichts mehr, Tom. Ihr beide wart doch ineinander verliebt. Und dann lässt du sie einfach fallen. Wie kann so etwas passieren?«

»So läuft das nun mal auf dieser Welt, Anna. Das weißt du doch am allerbesten!« Er beugte sich vor und boxte mir spielerisch in den Arm, woraufhin sich James drohend vor ihm aufbaute und er vorsichtshalber wieder einen Schritt zurück machte.

»Wie gesagt, so läuft es auf der Welt«, wiederholte Tom und beäugte James nervös. »Ich bin Musiker, und Marianne ist … na ja … ein ›It-Girl‹, oder wie auch immer man es nennen möchte. Wir bewegen uns beide in denselben Kreisen. In der schnelllebigen Showbranche entwickeln sich die Dinge rasant, da muss man sich anpassen. Ich bin auf Tour, lerne neue Leute kennen, mache neue Erfahrungen, finde durch meine Musik zu mir selbst …«

Jess schnaubte laut, woraufhin Tom abrupt verstummte. Er sah sie blinzelnd an, bevor er weiterredete.

»Wie gesagt, ich finde durch meine Musik zu mir selbst. Und Marianne hat ihre … äh … ihre Projekte. Die komischerweise nie irgendwohin führen.«

»Das hättest du ihr vielleicht mal sagen sollen«, flüsterte ich, während die Tränen in meinen Augen brannten. Ich konnte nicht glauben, dass er Marianne die ganze Zeit etwas vorgemacht hatte, ihr weisgemacht hatte, er fühle das Gleiche für sie.

»Hör mal, Anna, es ist so: Marianne und ich hatten Spaß zusammen, wirklich«, sagte er. »Zum Beispiel bei deinem Sporttag oder bei den Veranstaltungen, die wir zusammen in London besucht haben. Wir hatten auch gute Zeiten. Aber wir sind eben anders.«

»Anders?«, meldete sich Stephanie zu Wort, die zutiefst angewidert wirkte.

»Ja, anders«, erwiderte er defensiv. Es schien ihn zu ärgern, dass er deutlicher werden musste. »Wir stehen beide im Licht der Öffentlichkeit. Nichts, was zwischen uns passiert ist, war echt. Wie auch, wir sind schließlich beide berühmt. Jeder weiß, dass das mit uns nichts …«, er suchte nach dem passenden Ausdruck, »… nichts *Richtiges* war.«

»Toll, wie du mit Worten umgehen kannst. Wird das der Text deines nächsten Songs?«, fragte Jess und verschränkte aufsässig die Arme.

»Ich denke, wir sind dann durch mit diesem Gespräch. Aber hey!« Tom machte wieder Anstalten, mir in die Schulter zu boxen, überlegte es sich jedoch anders, als James sich warnend räusperte. »Nichts für ungut, ja?«

Er bedachte mich mit einem künstlichen Lächeln und streckte die Hand nach dem Hammerhai-Model aus.

Ich kann nicht genau sagen, warum ich tat, was ich als Nächstes tat.

Vielleicht lag es an der lässigen Art, wie er »nichts für ungut« gesagt hatte, oder daran, dass er während des ganzen Wortwechsels so getan hatte, als wäre überhaupt nichts Schlimmes passiert und als könnten wir alle darüber lachen.

Vielleicht war es die Selbstverständlichkeit, mit der er erneut die Hand des Hammerhai-Models ergreifen wollte, als sei es sein gutes Recht, andere Menschen so zu behandeln, wie er Marianne behandelt hatte, und sie ohne jede Entschuldigung einfach sitzen zu lassen.

Vielleicht lag es aber auch daran, dass ich plötzlich wieder das überglückliche Lächeln vor mir sah, mit dem Marianne uns eröffnet hatte, dass Tom und sie zusammenziehen würden.

Möglicherweise führten alle diese Gründe dazu, dass ich rotsah.

Während Tom über die Schulter blickte, um herauszufinden, warum das Hammerhai-Model seine Hand verschmähte, schüttelte Jess angewidert den Kopf, und auch James sah aus, als wollte er Tom am liebsten einen Fausthieb ins Gesicht verpassen. Unterdessen schnappte ich mir kurz entschlossen einen großen Wasserkrug, der in der Garderobe auf einem Regal stand, hob ihn hoch in die Luft und goss Tom Kyzer das Wasser, so schwungvoll ich konnte, über seinen dämlichen, minderbemittelten Kopf.

In der Garderobe wurde kollektiv nach Luft geschnappt.

Tom Kyzers bis eben noch perfekt gestylte Haare hingen ihm triefend ins Gesicht, und der schwarze Eyeliner, den er auf der Bühne trug, begann, seine Wangen hinunterzutropfen. Seine mit Fransen besetzte Lederjacke und sein T-Shirt waren völlig durchnässt und klebten an seinem Körper, und um seine durchweichten Designerschuhe herum bildete sich eine Pfütze.

Dann passierte Folgendes:

1. James brach in das lauteste Gelächter aus, das ich je gehört habe.
2. Jess und Danny stimmten ein.
3. Stephanie fing an zu applaudieren.
4. Tom Kyzer wischte sich das Wasser aus den Augen und brüllte: »MANN, WAS SOLL DAS?!«
5. Sicherheitsleute kamen in die Garderobe gerannt und sahen Tom Kyzer, der von Kopf bis Fuß durchnässt war.
6. Einer von ihnen kicherte, überspielte seine Heiterkeit jedoch mit einem Hustenanfall.
7. Tom rief: »WERFT SIE RAUS!«
8. Wir wurden alle fünf bei den Armen gepackt und aus der Garderobe geschoben.
9. Während ich hinaus auf den Flur komplimentiert wurde, johlte das Hammerhai-Model und rief: »Girlpower!«
10. Wir wurden hochkant aus dem Gebäude geworfen und landeten wieder auf der Straße.

Es stellte sich heraus, dass die sozialen Medien bereits Wind bekommen hatten von dem kleinen Aufruhr, den wir provoziert hatten, um in die Konzert-Location zu kommen. Unser vermeintlich so raffinierter Plan hatte also zur Folge, dass Hunderte italienische Reporter vor dem Bühneneingang lauerten, in der Hoffnung, eine aufregende Story zu ergattern.

Sie wurden nicht enttäuscht.

Die Sicherheitsleute, die uns aus dem Gebäude brachten, warfen uns zwar nicht direkt zu Boden, winkten uns aber auch nicht liebenswürdig hinterher. Sobald sie die Tür geöffnet und uns ohne Umschweife hinausgeschoben hatten, setzte das Blitzlichtgewitter ein.

Es fiel den italienischen Journalisten nicht allzu schwer, sich zusammenzureimen, was passiert war. Offenbar hatten sie auch ihr Englisch aufpoliert, denn sie bombardierten mich umgehend mit Fragen: »Anna, warum wurdest du rausgeschmissen?« »Hat es mit Mariannes Trennung zu tun?« »Anna, stimmt es, dass Tom sich bereits mit dem Topmodel Natalia tröstet?« »Anna, kannst du bestätigen, dass die Hochzeit abgesagt wurde?« »Anna, bist du rausgeflogen, weil du Tom zur Rede gestellt hast?« »Anna, war das Ganze eine Racheaktion?«

Mein Verstand schien nicht mehr zu funktionieren, der der anderen zum Glück schon. James und Danny nahmen mich schützend in ihre Mitte und hakten sich rechts und links von mir unter, um mich heil durch die Reportermeute zu eskortieren, wobei sie energisch Mikrofone und Kameraobjektive wegschoben.

»Was ist mit den beiden anderen?«, kiekste ich panisch, weil weder Stephanie noch Jess zu sehen waren.

»Direkt hinter uns«, knurrte James und stieß mit dem Ellbogen einen besonders aufdringlichen Journalisten beiseite. »Keine Sorge, es wird alles gut.«

Ich war mir nicht sicher, ob er die beiden Mädchen meinte oder meine Situation. Mir rutschte das Herz in die Hose, als mir aufging, in welchen Schwierigkeiten ich steckte. Wenn Dad von der ganzen Sache erfuhr, drehte er durch. Eigentlich war geplant gewesen, dass ich mich in Italien möglichst unauffällig verhielt, und nun hatte ich den Ruf unserer Familie noch weiter beschädigt und uns allen zusätzliche Probleme eingebrockt. Hätte ich doch nur auf Connor gehört!

Es war alles ein Riesenschlamassel.

Danny ließ mich los, um ein Stück vorauszurennen und an der nächsten großen Straße ein Taxi anzuhalten. James packte meinen Arm noch fester, weil er die Presse nun allein abwehren musste, während ich unbeholfen übers Kopfsteinpflaster stolperte und ihm keine große Hilfe war.

»Hey!«, sagte James, als er sah, dass eine Träne meine Wange hinunterkullerte. »Du hast dich wacker geschlagen, It-Girl. Konzentrier dich einfach darauf, nicht das Gleichgewicht zu verlieren, ja? Es sind zwar keine Ententeiche in der Nähe, aber dafür etliche Brunnen.«

Danny riss die Beifahrertür des Taxis auf, und James half mir auf den Sitz, bevor er die Tür hinter mir zuknallte. Das Taxi wartete, während die Jungen Jess und Stephanie auf die Rückbank schoben. James rief Jess zu, dass sie zum Hotel fahren sollten. Er und Danny würden im nächsten Taxi folgen.

Der Fahrer trat aufs Gas, und wir jagten davon und entflohen dem Lärm und dem Gedränge.

»Hui, damit hat wohl keiner von uns gerechnet«, stieß Jess schwer atmend hervor, während sich ein Grinsen auf ihrem Gesicht ausbreitete. Sie griff nach meiner Hand. »Anna Huntley, du bist der Wahnsinn!«

Ich hatte die dumpfe Vorahnung, dass das nicht alle so sehen würden.

Kapitel achtzehn

Von: **nicholas.huntley@bouncemail.co.uk**
An: **anna_huntley@zingmail.co.uk**
Betreff: **DAS GIBT ÄRGER, MEINE LIEBE**

Anastasia Huntley, ich bin sehr enttäuscht von dir.

Was hast du dir nur dabei gedacht? Wie ich den Fotos entnehme, mit denen jede Zeitung und jede Website dieses Planeten übersät ist, hast du dich nicht nur selbst in Schwierigkeiten gebracht, sondern auch noch deine Freunde mit hineingezogen!

Ich habe keine Ahnung, was du um diese Uhrzeit außerhalb des Hotels zu suchen hattest. Deine Lehrerin hat mich kontaktiert – ja, ich habe mit Mrs Ginnwell gesprochen, die sich natürlich für die ganze Sache verantwortlich fühlt, obwohl ich ihr versichert habe, dass ich ihr nicht die geringste Schuld gebe, weil du zweifellos irgendeinen Plan ausgeheckt hast, um sie und die anderen Lehrer in die Irre zu führen –, und sie hat mir mitgeteilt, dass ihr, deine Freunde und du, zur Strafe nicht an der Abschlussparty teilnehmen dürft.

Ich habe ihr gesagt, dass sie deinen Aufenthalt gerne vorzeitig beenden und dich in ein Flugzeug zurück nach England setzen kann, aber sie hat mir versichert, dass das nicht nötig sein wird.

Vom Sicherheitsdienst aus einer Konzerthalle geworfen? Ist dir klar, dass wir jetzt NOCH mehr unter Beobachtung der Presse stehen? Also wirklich, Anna. Du bist doch normalerweise so vernünftig! Na ja, manchmal jedenfalls.

Was, wenn dir etwas Schlimmes passiert wäre? Dann wäre kein Erwachsener da gewesen, um dir in dieser fremden Stadt beizustehen. Das ist der Hauptgrund, warum ich so sauer auf dich bin.

Du hast mein Vertrauen in dich gründlich zerstört, Anna.

Deshalb bin ich so wütend.

Wir unterhalten uns noch einmal ausführlicher darüber, wenn du nach Hause kommst. Bis dahin HALT DICH VON JEDEM ÄRGER FERN!

Das ist ein Befehl.

Dad xx

Von: **helena@montaines.co.uk**
An: **anna_huntley@zingmail.co.uk**
Betreff: **GUT GEMACHT!**

Meine liebe Anna,

wir sind so was von STOLZ auf dich! Ich habe mich schlappgelacht über deine Rangelei mit diesen muskulösen (und gar nicht mal so unansehnlichen) italienischen Security-Typen!

Wenn ich doch nur vor der ganzen Aktion noch einmal mit dir gesprochen hätte! Wir haben nämlich mittlerweile festgestellt, dass Marianne bei Freunden übernachtet hat, die irgendwo mitten in der Pampa wohnen, weshalb sie keinen Handyempfang hatte. Angeblich hat sie einen Zettel für mich an den Kühlschrank gehängt. Keine Ahnung, warum sie davon ausgegangen ist, ich würde dort nachgucken.

Sie weiß doch, dass ich normalerweise auswärts esse.

Wie auch immer, mir ist jedenfalls ganz warm ums Herz geworden, als ich gehört habe, dass du dich davongeschlichen hast und in die Konzerthalle eingebrochen bist, in der Tom spielen sollte! Ich wusste sofort, dass du dort warst, um Tom die Meinung zu sagen! Das ist einfach wunderbar! Und dann haben sie dich rausgeworfen! Wie in einem meiner alten Filme!

Ignorier deinen Vater einfach, diesen alten Griesgram – sein Sinn für Humor hat ihn kurzzeitig im Stich gelassen.

Bis du nach Hause kommst, hat er sich bestimmt beruhigt und lacht mit uns zusammen über die Geschichte. Weißt du, insgeheim ist er sehr beeindruckt davon, dass seine beherzte kleine Tochter für Marianne so viel riskiert hat.

Ich bin sehr stolz, dich in ein paar Wochen offiziell meine Tochter nennen zu dürfen.

In Liebe,

Helena xxx

Von: **rebecca.blythe@bouncemail.co.uk**
An: **anna_huntley@zingmail.co.uk**
Betreff: **Geht es dir gut?**

Anna, mein Schatz,

ich habe in aller Ausführlichkeit gelesen, was passiert ist, und mit deinem Vater gesprochen, und jetzt wollte ich mich vergewissern, dass es dir gut geht.

Natürlich ist es nicht richtig, dass du dich einfach so aus dem Hotel geschlichen hast, aber ich muss zugeben, dass ich lachen musste, als ich die Fotos von deinem Rauswurf aus der Konzerthalle gesehen habe.

Nicks Augenbrauen sind ihm fast von der Stirn gehüpft! Wie damals, als er herausgefunden hat, dass ich mit seiner Kreditkarte einen süßen kleinen Esel gerettet habe, der sonst verhungert wäre, wie es im Fernsehspot der Tierschutzorganisation hieß.

Na ja, jedenfalls bin ich nach diesem ganzen Schlamassel in Rom froh, wenn du wieder zu Hause bist. Hund scheint dich sehr zu vermissen. Dein Vater sagt, dass er sich äußerst merkwürdig benimmt in letzter Zeit.

Offenbar heult er immer wieder den Mond an und nervt damit die Nachbarn. Du kennst doch Mrs Trott, die direkt neben euch wohnt? Die mit dem fiesen Gesicht? Sie tyrannisiert deinen Vater regelrecht wegen Hunds Gejaule. Er versteckt sich neuerdings hinter den Vorhängen, wenn sie am Haus vorbeigeht. Anscheinend hat sie ihm eine ganz schöne Standpauke gehalten.

Und was vielleicht sogar noch seltsamer ist: Hund besteht seit Neuestem darauf, auf dem Rücken die Treppe runterzurutschen.

Seit drei Tagen ist er kein einziges Mal mehr normal hinuntergegangen. Stattdessen legt er sich vor der Treppe auf den Boden, rollt sich auf den Rücken und schiebt sich Stufe für Stufe nach unten, indem er sich mit den Hinterpfoten abstößt.

Das muss doch furchtbar wehtun, so über den Teppich zu rutschen. Offenbar hat Hund ein sehr dickes Fell am Rücken.

Also, mein Schatz, es war zwar sehr ungezogen von dir, dich in solche Schwierigkeiten zu bringen, und du darfst so etwas nie wieder tun, aber ich bin auch wahnsinnig stolz auf dich und deine Zielstrebigkeit.

Die hast du natürlich von mir.

LG, Mum xxx

»Bitte, Mrs Ginnwell«, flehte ich. »Die anderen können wirklich nichts dafür. Es war ganz allein meine Schuld.«

»Das stimmt nicht, wir haben freiwillig mitgemacht«, protestierte James. »Also tragen wir auch genauso viel Verantwortung wie Anna. Ursprünglich war das Ganze sogar meine Idee.«

»*James!*«, stieß ich zwischen zusammengebissenen Zähnen hervor, aber er ignorierte mich und sah Mrs Ginnwell standhaft in die Augen. Was Starrsinn anging, konnte er es locker mit ihr aufnehmen.

Mrs Ginnwell warf Mr Kenton einen Blick zu. Wir waren in die Hotellobby zitiert worden, wo alle vier Lehrer bereits auf uns gewartet hatten. Ich war fest entschlossen, allein den Kopf hinzuhalten für unser Vergehen.

»James hat recht«, meldete sich Jess zu Wort und tat so, als würde sie meine Blicke nicht sehen. »Jeder von uns hat seinen Teil beigetragen. Anna hat sogar noch versucht, uns abzuwimmeln und die Sache allein durchzuziehen.«

Mrs Ginnwell nickte. »Ich weiß eure Ehrlichkeit zu schätzen«, sagte sie. »Was ihr getan habt, hätte sehr gefährlich werden können. Ihr befindet euch in einer fremden Stadt, und keiner von uns wusste, wo ihr wart. Was, wenn euch etwas passiert wäre? Habt ihr darüber mal nachgedacht?«

»Natürlich«, antwortete James voller Überzeugung, während ich noch dabei war, über die Frage nachzudenken. »Deshalb waren wir ja auch als Team unterwegs. Wir hätten niemals einen von uns allein losgehen lassen. In der Gruppe ist man sicherer.«

»Und ihr wart wirklich nur zu fünft?«, fragte Mr Crowne, der eher müde wirkte als besorgt.

»Ja«, beteuerte ich.

»Das fragen wir deshalb, weil sich ungefähr zu der Zeit, in der ihr euch vermutlich aus dem Hotel geschlichen habt, ein kleiner Vorfall ereignete, an dem Miss Parker, Mr Daker und eine inzwischen nicht mehr existierende Vase beteiligt waren.« Mr Kenton ließ seinen Blick langsam zwischen uns hin und her wandern. »Ihr wisst nicht vielleicht Näheres darüber?«

»Nein. Warum? Was war denn los?«, fragte Stephanie unschuldig.

»Die Gleichzeitigkeit war also reiner Zufall?«, hakte Mr Kenton nach.

»Sieht ganz so aus«, erwiderte Danny schulterzuckend. »Mr Kenton, Sie wissen doch sicher von dem …, nennen wir es mal, *angespannten* Verhältnis zwischen Anna und Sophie. Glauben Sie wirklich, dass ausgerechnet Sophie Parker Anna helfen würde?«

Mr Kentons Misstrauen schwand, seine Schultern entspannten sich sichtlich. »Na ja, das wäre vermutlich eher … Okay. Ihr wart also nur zu fünft.«

Er warf Mrs Ginnwell einen Blick zu, die langsam Luft holte und über unser Schicksal entschied. Sie stieß einen langen, schweren Seufzer aus. »Als Strafe kann ich es euch leider nicht erlauben, an der Abschlussparty teilzunehmen.«

»Mrs Ginnwell«, unterbrach ich sie. »Wenn hier jemand bestraft werden muss, dann bin das wirklich nur …«

»Anna«, sagte Stephanie leise und schüttelte den Kopf.

Ich biss mir auf die Lippen.

»Ihr werdet, wie gesagt, nicht an der Abschlussparty teilnehmen«, fuhr Mrs Ginnwell fort. »Stattdessen werdet ihr morgen Abend einen Aufsatz über Roms wunderbare Sehenswürdigkeiten schreiben, über ihren geschichtlichen Hintergrund, ihre architektonischen Glanzpunkte, was ihr alles im Zusammenhang mit ihnen gelernt habt.«

Jess stöhnte. Danny hob die Hand.

»Ja, Danny?«

»Sollen wir nur die Sehenswürdigkeiten beschreiben, die wir wirklich besucht haben, oder auch andere, die kulturell bedeutend sind, aber nicht mehr in unser Programm gepasst haben?«

Jess zog ihm genervt eins über, während Miss Lawler ihn voller Bewunderung ansah.

»Ganz wie du möchtest, Danny.« Mrs Ginnwell nickte. »Wenn niemand mehr etwas hinzuzufügen hat, dürft ihr jetzt alle auf eure Zimmer gehen. Alle außer dir, Miss Huntley. Du bleibst bitte noch einen Moment.«

Jess, James, Danny und Stephanie verließen langsam den Sitzbereich in der Lobby. Jess blieb noch einmal stehen und flüsterte »Bis gleich«, bevor sie den anderen hinterhereilte.

»Ich wollte mich nur vergewissern, dass es dir gut geht, Anna«, erklärte Mrs Ginnwell. Ich hatte bis dahin auf das Muster des Fußbodens gestarrt, um sie nicht ansehen zu müssen. Jetzt hob ich den Kopf.

»Sie wollten sich vergewissern, dass es mir gut geht?«

»Ja. Wir haben uns alle Sorgen um dich gemacht.«

Ich blickte von ihr zu Mr Kenton, dann zu Miss Lawler und schließlich zu Mr Crowne. Alle betrachteten mich aufmerksam. »Äh. Mir geht's gut.«

»Die Situation ist bestimmt nicht leicht für dich«, sagte Mr Kenton. »Zumal in deinem Alter. Was du getan hast, war falsch, Anna – du darfst nie wieder einfach abhauen. Aber dass du dich allein mit einer derartigen Paparazzi-Meute auseinandersetzen musstest, ohne einen Erwachsenen an deiner Seite, ohne eine Begleitperson, die dich heil hindurchlotst – Hut ab. Das muss sehr beängstigend gewesen sein.«

»Ich hatte jemanden, der mich heil hindurchlotst«, erwiderte ich. »Vier Personen sogar. Ich war nicht allein.«

»Stimmt, da hast du recht.« Miss Lawler nickte. »Dich interessiert vielleicht, dass wir mit der Hotelleitung gesprochen haben. Die Mitarbeiter sind sich der Situation vollauf bewusst. Es werden keine Journalisten aufs Gelände gelassen.«

»Danke.«

Ich wartete schweigend, bis Mrs Ginnwell mir mit einem Winken bedeutete, dass ich gehen konnte. Nachdem ich mich noch einmal murmelnd für alles entschuldigt hatte, schlurfte ich aus der Lobby und eilte die Treppe hoch zu meinem

Zimmer, wo Sophie mit einer knallgrünen Gesichtsmaske auf ihrem Bett lag und nicht einmal aufblickte, als ich hereinkam.

»Ist wohl nicht so toll gelaufen, was?«, bemerkte sie affektiert und blätterte eine Seite ihrer Zeitschrift um, während ich erschöpft auf mein Bett sank.

Ich schloss die Augen und vergrub meinen Kopf im Kissen.

»Connor hat übrigens vorhin angerufen«, verkündete sie, als sie merkte, dass von mir keine Antwort kam.

»Echt?« Ich hob den Kopf und wurde von heftigen Gewissensbissen gepackt.

Connor hatte mich ausdrücklich davor gewarnt, überstürzt zu handeln und mich in Schwierigkeiten zu bringen, und was tat ich? Rannte sofort los und setzte mich darüber hinweg. Bestimmt machte er sich große Sorgen.

»Er hat eine Nachricht hinterlassen.« Sie leckte ihren Finger ab und blätterte noch eine Seite um. »Ich soll dir ausrichten, dass die Comic-Agentin, von der er hofft, dass sie ihn unter Vertrag nimmt, ein Treffen mit ihm vereinbart hat und er deshalb wahrscheinlich nicht rechtzeitig am Flughafen sein kann, um dich abzuholen.«

»Oh.« Ich hielt niedergeschlagen inne. Dann fragte ich: »Hat er noch was gesagt?«

»Nein. Aber ich habe ihm meine Meinung zum Thema Comics mitgeteilt, und der Tonfall seiner Antwort war ganz und gar nicht angemessen.«

»Wollte er, dass ich zurückrufe?«

»Das hat er nicht gesagt.«

Ich nickte. »Okay. Danke fürs Ausrichten.«

»Erwarte nicht, dass ich das noch mal tue – ich bin schließlich nicht deine Sekretärin«, erklärte sie, bevor sie die Zeitschrift beiseitelegte und ins Badezimmer schlenderte, um das Waschbecken mit Wasser zu füllen.

»Ach ja, Sophie«, sagte ich und sah zu, wie sie ihr Gesicht mit einem Waschlappen reinigte. »Danke für deine Hilfe.«

»Ach. War doch nichts Besonderes.« Sie zuckte mit den Schultern und schrubbte sich weiter die grüne Pampe vom Gesicht. »Ich habe es nicht getan, um dir zu helfen – ich wollte nur eine Einladung zur Hochzeitsfeier.«

»Trotzdem. Danke.«

Sie antwortete nicht. Ich zog meinen Schlafanzug an und schlüpfte unter die Bettdecke, zog sie über meinen Kopf und wünschte mir, ich könnte für immer darunter verschwinden.

Kapitel neunzehn

»Willst du einfach so da rumsitzen?«

Sophie richtete sich auf, nachdem sie in ihrem Schminktäschchen herumgewühlt hatte, warf die Haare zurück und drehte sie auf dem Kopf zu einem unordentlichen Knoten, der ihr Ähnlichkeit mit einer Ananas verlieh. Trotzdem schaffte sie es wie durch ein Wunder, so auszusehen, als wäre sie einer Modezeitschrift entsprungen.

»Äh …« Ich blätterte eine Seite in meinem Buch um. »Ja?«

Sie öffnete den Kleiderschrank und atmete geräuschvoll durch die Nase aus, wie eine Künstlerin, die vor dem Entstehen eines Meisterwerks die leere Leinwand betrachtet.

»Josie kommt gleich her, um sich mit mir für die Party fertigzumachen«, informierte sie mich. »Vielleicht gehst du also lieber zu Jess und liest da weiter.«

»Dürfen wir nicht. Wir müssen jeder in unserem eigenen Zimmer bleiben. Und später, wenn ihr auf der Party seid, sollen wir in aller Stille unsere Aufsätze schreiben.« Ich senkte wieder den Blick auf mein Buch.

»Also gut, dann bleib halt hier.«

Ich war versucht, sie daran zu erinnern, dass es auch MEIN ZIMMER war, hatte jedoch das Gefühl, ihr wegen ihrer Fluchthilfe noch etwas schuldig zu sein. Also hielt ich den Mund.

»Wirst du vor diesen ganzen Veranstaltungen, an denen du teilnimmst, eigentlich von Profis geschminkt und frisiert?«, erkundigte sich Sophie neugierig, während sie Kleiderbügel auseinanderschob und die daran hängenden Outfits inspizierte. »Du siehst auf den Pressefotos nämlich immer viel besser aus, als wenn du … du weißt schon. Normal herumläufst.«

»Danke. Ja, Marianne hat eine Stylistin, die auch meine Outfits aussucht, und danach kümmert sich eine Visagistin um mein Gesicht und den ganzen Rest.«

»Voll cool«, sagte Sophie mit einem Lächeln.

Ich lächelte zurück, und wir sahen uns für eine Sekunde in die Augen.

Ach du meine Güte! War das etwa ein freundschaftlicher Moment gewesen?

SOPHIE PARKER UND ICH HATTEN EINEN FREUNDSCHAFTLICHEN MOMENT MITEINANDER! WIR WAREN DABEI, EINE BINDUNG ZUEINANDER AUFZUBAUEN!

Ich legte mein Buch beiseite, für den Fall, dass sie mich nach dieser bahnbrechenden Annäherung umarmen wollte.

»Nicht böse gemeint, aber du hast ein bisschen modische Beratung wirklich nötig«, fuhr sie fort, hielt prüfend ein Kleid hoch und warf es auf ihr Bett. »Das merkt man immer dann, wenn du dir selbst deine Outfits raussuchst. Dann wird es meistens so ein bisschen pennermäßig.«

Vielleicht doch nicht.

Es klopfte an der Tür, und Sophie sagte, ohne mich anzusehen: »Kannst du mal aufmachen? Du hast ja grade nichts Besseres zu tun.« Sie warf ungerührt weiter Kleidungsstücke auf ihr Bett.

Ich stand widerwillig vom Bett auf und öffnete die Tür. Dahinter stand Josie mit einem Haufen Kleidern unter dem Arm. Als sie mich erblickte, verzog sie angewidert das Gesicht. »Was hast *du* denn da an?«

»Einen Einteiler.«

»Du siehst aus wie eine überdimensionale Heidelbeere.«

»Es ist ein *I-Aah*-Einteiler. Du weißt schon, *I-Aah* aus *Pu der Bär.*« Ich drehte mich um und wackelte mit dem Po. »Siehst du? Hinten ist der Eselsschwanz angenäht. Ich habe auch noch passende Hausschuhe.«

Oh Mann, warum wackle ich vor den beiden beliebtesten Mädchen der Schule mit dem Hintern?

WARUM?

Irgendwann MUSS ich doch mal lernen, mich wie ein normaler Mensch zu benehmen!

Josie hob eine Augenbraue, und Sophie warf mir über ihr Bett hinweg einen ungläubigen Blick zu. »Nach dem Käfervortrag am Anfang unserer Reise dachte ich, es könnte nicht mehr bizarrer werden, aber dieser Po-Wackler gerade …« Sie schüttelte den Kopf. »Das war der absolute Tiefpunkt.«

»Tja, Anna. Hattest du wohl doch unrecht mit Marianne und Tom«, erklärte Josie selbstgefällig. »War deine Aussage nicht, die beiden würden zusammenziehen?«

»Hab mich geirrt«, erwiderte ich knapp.

»So was passiert halt, wenn man mit einem Rockstar zusammen ist«, sagte Josie seufzend, als hätte sie Erfahrung in solchen Dingen. »Das geht nie gut.«

»Komm doch rein, Josie«, forderte ich sie zähneknirschend auf und trat beiseite, um sie ins Zimmer zu lassen. »Fühl dich ganz wie zu Hause.«

Sie schlenderte kommentarlos an mir vorbei und pfefferte ihre Tasche und den Kleiderstapel auf mein Bett.

»Da sitze ich eigentlich gerade«, sagte ich leise, wurde jedoch nicht weiter beachtet. Josie fing sofort an, sich darüber zu beschweren, dass sie überhaupt *nichts* zum Anziehen hatte. Angeblich hasste sie *alles*, was sie mitgebracht hatte, und war heilfroh, eine Freundin wie Sophie zu haben, die sie *beraten* könne.

Ich fragte mich, wie ich Josies Gejammer einmal mehrere Wochen ertragen hatte – damals, als Sophie und Josie geglaubt hatten, nur weil die Presse mich jetzt als It-Girl bezeichnete, würde ich meinen Charakter ändern und ihre beste Freundin werden. Vorsichtig schob ich Josies Kleiderberg zum Fußende meines Betts, schlüpfte unter die Decke und griff wieder nach meinem Buch.

»Sollen wir uns zuerst ums Make-up kümmern?«, fragte Josie, holte ihre Schminksachen hervor und reihte sie stolz auf dem Frisiertisch auf.

Sophie nickte zustimmend, woraufhin sich die beiden an die Arbeit machten. Auf zwei Hockern sitzend trugen sie Grundierung auf ihre schon jetzt perfekte Haut auf.

»Wird bestimmt lustig heute, oder, Soph?«, sagte Josie in die schweigsame Geschäftigkeit hinein.

»Bestimmt«, antwortete Sophie gleichgültig, durchsuchte ihre Schminkstifte und griff nach einem Eyeliner.

»Kommt Brendan vorher hierher, damit ihr zusammen zur Party gehen könnt?«

»Nein, ich glaube nicht.«

Das war offenbar nicht die Antwort, mit der Josie gerechnet hatte, aber sie versuchte, ihre Überraschung zu überspielen. »Nicht? Warum?«

»Keine Ahnung. Wir haben nicht darüber geredet.«

»Wegen eurem Streit gestern Abend?«, flüsterte Josie.

»Welchem Streit?«

»Ich habe gehört, dass ihr euch ziemlich gezofft habt in der Lobby …«, stammelte Josie unsicher, voller Panik, ihre geheiligte Sophie zu verärgern, indem sie über etwas sprach, was sie eigentlich nicht hätte wissen dürfen. Ihr dringender Wunsch, von ihrer besten Freundin ins Vertrauen gezogen zu werden, siegte dennoch. »Du kannst es mir ruhig erzählen.«

»Ach das.« Für einen flüchtigen Moment suchte Sophie im Spiegel meinen Blick. »Brendan war total kindisch und hat einen Riesenaufstand gemacht. Für so was habe ich echt keine Geduld mehr. Weißt du, diese Reise hat mir die Augen geöffnet, und deshalb habe ich gestern beschlossen, mit ihm Schluss zu machen. Ich will mich lieber mit reiferen Männern treffen.«

»Jungs in unserem Alter sind echt schlimm. Voll zum Kotzen.« Josie rümpfte die Nase.

Ich starrte Sophie überrascht an. Sie hatte gar nicht erwähnt, dass Brendan und sie gestern Abend *Schluss gemacht* hatten. War der Streit also doch echt gewesen? Hatte Sophie so überzeugend geklungen, weil sie *wirklich* die Nase voll hatte von Brendan?

»Anna, warum glotzt du uns so an?«, fragte Josie abfällig.

»Tu ich doch gar nicht.« Ich senkte den Blick eilig wieder auf mein Buch. »Ich war nur gerade in Gedanken.«

Die nächste Phase des Stylings bestand in der Auswahl der Garderobe, und nach gefühlten hundert Outfitwechseln entschied sich Josie für ein hübsches blaues Kleid, das Sophie für sie ausgesucht hatte, während Sophies Wahl auf eine enge schwarze Jeans und ein cremefarbenes besticktes Top mit schmalen Trägern fiel.

»Okay«, seufzte Sophie und griff nach zwei Paar Schuhen. »Jetzt die wichtigste Entscheidung. Welche Schuhe? Ich finde die schwarzen cool.«

Josie nickte energisch. »Die schwarzen sind mega.«

»Aber die grünen mag ich auch irgendwie«, grübelte Sophie.

»Die grünen sind TOLL«, stimmte Josie zu.

»Also, welche soll ich nehmen?«

Josie blinzelte. »Äh … welche findest du denn besser?«

Sophie schürzte nachdenklich die Lippen, und dann passierte etwas Eigenartiges.

»Anna, welche gefallen dir?«, fragte sie im Befehlston.

Ich hob langsam den Kopf und stellte fest, dass mich beide Mädchen anstarrten. Sophie hielt die Schuhe hoch und wartete auf meine Antwort, und Josies Gesichtsausdruck war erst verdutzt und dann wütend.

»Sorry, redest du mit mir?«, krächzte ich.

»Ja, du dumme Nuss, ich rede mit dir. Es gibt zum Glück nicht noch mehr Annas in diesem Zimmer.« Sophie verdrehte die Augen. »Welche Schuhe würdest du nehmen?«

Ich betrachtete prüfend beide Paare, ließ den Blick über Sophies Outfit schweifen und sagte dann: »Ich bin jetzt nicht die Modeexpertin, aber ich glaube, ich würde die schwarzen nehmen.« Ich hielt inne und dachte nach. »Wenn Marianne hier wäre, würde sie zu so einem Outfit sicher die schwarzen wählen. Weil sie eleganter sind. Kann sein, dass ich mich täusche. Wie gesagt, ich bin keine Expertin. Deshalb halte ich jetzt lieber den Mund.«

Sophie ging zu ihrem Bett, setzte sich hin und schlüpfte in die schwarzen Schuhe. Sie stand auf und stellte sich vor den langen Spiegel. »Du hast recht, die schwarzen sehen gut aus«, sagte sie knapp.

Josie machte ein Gesicht, als hätte ihr gerade jemand eine Ohrfeige verpasst.

»Bist du fertig, Josie?«, fragte Sophie, schnappte sich ihre Tasche und warf ihr Handy und ihren Lipgloss hinein.

»Ich muss noch meine Tasche holen«, murmelte Josie. Sie beäugte mich misstrauisch und huschte aus dem Zimmer.

Ich schüttelte den Kopf und legte mein Buch auf dem Nachttisch ab. Dabei fiel mein Blick auf die Zeitschriften mit Helena und Dad auf dem Cover.

»Würg«, stöhnte ich und schob den Magazinstapel kurzerhand auf den Boden. »Warum können die uns nicht einfach in Ruhe lassen?«

»Ein bisschen öffentliche Aufmerksamkeit hat noch niemandem geschadet«, erklärte Sophie und spritzte sich Parfüm auf die Handgelenke.

»In diesem Fall schon«, entgegnete ich. »Ich muss unbedingt noch heute Abend meinen Dad anrufen. Die Sache mit Marianne hat mich vollkommen abgelenkt.«

»Und sie hat meine Theorie bestätigt, findest du nicht?«

»Was hat deine Theorie bestätigt?«

»Die Sache mit Tom und Marianne«, antwortete sie und brachte eine widerspenstige Haarsträhne mit Haarspray in Form. »Ich will nicht darauf herumreiten oder so, aber die Tatsachen sprechen für sich.«

»Bei Tom und Marianne lag es nicht an der Berühmtheit«, protestierte ich.

»Woran dann?«

»Daran, dass … Tom ein schrecklicher Mensch ist.«

»Vielleicht ist er auch einfach nur prominent«, erwiderte Sophie schulterzuckend. »Genau wie du. Und dein Vater. Tom weiß halt, wie es läuft. Ruhm und Liebe lassen sich nicht gut unter einen Hut bringen. So ist es nun mal.«

»Und was willst du mir jetzt damit sagen? Dass die Ehe meines Vaters zum Scheitern verurteilt ist?«, fragte ich gereizt. »Und dass *ich*, nur weil mich ein paar Leute kennen, auch nie ein Happy End erleben werde?«

»Hey, ganz ruhig«, sagte sie und hielt abwehrend die Hände hoch, wobei ihre vielen Armreifen klimpernd ihre zierlichen Handgelenke hinunterrutschten. »Ist nicht meine Schuld, dass es so ist.«

Es klopfte an der Tür. »Sophie, bist du fertig?«

»Ich komme.« Sie klemmte sich ihre Clutch-Handtasche unter den Arm, warf einen letzten Kontrollblick in den Spiegel und stöckelte an meinem Bett vorbei zur Tür. »Viel Erfolg mit dem Aufsatz!«, rief sie, bevor sie aus dem Zimmer ging und die Tür hinter sich zuschlug.

Niedergeschlagen hob ich eins der Magazine vom Boden auf und blickte auf die fetten Zickzacklinien und zerbrochenen Herzen, mit denen die Fotos von unglücklich aussehenden Promi-Paaren verziert waren. Und groß in der Mitte prangten Helena und Dad.

Ich starrte so lange und so intensiv auf das Foto, dass ich mich zu Tode erschreckte, als es leise an der Tür klopfte. Wahrscheinlich hatte Sophie irgendetwas vergessen. Widerwillig öffnete ich die Tür und erwartete, dass mir eine Parfüm- und Haarspraywolke ins Gesicht schlug.

Stattdessen schlüpfte James an mir vorbei ins Zimmer.

»He, was machst du hier? Die Lehrer kommen bestimmt gleich vorbei, um zu kontrollieren, ob wir auch über unseren Aufsätzen sitzen.«

»Im Moment bereiten sie noch alles für die Party vor. Wir haben also ein paar Minuten Zeit.« Er stutzte, als sein Blick auf mein Outfit fiel. »Hast du einen *Strampelanzug* an?«

»Nein!«, rief ich, während mir die Hitze in die Wangen schoss. »Das ist ein Einteiler für zu Hause. Mit *I-Aah* drauf. Dem Esel aus *Pu der Bär.*« Ich zupfte nervös am Stoff. »Ich dachte, mich sieht heute niemand mehr.«

James lachte und setzte sich vor die Frisierkommode, wo gerade noch Sophie und Josie gehockt und sich geschminkt hatten. »Ich wollte nur wissen, ob alles okay ist, nachdem die Lehrer allein mit dir sprechen wollten. Hoffentlich waren sie nicht zu streng mit dir. Für den Fall, dass du die ganze Sache bereust, wollte ich dir noch mal sagen, wie cool ich es finde, was du getan hast. Dass du diesem Vollidioten Wasser über den Kopf gekippt hast, meine ich. Er hat es verdient.«

Ich musste lächeln, als ich seinen ernsten Gesichtsausdruck sah. »Danke. Das ist … echt lieb von dir. Auch wenn meine Aktion nicht wirklich was gebracht hat. Ich glaube, ich habe alles nur noch schlimmer gemacht. Die Sache war doch sowieso von Anfang an sinnlos.«

»Wieso?« Er runzelte die Stirn. »Wie meinst du das?«

Ich wedelte mit der Zeitschrift. »Die Beziehung zwischen Tom und Marianne hätte niemals auf Dauer funktioniert. Das scheinen alle außer mir gewusst zu haben. Ich hätte einfach realistisch sein müssen. War doch klar, dass sie sich trennen. Schließlich ist er ein Rockstar und sie …« Ich hielt inne, und mir wurde schwer ums Herz. »Und sie ein It-Girl.«

»Na und? Was hat denn das eine mit dem anderen zu tun?« Er zeigte auf die Zeitschrift in meiner Hand. »Du weißt doch besser als jeder andere, dass diese Klatschblätter nur Lügen verbreiten.«

»Ja, aber das Wesentliche haben sie in diesem Fall erfasst.« Ich spürte, wie mir die Tränen in den Augen brannten. »Beziehungen, Freundschaften und so weiter – das ist alles nicht echt, wenn man berühmt ist.«

»Wenn das deine Theorie ist, hast du sie selbst bereits widerlegt.« James stand auf, kam zum Bett herüber und schob meine Beine beiseite, um sich neben mich zu setzen.

»Tom hat meine Theorie bestätigt, meinst du. Wobei es ursprünglich Sophies Theorie war.«

»Anna«, sagte er lachend. »Du hast dich gerade aus einem Hotel geschlichen, mit einer Gruppe von Freunden, die sich geweigert haben, dich alleine gehen zu lassen. Du hast gewaltigen Ärger riskiert, um herauszufinden, ob deine Stiefschwester in der Stadt ist. Du hast dich in das Konzert eines Rockstars gemogelt, um dich zu vergewissern, dass es ihr gut geht. Und du hast einem Arschloch, der sie schlecht behandelt hat, obwohl sie es nicht verdient hat, einen Krug Wasser über den Kopf gegossen.« Er schüttelte den Kopf, als er meinen verwirrten Gesichtsausdruck sah. »Ich denke, wir können mit ziemlicher Sicherheit sagen, dass deine Gefühle für deine Familie und Freunde ziemlich echt sind – Berühmtheit hin oder her.«

Er nahm mir die Zeitschrift vom Schoß, rollte sie fest zusammen und warf sie quer durchs Zimmer in den Papierkorb, bevor er sich zu mir umdrehte, um mir in die Augen zu sehen.

»Und das Gleiche gilt für unsere Gefühle dir gegenüber.«

Kapitel zwanzig

Bevor wir von der Gepäckausgabe in den Ankunftsbereich des Flughafens hinaustraten, rief uns Mrs Ginnwell neben dem Gepäckband zusammen und richtete das Wort an uns: Sie hoffe sehr, dass uns die vergangene kulturelle Erfahrung für den Rest unseres Lebens begleiten und prägen werde. Ihre Rede war sehr bewegend, und ich war traurig, dass unsere Reise schon vorbei war, trotz der verrückten Dinge, die passiert waren – und obwohl Connor nicht hatte dabei sein können.

Leider ruinierte Sophie den ganzen Moment, indem sie fragte, ob wir das Ganze nicht ein bisschen beschleunigen könnten – ihr Dad hole sie ab und habe einen Tisch im Restaurant reserviert.

Mrs Ginnwell überließ es Mr Kenton, die Schüler von der Gepäckhalle in den Empfangsbereich zu führen, wo unsere Eltern schon auf uns warteten. Sie bat mich, noch einen Moment zu warten. Jess, Danny und Stephanie blieben ebenfalls bei mir stehen, und auch James bremste seinen Rollkoffer ab und boxte Brendan in den Arm, damit er anhielt.

»Anna, ich muss dich warnen«, sagte Mrs Ginnwell. »Draußen lauert eine Horde Paparazzi auf deine Ankunft.«

»Hätte ich mir eigentlich denken können«, erwiderte ich seufzend.

»Miss Duke steht draußen, ich habe gerade mit ihr telefoniert. Dein Vater hat ein paar Sicherheitsleute vom Flughafen organisiert, damit sie dich sicher zum Auto bringen.«

Ich nickte. Mrs Ginnwell drehte sich um und winkte zwei Männer und eine Frau in Uniform zu uns herüber. »Am besten verabschiedest du dich jetzt von deinen Freunden, Anna, damit sie vor dir rausgehen können.«

»Danke.«

Sie lächelte mir noch einmal mitfühlend zu und gesellte sich dann zu den Sicherheitskräften, um mit ihnen die beste Strategie zu besprechen.

Stephanie ergriff als Erste das Wort und kam um den Gepäckwagen herum, auf dem ihr Koffer und der von Danny gestapelt waren. »Bis bald, Anna«, sagte sie mit einem Lächeln und umarmte mich. »Danke für das tolle Abenteuer.«

»Tut mir leid, dass ich euch in Schwierigkeiten gebracht habe. Wegen mir habt ihr die Party verpasst.«

»Anna, wir wurden aus einer Konzert-Location geworfen, weil du auf einen Rockstar losgegangen bist.« Sie grinste. »So viel Spaß hatte ich mein ganzes Leben noch nicht!«

Ich lachte und breitete dann die Arme aus, um mich von Danny zu verabschieden, wobei ich versuchte, ihm durch die blonden Locken zu wuscheln.

Er schob rechtzeitig meine Hand weg. »Wenn dir der Hochzeitswahnsinn zu viel wird, sag einfach Bescheid.« Er lächelte und sah sich nach Stephanie und Jess um, die zustimmend nickten.

Als Nächste trat Jess vor und schlang mir die Arme um den Hals. »Bis bald, du Loserin!«

Nachdem sie mich wieder losgelassen hatte, zog sie ihre Sonnenbrille vom Kopf, polierte mit ihrem T-Shirt die Gläser, setzte sie auf und drehte sich zu Stephanie und Danny um. »Los geht's. Ich bin bereit für die Paparazzi.«

Die drei winkten mir noch einmal fröhlich zu und machten sich dann auf den Weg zum Ausgang.

Brendan kam einen Schritt auf mich zu und hielt die Hand hoch, um mich abzuklatschen.

»Gute Umsetzung meines genialen Plans. War mir eine Freude, mit dir zusammenzuarbeiten«, sagte er und fügte dann hinzu: »Ich hätte nie gedacht, dass du es durchziehst, aber da habe ich mich wohl geirrt. Du hast dich echt verändert, Huntley. Es kommt nicht jeden Tag vor, dass eine Schülerin einen Rockstar fertigmacht.«

»Danke, Brendan«, lachte ich. »Und du bist übrigens kein schlechter Schauspieler. Falls du je eine Schauspielkarriere starten willst, könnte ich dich mit Helena bekanntmachen.«

»Wäre vielleicht kein schlechter Plan B, falls es mit meiner Fußballlaufbahn nicht klappt«, sagte er nachdenklich. Dann fiel sein Blick auf James, der auf seine Füße hinunterstarrte. »Tja.« Brendan rieb sich die Hände. »Ich bin dann mal weg und lasse euch zwei allein. Tschüss, Tyndale.«

Er klopfte James auf den Rücken und schlenderte mit seinem Rollkoffer davon.

»Dann sehen wir uns wohl nach den Ferien in der Schule wieder«, sagte James.

»Ja, klar. Danke für alles.«

»Ich habe nichts getan, Anna. Alles, was passiert ist, hast du dir selbst zu verdanken. Ich kenne sonst niemanden, der den Mumm gehabt hätte, einem Arschloch von Rockstar einen Krug Wasser ins Gesicht zu schütten.«

Ich lachte und vergrub bei der Erinnerung mein Gesicht in den Händen.

Er zog sanft meine Hände beiseite und stand jetzt so nah vor mir, dass ich schielen musste und wahrscheinlich ziemlich bescheuert aussah.

»Das war ernst gemeint, was ich dir zum Thema Berühmtheit gesagt habe, Anna. Mach dir keine Sorgen um deinen Dad oder um Marianne. Es geht nicht darum, ob man berühmt ist oder nicht. Es geht darum, zum richtigen Zeitpunkt den richtigen Menschen kennenzulernen. Dein Dad und Helena hatten dieses Glück. Und Marianne wird es auch irgendwann haben. Und du …«, plötzlich ließ er meine Hände los und machte einen Schritt nach hinten, »… hast Connor.«

»Danke«, murmelte ich.

»Ich gehe dann mal besser«, sagte er leise und griff nach dem Henkel seines Koffers. »Du musst dich nicht bei mir bedanken, Anna. Du warst das absolute Highlight meiner Reise.«

Mit einem matten Lächeln winkte er mir zum Abschied zu und marschierte zum Ausgang. Ich stand benommen da und versuchte zu verstehen, was zum TEUFEL da gerade passiert war. Und bemühte mich, nicht an die Leute zu denken, denen ich zu Hause noch gegenübertreten musste.

»Also dann«, trällerte die Sicherheitsfrau plötzlich hinter mir. Ich sprang vor Schreck ungefähr drei Meter in die Luft. »Bist du bereit?«

Nachdem ich geschluckt hatte, nickte ich, wühlte hektisch in meiner Handtasche nach meiner Sonnenbrille und zog sie an. »Ich versuche nicht, cool zu sein oder so«, erklärte ich, während einer der Männer mein Gepäck nahm und neben Mrs Ginnwell vorausging. Die anderen beiden Sicherheitsleute nahmen mich in die Mitte. »Die Sonnenbrille trage ich nur, damit ich nicht blind werde von den Blitzlichtern.«

»Sie müssen uns nichts erklären, Miss Huntley«, sagte der Mann neben mir lachend. »Machen Sie einfach Ihr Ding, und wir machen unsers.« Er nickte der Frau zu, die daraufhin ihren Arm um meine Taille schob, während er seinen Arm um meine Schultern legte.

Die Türen glitten auf. Der Lärm, der mir entgegenschlug, war ohrenbetäubend. Hunderte Kameras blitzten, und ich ging einfach stur geradeaus und vertraute den Menschen um mich herum. Irgendwann wurde mein Kopf nach unten gedrückt, und ich wurde in ein Auto bugsiert, bevor die Tür hinter mir zuging.

Meine Mutter saß wartend auf dem Rücksitz und zog mich in ihre Arme, während Dad aufs Gaspedal trat und den Flughafen in rasendem Tempo hinter sich ließ.

»Wir sind so froh, dass du wieder da bist!«, rief Mum und zerquetschte mir fast das Gesicht.

»Danke, Mum«, röchelte ich und bekam erst wieder Luft, als sie mich endlich losließ. »Hi Dad.«

»Hallo Anna. Schön, dass du wieder bei uns bist. Du hast übrigens Hausarrest.«

»Was? *Warum?* Das ist voll unfair!«

»Hm, lass mich mal nachdenken, warum ausgerechnet du Hausarrest haben solltest ...«, sagte er und hob die Augenbrauen. »Vielleicht, weil du dich über sämtliche Regeln hinweggesetzt hast, aus einer Konzerthalle geflogen bist und einen Rockstar attackiert hast. Wir können froh sein, dass er keine Anzeige erstattet hat.«

»Es war doch nur Wasser!«, wehrte ich mich entrüstet. »Und Helena hat geschrieben, dass sie stolz auf mich ist. Wo ist sie eigentlich?«

»Sie ist ...«, setzte meine Mum an.

»Sie ist beschäftigt«, sagte Dad schnell.

Ich nickte. Dad wechselte das Thema, und ich tat so, als hätte ich den warnenden Blick nicht bemerkt, den er Mum im Rückspiegel zugeworfen hatte.

Kapitel einundzwanzig

Während der Fahrt verkündete Dad, dass zu Hause eine Überraschung auf mich warte.

Ich gab mir die größte Mühe, aus ihm herauszuquetschen, um was es sich handelte, und bestürmte ihn mit Fragen: »Ist es ein Hundewelpe? Ein kleiner Welpe? Hast du mir ein Hundebaby gekauft?«

»Nein!«, rief er entnervt, als wir in unsere Straße einbogen. »Zum letzten Mal: Es ist KEIN Hundewelpe. Findest du nicht, dass wir mit Hund mehr als genug zu tun haben? Erst letzte Woche ist er wieder abgehauen, und als er zurückkam, hatte er einen Käfig mit Wellensittich im Maul! Es wird noch sehr lange dauern, bis ich auch nur darüber nachdenke, einen neuen Hund zu kaufen.«

Meine Begeisterung verflog, als ich den Schwarm Paparazzi vor unserem Haus sah. War das etwa die Überraschung?

»Hui, sind das viele!«, staunte ich.

»So geht das schon die ganze Woche«, knurrte Dad wütend. Unterdessen hatten die Reporter unser herannahendes Auto erkannt und fingen hektisch an zu fotografieren. Wir rollten im Schritttempo durch sie hindurch, damit Dad parken konnte.

»Guck mal, Anna!«, rief Mum und zeigte zum Haus.

Hunds Kopf war in einem der Fenster aufgetaucht. Als er das Auto sah, fing er so aufgeregt an zu hüpfen, dass er mit dem Kopf gegen die Glasscheibe stieß und nach hinten umfiel.

Erst dachte ich, er hätte sich selbst k.o. geschlagen, aber dann kam er mit dem nächsten Sprung wieder in Sicht, stieß erneut mit dem Kopf gegen das Glas und kippte um.

»Wenn er nicht aufpasst, bringt er sich noch irgendwann um«, seufzte Dad und parkte den Wagen, bevor er in seiner Tasche nach dem Hausschlüssel tastete. »Okay, Rebecca. Ich komme herum und öffne auf Annas Seite die Autotür, und dann begleiten wir sie zusammen ins Haus.«

»Zu Befehl, Captain«, antwortete Mum und salutierte.

Dad holte tief Luft und riss die Fahrertür auf. Lautes Stimmengewirr schlug uns entgegen. Nachdem Dad die Tür hinter sich zugeworfen hatte, drang der Lärm nur noch gedämpft zu uns herein.

»Armer Dad. Ich habe voll das schlechte Gewissen«, flüsterte ich und fühlte mich schuldig wegen meines Italienabenteuers.

»Das mit den Reportern hat nichts mit dir zu tun«, beruhigte mich Mum. »Sie hätten auch hier gelauert, wenn in Italien gar nichts passiert wäre. Die Hochzeit ist ein Riesenthema in den Medien.«

Meine Tür wurde aufgerissen, und Dad half mir aus dem Wagen und legte fest den Arm um mich. Mum tat das Gleiche auf der anderen Seite, und so hetzten wir durch das Meer aus Mikrofonen zur Haustür.

»Nick! Stimmt es, dass die Queen zur Hochzeit kommt?«

»Nick! Nick! Was sagen Sie zu den Gerüchten, dass die Hochzeit vielleicht gar nicht stattfindet?«

»Anna, hat sich Tom Kyzer seit eurer hitzigen Auseinandersetzung bei dir gemeldet?«

Sobald wir die Haustür hinter uns zugemacht hatten, atmeten wir alle drei erleichtert auf. Dad schüttelte den Kopf und warf den Schlüssel aufs Telefontischchen.

»Das war ja …«

Mir blieb keine Zeit, meinen Satz zu beenden, weil in diesem Moment Hund aus dem Wohnzimmer geschossen kam. Er schlitterte um die Ecke, riss das Telefontischchen um, von dem Telefon, Bücher und Schlüssel in alle Richtungen flogen, und rannte auf mich zu, um an mir hochzuspringen und mit seinem Kopf gegen meinen zu stoßen.

Ich taumelte benommen nach hinten, verlor das Gleichgewicht und landete auf dem Rücken, während Hund glücklich über mir stand und mir schmatzend das ganze Gesicht ableckte.

»Anna!«, rief Mum erschrocken. Dad packte Hund beim Halsband und zog ihn von mir herunter.

Ich rollte mich instinktiv auf die Seite.

»Anna, es besteht kein Grund, in die stabile Seitenlage zu gehen«, sagte Dad mit angespannter Stimme und stemmte sich gegen Hund, der mit aller Macht zu mir zu kommen versuchte.

»Alles okay?« Mum kauerte neben mir und sah mir in die Augen.

»Mein Gesicht ist kaputt!«, stöhnte ich. »Sag mir, was alles verletzt ist! Werde ich mich je wieder in der Öffentlichkeit zeigen können?«

Mums Mundwinkel zuckten. »Sieht aus, als wärst du völlig in Ordnung. Komm jetzt, hoch mit dir.« Sie half mir auf die Füße, während ich mir immer noch das Gesicht hielt. »Jetzt setzt du dich erst mal mit einer schönen Tasse Tee aufs Sofa«, schlug sie vor und führte mich den Flur entlang.

Ich humpelte ins Wohnzimmer, und dort stand Connor und wartete auf mich.

»Überraschung!«, sagte er und machte begeistert einen Schritt nach vorn, bevor er unsicher stehen blieb.

»Connor!«, rief ich, während ich mir weiterhin das Gesicht hielt. »Ich hatte keine Ahnung, dass du hier bist!«

Wir standen uns verlegen gegenüber. »Soll ich … äh … Alles okay bei dir? Es hat so laut gepoltert im Flur.«

»Ach so. Ja, Hund hat versucht, mich umzubringen. Keine große Sache.«

»Ich gehe dann mal und helfe deinem Vater beim Teekochen, damit ihr zwei euch in Ruhe wieder aneinander gewöhnen könnt«, säuselte meine Mum mit total peinlicher, schnulziger Stimme. »Ihr freut euch bestimmt riesig, euch zu sehen! Ich weiß noch, wie ich Miguel damals zum ersten Mal nach seinem Gefängnisaufenthalt wiedergesehen habe und wir …«

»OKAY. DANKE, MUM.«

Sie nickte verständnisvoll, ging rückwärts aus dem Wohnzimmer und zwinkerte mir zu, bevor sie die Tür hinter sich zumachte.

Wo kann ich eine neue Familie bestellen? WO?

»Setz dich doch!«, kiekste ich durch die Stille und zeigte aufs Sofa. Connor ließ sich darauf nieder und strich sich den Pony aus der Stirn. In Italien hatte ich mich so darauf gefreut, ihn zu sehen, und jetzt saß er direkt vor mir auf dem Sofa, und ich war … *nervös.*

Das war doch bestimmt ein gutes Zeichen, oder? Und wenn ich mir Connor so ansah, schien es ihm genauso zu gehen.

»Tut mir leid, dass du meine Eltern ertragen musstest. Hast du lange hier im Wohnzimmer gewartet?«

»Ich hatte ja Hund als Gesellschaft«, sagte er und verzog den Mund zu einem scheuen Lächeln. »Er ist total durchgedreht, als euer Auto um die Ecke gebogen ist.«

»Ja, ich habe ihn am Fenster gesehen«, lachte ich.

Wir verstummten beide wieder. »Also, erzähl mal von deinem Comic!«

»Ist super geworden! Richtig gut. Vielen Dank für deine E-Mails.«

»Schon okay. Tut mir leid, dass ich während der heißen Phase nicht hier war, um dich anzufeuern!«

»Um ehrlich zu sein, habe ich kaum mein Zimmer verlassen«, erzählte er. »Es gab so viel zu tun.«

»Glaube ich dir«, sagte ich.

»Und Italien?«

»Oh Mann, es war einfach unglaublich, Connor! Wir hatten total heißes Wetter, und die Leute waren wahnsinnig elegant und die Gebäude einfach nur wunderschön. Und das Essen – ein Traum.« Ich grinste ihn an. »Ich habe jede Menge Eis verdrückt.«

»Und jede Menge Ärger gekriegt.« Er hob die Augenbrauen. »Tom Kyzer hat seinen Italienaufenthalt ja anscheinend nicht ganz so genossen wie du. Ich konnte überhaupt nicht glauben, dass das wirklich passiert ist, was die Presse behauptet.«

»Nein?« Ich spürte, wie ich errötete, und hätte am liebsten sofort das Thema gewechselt.

»Die Geschichte klang einfach so gar nicht nach dir. Ach …« Er zögerte, bevor er seine Hand auf meine legte. »Ich bin einfach nur froh, dass du alles heil überstanden hast.«

»Mir geht's super.« Ich lächelte. »Danke.«

»*Und* ich bin froh, dass du das Nutella-Eis gefunden hast«, fügte Connor grinsend hinzu.

Ich lachte. Allmählich kehrte das alte Wir-Gefühl zwischen uns zurück. Vermutlich waren wir beide nur ein bisschen nervös, weil wir wegen meines kaputten Handys kaum hatten telefonieren können.

Ich wurde von Schuldgefühlen gepackt, als mir einfiel, was Sophie über Connor gesagt hatte: dass er trotz seiner Schüchternheit den ganzen Rummel um mich ertrug. Wenn er zu meiner Haustür wollte, musste er sich erst einen Weg durch die Paparazzi bahnen, und nach jeder Verabredung mit mir erschienen haufenweise Fotos von ihm im Internet. Und trotzdem war er nicht sauer auf mich wegen der Sache mit Tom Kyzer, sondern interessierte sich allein dafür, dass es mir gut ging.

Ich musste ein für alle Mal dafür sorgen, dass zwischen uns wieder alles in Ordnung kam. Sonst verlor ich nicht nur einen Menschen, dem ich wirklich wichtig war, sondern möglicherweise auch die EINZIGE Person, die meine dummen, peinlichen Aktionen ertrug, zum Beispiel die, Iron Man umzurennen und einen Haufen Comic-Fans unter einem Messestand zu begraben.

»Connor«, sagte ich und setzte mich aufrecht hin, weil mir plötzlich etwas eingefallen war, was Helena vor meiner Reise gesagt hatte. »Kommst du mit mir zur Hochzeit?«

»Zur Hochzeit? Der Hochzeit deines Vaters?«

»Ja.« Ich nickte entschlossen. »Begleitest du mich? Als mein … äh … mein Freund?«

»Natürlich! Also, wenn du willst, meine ich.«

»Ja. Ja, ich will. Bist du sicher, dass du dir das antun möchtest? Helena wird dich vielleicht zwingen, mich den Mittelgang entlangzuführen und solche Sachen – du weißt ja, sie steht total auf Kitsch.« Ich lachte halbherzig.

»Kein Problem«, versicherte er und sah ein bisschen überrumpelt aus, schien sich aber trotzdem zu freuen.

»Super!«

Er nickte, und es kehrte wieder Stille ein, vom Geschrei der Reporter mal abgesehen. Den Paparazzi musste doch klar sein, dass wir nicht mehr herauskommen würden, daher verstand ich nicht, warum sie plötzlich wieder beschlossen hatten, lautstark herumzukrakeelen. Dann klingelte es an der Tür.

»Ist das die Presse?«, fragte Connor nervös. »Die gönnen euch wirklich nie eine Pause, oder?«

Wir hörten Dad den Flur entlanggehen und blitzschnell die Tür aufreißen und wieder schließen. Er begrüßte jemanden, und dann war das vertraute Klappern hoher Absätze zu hören. Ich sprang genau in dem Moment auf die Füße, als die Wohnzimmertür aufging.

»Marianne!«, rief ich, eilte zu ihr und warf mich in ihre Arme.

»Na du«, begrüßte sie mich atemlos.

Ich machte einen Schritt zurück und betrachtete sie prüfend.

»Wie geht es dir?«, fragte ich.

»Ging mir schon mal besser.« Sie lächelte matt, und ich musste zugeben, dass sie nicht gut aussah. Ihre sonst meist üppig mit Eyeliner betonten Augen waren rot und verquollen und von dunklen Ringen umgeben. Mein Blick fiel auf ihre Trainingshose, ihren weiten Pullover, ihr ungeschminktes Gesicht und ihre schmucklosen Handgelenke. Sie war trotzdem schöner als jede andere Frau, die ich kannte.

Sie schwenkte ihre Sonnenbrille. »Zum Glück habe ich die. Damit ist mein halbes Gesicht bedeckt, und ich sehe auf den Fotos nicht ganz so furchtbar aus.« Ihr Blick wanderte an mir vorbei. »Hi Connor, schön, dich zu sehen!«

»Ebenso.«

Er stand auf und bot ihr seinen Platz auf dem Sofa an, während er selbst sich auf den Sessel setzte. Ich ließ mich neben Marianne plumpsen und ergriff ihre Hand. »Das mit Tom tut mir so leid, Marianne«, sagte ich leise.

»Mir auch«, antwortete sie und drückte meine Hand.

Mum kam mit Keksen und Tee für alle herein, und Dad folgte ihr und brachte Hund mit, der sofort zu Marianne rannte, um sie begeistert zu begrüßen. Sie lächelte und streichelte seinen weichen Kopf, während er ihr eine Pfote auf den Schoß legte.

Hunds Einfühlungsvermögen erstaunt mich immer wieder aufs Neue.

»Mir ist natürlich zu Ohren gekommen, was du in Rom getan hast, Anna. Dass du Tom mit einem Krug Wasser attackiert hast und aus der Konzert-Location geflogen bist«, sagte Marianne mit amüsiert zuckenden Mundwinkeln.

»Äh, ja«, murmelte ich und ließ mich nach hinten in die Kissen sinken. »Diese alte Geschichte.«

»Ich glaube, inzwischen hat die ganze Welt davon gehört«, warf Connor ein.

»Marianne, es tut mir wirklich leid. Ich wollte nicht …«

»Das war das Netteste, was jemals jemand für mich getan hat«, unterbrach sie mich und lächelte dankbar. Ihre Augen füllten sich mit Tränen. »Danke.«

Meine Mutter gab ein leises Schluchzen von sich, und Dad verdrehte die Augen.

»Äh, ich sollte dann mal lieber aufbrechen«, verkündete Connor plötzlich.

»Jetzt schon?« Ich gab mir Mühe, nicht allzu enttäuscht zu klingen.

»Ich weiß, tut mir leid. Ich musste hier bei euch sein, bevor deine Eltern zum Flughafen aufgebrochen sind, damit sie mich reinlassen konnten. Deshalb hatte ich jetzt eine lange Unterbrechung und muss dringend wieder an die Arbeit. Außerdem«, fügte er mit einem Blick auf Marianne hinzu, »habt ihr euch, glaube ich, eine Menge zu erzählen.«

»Ich fahre dich nach Hause, Connor«, sagte Dad. »Damit dich die Meute da draußen nicht zu sehr belästigt.«

»Das übernehme ich, Nick«, erbot sich Mum. »Entspann du dich lieber ein bisschen.«

Connor bedankte sich und verabschiedete sich von Marianne und meinem Dad. Ich folgte ihm und Mum noch zur Haustür. »Wir haken uns besser unter, Connor, und stellen uns den Journalisten gemeinsam.« Mum seufzte.

Er nickte und drehte sich dann zu mir um.

»Ich rufe dich heute Abend an«, versprach er. »Wir unternehmen was in den nächsten Tagen, genau wie früher. Und ich will alles über deine Reise erfahren.«

Ich lächelte.

Weil wir nicht allein waren, beugte er sich vor und gab mir einen flüchtigen Kuss auf die Wange, bevor er mit Mum ins Chaos hinaustrat.

Kapitel zweiundzwanzig

Genau eine Woche vor der Hochzeit fragte ich Dad, wann die Generalprobe stattfinden würde.

»Welche Generalprobe?«, fragte er, ohne von seinem Computer aufzublicken. Ich spähte durch die angelehnte Tür seines Arbeitszimmers zu ihm hinein.

»Die Generalprobe für die Hochzeit. Du weißt schon: wenn wir den ganzen Ablauf durchgehen, den Einmarsch zum Altar und so weiter.«

»Ach das. Machen wir nicht.« Er tippte weiter grimmig auf seine Tastatur ein.

Ich verschränkte die Arme. »Warum nicht?«

»Ist nicht nötig.«

»Es ist sogar sehr nötig!«

»Anna«, seufzte er und drehte sich endlich zu mir um. »Was ist los? Siehst du nicht, dass ich arbeite?«

»Ich finde es nur komisch, dass es keine Generalprobe gibt. Woher soll ich denn wissen, wie ich den Mittelgang entlangschreiten soll?«

»Geh einfach ganz normal. Ich weiß, das fällt dir schwer, aber einen Versuch ist es wert.«

Ich funkelte ihn entrüstet an. Er wandte sich ungerührt wieder seinem Computer zu, doch ich rührte mich nicht vom Fleck, sondern betrachtete kritisch sein ungepflegtes Äußeres. Mit seinem blaugestreiften Bademantel bekleidet saß er über seinen Schreibtisch gekrümmt da, während seine Haare in alle

Richtungen abstanden, weil sie offenbar seinen hektischen Händen zum Opfer gefallen waren. Auch die dunklen Ringe um seine Augen waren markanter als je zuvor.

»Hey, Dad, vielleicht sollten wir beide heute mal einen Spaziergang mit Hund machen.«

»Ich habe schon Sam von nebenan gebeten, mit ihm rauszugehen, wie üblich«, winkte er ab. »Wenn wir es selbst versuchen, sind wir Freiwild.«

»*So schlimm* sind die Fotografen jetzt auch wieder nicht.«

»Ha! Und ob.« Er schüttelte den Kopf, griff nach dem Telefon, wählte eine Nummer und sah mich an. »Raus mit dir. Ich habe zu tun.«

Ich stieß einen langen Seufzer aus, damit er wusste, dass ich gereizt war, was er natürlich überhaupt nicht mitbekam. Nachdem ich die Tür seines Arbeitszimmers hinter mir zugemacht hatte, ging ich ins Wohnzimmer, wo Marianne über dem Schachbrett kauerte, während Hund neben ihr auf dem Rücken lag, die Beine von sich streckte und die Zunge heraushängen ließ.

Marianne litt immer noch sehr unter der Trennung und wagte sich noch nicht wieder in die Öffentlichkeit, weshalb sie viel Zeit in unserem Haus verbrachte und es genoss, hier eingepfercht zu sein. Im Gegensatz zu mir.

Ihre Stirn war konzentriert gerunzelt. »Weißt du was?«, sagte sie nachdenklich und kraulte Hunds Bauch. »Ich bin mir ziemlich sicher, dass man seine Figuren nicht einfach beliebig auf dem Spielfeld verschieben kann. Da gibt es doch sicher Regeln. Dass man zum Beispiel nur bestimmte Figuren in bestimmte Richtungen bewegen darf.«

»Nein«, widersprach ich mit Unschuldsmiene und setzte mich ihr gegenüber. »Das sagst du nur, weil ich dabei bin, zu gewinnen.«

Sie sah mich an. »Also, was hat dein Dad wegen der Generalprobe gesagt? Wann findet sie statt?«

»Gar nicht, hat er gesagt.«

»Warum ist dein Gesicht so komisch?«

»Was meinst du?«, fragte ich defensiv. »So sieht mein Gesicht nun mal aus.«

»Ich meine deinen Gesichtsausdruck. Machst du dir Sorgen?«

»Ach, es ist nur …« Ich biss mir auf die Lippe. »Dad verhält sich irgendwie komisch. Das ist alles.«

»Mum genauso«, teilte mir Marianne mit. »Ständig unterhält sie sich leise mit Fenella oder telefoniert herum. Ich habe ihr gesagt, dass sie auch herkommen soll, aber sie meinte, sie wolle nicht noch mehr Aufmerksamkeit auf dieses Haus lenken. Wahrscheinlich ist sie einfach nur total beschäftigt mit letzten Vorbereitungen.«

»Dad ist seit Tagen nicht mehr aus dem Haus gegangen«, beschwerte ich mich. »Ich glaube, er hat Angst vor den Paparazzi.«

»An die wird er sich aber gewöhnen müssen. Ich dachte, er hätte sich inzwischen damit abgefunden?«

»Wegen der bevorstehenden Hochzeit ist es aber viel schlimmer geworden als sonst«, sagte ich, ging zum Fenster und spähte durch die Vorhänge zu den Journalisten hinaus, die auf unserem Gartenweg herumstanden, miteinander plauderten, Zigarettenstummel auf den Gehweg schnipsten und alle paar Sekunden auf ihre Handys guckten. »Man sollte meinen, dass ihnen irgendwann langweilig wird.«

»Keine Chance, wenn so eine Riesenhochzeit bevorsteht. Da riskieren sie nicht, dass ihnen auch nur ein Detail entgeht.«

»Allmählich mache ich mir ernsthafte Sorgen um Dad. Wenn ich ihm doch nur irgendwie helfen könnte!« Ich setzte mich wieder zu ihr auf den Boden und dachte angestrengt nach. »Meinst du, wir sollten was unternehmen?«

Sie setzte ihre Dame und gab mir zu verstehen, dass ich dran war. »Was denn?«

»Keine Ahnung.« Ich stützte den Kopf in die Hände. »Irgendwie diese Bande da draußen loswerden.« Ich nickte Richtung Fenster.

»Wie soll das denn gehen?«, schnaubte Marianne.

»Ich meine es ernst!«

»Ich auch. Die da draußen sind nun mal Teil der Abmachung, nicht wahr?« Sie zupfte Hundehaare von ihrer Jeans.

»Welcher Abmachung? Ich kann mich nicht daran erinnern, irgendeine Abmachung getroffen zu haben. Habe ich irgendetwas unterschrieben?«

»Nicht so, du Dummchen«, kicherte sie und verdrehte die Augen. »Mit Abmachung meinte ich, dass das Ganze nun mal Hand in Hand geht mit unserem Dasein als Prominente. So ist das halt.«

»Ich verstehe nicht, warum das so sein muss«, schmollte ich.

»Echt nicht? Ich schon. Mum braucht die Presse, um weiter in der Filmbranche erfolgreich zu sein. So nervig diese Leute auch sind.« Sie wies mit dem Kinn Richtung Straße. »Sie hat es ihnen zu verdanken, dass ihre Arbeit die nötige Aufmerksamkeit erhält. Und ich habe es ihnen zu verdanken, dass ich Werbung für bestimmte Marken und Projekte machen kann. Wir stehen im Licht der Öffentlichkeit, und diese Öffentlichkeit bietet gewisse Chancen. Aber das *weißt* du doch alles!«

»Ich hätte nur nie geglaubt, dass sie sich so für meinen Dad interessieren. Schließlich ist er nicht selbst berühmt. Ich glaube nicht, dass er auf den ganzen Rummel um seine Person vorbereitet war.«

»Hätte er aber sein müssen«, sagte Marianne schulterzuckend. »Er heiratet meine Mum und wusste, worauf er sich einlässt.«

»Einschüchternd ist das alles trotzdem.«

»Ja, im Moment ist es ziemlich schlimm, das gebe ich zu. Aber du hast dich irgendwann daran gewöhnt, oder? Und dein Dad auch, da bin ich mir sicher.«

»Marianne …« Ich zögerte und wägte meine Worte sorgfältig ab. »Das mit dir und Tom …« Als ich Tom erwähnte, zuckte sie merklich zusammen. »Meinst du, dass eure Beziehung vielleicht funktioniert hätte, wenn ihr nicht berühmt gewesen wärt?«

Ihr Gesicht verzog sich, und ich bereute meine Frage sofort.

»Tut mir leid«, beeilte ich mich zu sagen. »Vergiss es. Lass uns einfach Schach spielen.« Ich starrte aufs Spielfeld und bewegte meinen Turm.

»Um deine Frage zu beantworten: Ich weiß es nicht«, murmelte sie leise. »Vielleicht wäre es leichter gewesen, wenn uns nicht ständig die Presse belästigt hätte. Und vielleicht hätte er Natalia nicht kennengelernt, wenn er nicht berühmt gewesen wäre. Vielleicht habe ich mich aber auch einfach nur gründlich in ihm geirrt.« Sie seufzte tief. »Weißt du, Anna … diese Frage stellt man sich besser gar nicht erst. Ich lebe nun mal in dieser Welt, ob es mir gefällt oder nicht. Eine Beziehung ohne Ruhm und Medienaufmerksamkeit wird es für mich niemals geben. Ich bin ein It-Girl. So ist es nun mal. Und du bist jetzt auch eins.«

Sie griff übers Schachbrett, nahm ihren Läufer und setzte ihn auf ein anderes Feld.

»Schachmatt.«

»Kann nicht sein!«, protestierte ich. »Man darf seinen Läufer nicht so bewegen.«

»Das sagst du nur, weil ich gewinne.« Marianne hielt triumphierend meinen König hoch.

Hund, der sich eine solche Gelegenheit natürlich nicht entgehen ließ, rappelte sich plötzlich auf, sprang an Marianne hoch und schnappte sich den König, um ihn an einem Stück zu verschlingen. Danach leckte er sich das Maul, hüpfte aufs Sofa und machte es sich zufrieden zwischen den Kissen bequem.

»Tja«, sagte Marianne lachend. »Ich glaube, wir müssen nicht mehr darüber streiten, wer aus dieser Situation als Gewinner hervorgeht.«

Wir brachen beide in Gelächter aus, und Hund rülpste triumphierend.

Am nächsten Tag wollte Connor mit mir in den Park, aber ich sah keine Möglichkeit, ihn an einem derart öffentlichen Ort zu treffen, zumindest nicht im Moment. Es war mir furchtbar unangenehm, dass wegen mir alles so kompliziert wurde, vor allem jetzt, wo er so mit seinen Zeichnungen beschäftigt war und kaum Zeit hatte. Ich überlegte sogar schon, ob wir die Verabredung einfach absagen und uns erst am Hochzeitstag treffen sollten.

Doch dann schlug er vor, ich solle zu ihm nach Hause kommen, damit er mir seinen neuen Comic zeigte – die perfekte Lösung für uns beide. Auf diese Weise musste er keine zu lange Arbeitspause machen, und wir konnten ganz für uns sein. Außerdem musste er so nicht befürchten, als Topmeldung auf einer Klatschseite im Internet zu landen.

Ich wollte auch mit ihm über meinen Dad reden, der in letzter Zeit verdächtig wortkarg war, sich ständig in seinem Arbeitszimmer verschanzte und jede Frage beiseitewischte, die ich ihm zur Hochzeit stellte, und sei es so etwas Einfaches wie:

ob Mum mich am großen Tag abholen und bei Helena vorbeibringen würde, damit ich mich zusammen mit Marianne fertig machen konnte. Ich hatte keine Ahnung, was mit ihm los war, oder was er dachte und fühlte. Nur einmal war es offensichtlich: als Hund die Schachfigur, einige Minuten, nachdem er sie verschluckt hatte, in seinem Arbeitszimmer wieder hervorwürgte. Da war er eindeutig sauer.

»Guck dir das an, Anna«, forderte er mich am nächsten Morgen beim Frühstück mit angewiderter Stimme auf und zeigte mir eine Zeitungskolumne. »Diese ganzen Zeilen sind allein der Frage gewidmet, wie sich das Tilney Hotel wohl auf die Hochzeit vorbereitet. Es geht nicht einmal um Fakten, sondern um reine Vermutungen! Der Verfasser gibt sogar zu, dass er nicht mit dem Hotel gesprochen hat! Er *glaubt* nur, dass man alle diese Vorkehrungen treffen wird. Ach so, na dann muss es ja stimmen.« Dad schüttelte den Kopf. »Was für eine Platzverschwendung. Dabei ist das eigentlich eine gute Kolumne. Ich kenne den Journalisten sogar, ein intelligenter Mann. Was für eine Verschwendung«, wiederholte er und schmierte so wütend Butter auf seinen Toast, dass die Krümel überall herumflogen, sehr zu Hunds Freude, der sie wie essbares Konfetti aus der Luft schnappte.

»Dieser Blödsinn ist dir doch hoffentlich egal«, erwiderte ich nervös und schob die Zeitung beiseite. »Das alles hat keinerlei Auswirkungen auf eure Hochzeit oder … na ja … eure Ehe. Alles wird super. Das Tilney Hotel ist perfekt für dich und Helena. Es wird die perfekte Hochzeit.«

»Ja«, antwortete er und wich unbehaglich meinem Blick aus.

»Nur noch eine Woche, Dad«, begann ich zögernd und beobachtete ihn genau. »Nur noch eine Woche, dann bist du ein verheirateter Mann.«

Dazu sagte er gar nichts. Stattdessen biss er von seinem Toast ab und verkündete: »Ich muss jetzt weitermachen.« Mit dem Toast in der Hand und Hund im Schlepptau verließ er die Küche.

Ich kaute besorgt an meinen Fingernägeln, als ich Connor wenig später von diesem Gespräch erzählte.

»Wahrscheinlich ist er im Stress wegen der Hochzeitsvorbereitungen. Ich würde mir da keine großen Sorgen machen, Anna. Meinst du nicht, du denkst zu viel nach?«

Ich kaute auf meiner Lippe herum. Connor hatte vermutlich recht. Trotzdem, irgendetwas stimmte nicht an der ganzen Sache. Wenn ich doch nur gewusst hätte, was …

»Also, was hältst du von der Haarfarbe?«

»Sorry? Wessen Haarfarbe?« Connor zeigte auf eine Comic-Figur. »Oh.«

Ember, die Titelheldin von *Das sagenhafte It-Girl,* rannte gerade durch die Straßen Londons und verfolgte einen Bösewicht, der Regierungsgeheimnisse gestohlen hatte.

»Sie ist ja … blond.« Ich blickte zu Connor auf und gab mir Mühe, nicht beleidigt zu klingen. Ember war ursprünglich ein Rotschopf gewesen, inspiriert von der Farbe, die ich mir für meine Haare ausgesucht hatte, nachdem Dad seine Verlobung mit Helena verkündet hatte und ich plötzlich die ganze Zeit fotografiert wurde.

»Ja. Das Rot war super für den ersten Band, aber ich glaube, man muss ein bisschen variieren«, erklärte er und schob einige Papierbögen auf seinem Schreibtisch herum, um eine andere Seite hervorzuziehen, die er mir zeigen wollte.

Ich nickte. »Das Blond sieht toll aus. Vielleicht sollte ich mir die Haare auch blond färben«, witzelte ich. Connor lächelte, sagte jedoch nichts dazu.

»Wie findest du die Handlung? Ich weiß nicht, ob sie nicht vielleicht zu offensichtlich ist, zu abgelutscht«, gestand er unsicher. »Ist sie zu nichtssagend?«

»Nein, die Handlung ist gut«, versicherte ich ihm. »Sie hat Tempo und Action, und die Charaktere sind einfach genial. Deine Agentin fährt bestimmt voll drauf ab. Das wird ein Riesenhit.«

Er umklammerte fest die Zeichnungen. »Ich hoffe es.«

Ich musste lächeln, als ich sah, wie er mit gerunzelter Stirn und zusammengezogenen Augenbrauen kritisch seine Arbeit begutachtete.

Es war toll, dass er mit so viel Leidenschaft bei der Sache war, auch wenn er in letzter Zeit kein anderes Thema mehr kannte als seinen Comic.

»Sorry«, sagte er, als ich meine Sachen zusammensuchte, um zu gehen. »Unser heutiges Treffen war bestimmt eher langweilig für dich.«

»So ein Blödsinn. Dass wir nichts Richtiges unternehmen konnten, war doch nicht deine Schuld, sondern meine. Sobald die Hochzeit vorbei ist, wird alles wieder normal«, prophezeite ich fröhlich.

»Wie meinst du das?«, fragte er verwirrt.

»Na ja, das mit der Presse und so«, antwortete ich und wunderte mich über seine Begriffsstutzigkeit. Was hätte ich sonst meinen sollen?

»Aber es war doch noch nie normal«, widersprach er und sah mich mit seinen braunen Augen eindringlich an.

»Nein, ich weiß. Ich meinte auch eher, dass es nach der Hochzeit wieder ein normaleres Ausmaß annehmen wird«, erklärte ich. »Dann können wir so weitermachen wie vorher.«

Er zögerte und fragte dann: »Du glaubst doch nicht wirklich, dass es danach besser wird, oder?«

»Doch, natürlich!«, rief ich, erstaunt darüber, dass er mich nicht verstand. »Nach dem ganzen Hochzeitstrubel werden die Reporter das Interesse verlieren und sich auf die nächste Sache stürzen.«

»Anna«, sagte Connor vorsichtig. »Ich glaube nicht, dass das passieren wird. Im Gegenteil, es wird wahrscheinlich noch schlimmer werden. Dein Dad wird mit Helena Montaine verheiratet sein. Du wirst umziehen und die Stieftochter der berühmtesten Schauspielerin der Welt werden. Dein Dad als Helenas Ehemann wird natürlich auch ein gewisses Interesse auf sich ziehen, aber noch faszinierender werdet ihr sein, Marianne und du. Die Welt wird euch auf Schritt und Tritt begleiten wollen. Zwei It-Girls unter einem Dach?« Er schüttelte den Kopf und atmete geräuschvoll aus. »Das ist doch der Traum jedes Reporters.«

Bevor ich etwas erwidern konnte, unterbrach uns Connors Mum und verkündete, dass der Wagen da sei, der mich abholen sollte.

In dieser Nacht fand ich lange keinen Schlaf, weil ich immer mehr zu der Überzeugung gelangte, dass Sophie doch recht gehabt hatte mit ihrer Theorie. Um diesen Gedanken zu vertreiben, vergrub ich meinen Kopf im Kissen und redete mir ein, dass am nächsten Morgen alles ganz anders aussehen würde. Ich würde gleich als Erstes mit Dad sprechen, und es würde alles wieder gut werden.

Wie sich jedoch herausstellte, hatte er bereits andere Pläne.

Kapitel dreiundzwanzig

Jemand schüttelte mich. Ich schlug um mich und rollte mich auf die andere Seite.

»Anna! Anna!« Das Schütteln begann von vorn.

Noch halb schlafend öffnete ich die Augen und erblickte meinen Dad, der sich mit einer Taschenlampe über mein Bett beugte. »Was … was ist denn los … Dad?«

»Auf geht's, Zeit zum Aufstehen.«

»Was?« Ich spähte verschlafen auf meine Uhr. »Dad, es ist drei Uhr morgens!«

»Raus aus den Federn. Zieh das an.« Er hielt mir einen Pullover hin.

»Wurden wir in den britischen Geheimdienst beordert? Das ist der einzige Grund, den ich mir vorstellen könnte, um so früh aus dem Bett geholt zu werden. Hat die Queen angerufen?«

»Zieh einfach deinen Pullover an. Und lass unbedingt das Licht aus.«

»Dad, du hast anscheinend eine Art Nervenzusammenbruch. Über deinen seelischen Zustand wollte ich sowieso schon länger mit dir reden. Es ist wichtig, dass du …«

»Wir können uns ein andermal unterhalten, Anna«, unterbrach er mich, legte den Pullover auf mein Bett und verließ das Zimmer. »Zieh dich an und komm runter. Denk dran: kein Licht.«

Ich zog meinen Pullover über, schwang die Beine aus dem Bett und streckte mich, bevor ich in meinen Hausschuhen auf den Flur hinaustrottete und im Stockdunklen vorsichtig die Treppe hinunterging. Nachdem ich mich an den Wänden entlanggetastet hatte, erreichte ich unfallfrei die Küche, wo ich den Lichtkegel der Taschenlampe auf dem Boden sah.

»Hi Anna«, hörte ich eine Stimme von der anderen Seite der Küche.

»Sam?«

Der Strahl der Taschenlampe wanderte nach oben und beleuchtete das Gesicht unseres Nachbarn. »Hallöchen«, begrüßte er mich. Im Licht der Taschenlampe erkannte ich, dass Sam einen Teller Schinken in der Hand hielt, den er häppchenweise unserem Labrador hinwarf, der wiederum gehorsam vor ihm saß und gierig auf den Boden sabberte.

»Was ist denn hier los?«

»Sam ist da, um sich um Hund zu kümmern. Wir lenken ihn mit Schinken ab, damit er nicht bellt, wenn wir gehen«, flüsterte Dad und stellte meine Netzhaut auf eine harte Probe, indem er mir direkt in die Augen leuchtete.

»Und wohin gehen wir? Was ist passiert? Warum bin ich um diese Zeit wach?«

»Das erkläre ich dir alles gleich«, versprach Dad und richtete den Strahl der Taschenlampe wieder auf Sams Gesicht. »Das Auto steht um die Ecke, wir gehen also hinten raus. Ich habe Ihnen alles aufgeschrieben, was Sie wissen müssen.«

»Keine Sorge, Mr Huntley.« Sam grinste. »Ich halte hier die Stellung. Die da draußen werden keinerlei Verdacht schöpfen.«

»Vielen Dank. Komm, Anna, wir schleichen uns hinten raus. Nimm bitte meine Hand.«

Bevor ich Zeit hatte, erneut zu fragen, was das alles sollte, hatte Dad schon meine Hand gepackt und zog mich durch die Hintertür in den Garten hinaus. Wir bewegten uns leise ums

Haus herum. Vorne legte Dad den Finger an die Lippen und zeigte auf die vielen in der Nähe geparkten Fahrzeuge mit schlummernden Journalisten auf den Vordersitzen. Er knipste die Taschenlampe aus, und wir huschten eilig und wortlos die Straße entlang.

Da Dad eindeutig in einem ÄUSSERST labilen Zustand war, beschloss ich, lieber nichts zu sagen, bis wir im Auto saßen. Nachdem wir eingestiegen waren, steckte Dad hastig den Schlüssel ins Zündschloss und fuhr los, die leuchtenden Augen weit aufgerissen vor Anspannung und Adrenalin. Er sah aus, als wäre er gerade aus dem Gefängnis ausgebrochen.

»Dad.« Ich hob alarmiert beide Hände und war plötzlich hellwach, obwohl er mich mitten in der Nacht aus dem Schlaf gerissen hatte. »Mir ist vollkommen klar, dass du momentan viel um die Ohren hast und maximal unter Stress stehst. Versteh mich bitte nicht falsch: Ich genieße unser kleines *Fünf-Freunde*-Abenteuer mit Elementen aus *Die Verurteilten* durchaus, aber ich finde, du solltest jetzt lieber anhalten und mit mir über alles reden. Es ist total okay, dass du den Verstand verloren hast, das kann jedem mal passieren. Na komm, halt an, dann unterhalten wir uns in Ruhe. Ich werde mich hinterher auch wahrscheinlich nicht über dich lustig machen. Versprechen kann ich es allerdings nicht, zumal bei der Frisur, die du da auf dem Kopf hast. Du siehst aus wie ein durchgeknallter Professor. Ich sage es nur, wie es ist.«

»Schon gut, Anna«, erwiderte Dad und raste die leeren Straßen entlang, die zu jeder normalen Tageszeit völlig verstopft gewesen wären. »Gleich wird dir alles klar werden. Komm, wir hören ein bisschen Musik.«

Er schaltete das Radio ein und tat etwas absolut Merkwürdiges: Er fing an zu summen. Zu SUMMEN. Nicht irgendwie zerstreut, sondern fröhlich und beschwingt.

Dad hatte wirklich den Verstand verloren.

Weil mir die Worte fehlten, starrte ich einfach nur die Straßenlaternen an, die verschwommen vor dem Fenster vorbeizogen, und wunderte mich über das Verhalten meines Vaters. Ich war so vertieft in meine Gedanken, dass ich gar nicht darauf achtete, wo wir hinfuhren, bis Dad plötzlich langsamer wurde und auf den Parkplatz eines piekfeinen Hotels einbog.

»Dad …«

»Na komm, steig aus«, forderte er mich auf und verließ das Auto, schlug die Tür hinter sich zu und gab den Schlüssel einem Hoteldiener, der ihn begrüßte wie einen alten Bekannten.

Ich kletterte aus dem Wagen, beäugte misstrauisch den Hoteldiener, der so tat, als würden ihn meine Blicke nicht befremden, und folgte meinem Dad zu den großen Eingangstüren, die ein Mann mit Frack und Zylinder für uns aufhielt.

»Guten Morgen, Miss Huntley«, sagte er fröhlich und berührte mit den Fingern seine Hutkrempe. »Willkommen im Dashwell Hotel.«

»Äh. Ja. Hallo«, murmelte ich und ahmte instinktiv seine Handbewegung nach, wobei ich völlig vergaß, dass ich gar keinen Hut trug.

Nachdem ich die Lobby des Hotels betreten hatte, bereute ich es umgehend, dass ich immer noch meinen Schlafanzug und meine *I-Aah*-Hausschuhe trug. Natürlich kannte ich das Dashwell Hotel bereits vom Namen her. Jeder kannte das Dashwell Hotel. Es zählte zu den ältesten und schönsten Hotels in London und war prachtvoller als alles, was ich bisher gesehen hatte – angesichts der Tatsache, dass ich in letzter Zeit so oft mit Helena Montaine unterwegs gewesen war, wollte das etwas heißen.

Ich beeilte mich, zu meinem Vater aufzuschließen, der sich mit der lächelnden Rezeptionistin unterhielt. In meiner Hast rutschte ich über den Marmorboden und prallte gegen seinen Rücken. »Dad …«

»Ich bin gleich bei dir, Anna«, vertröstete er mich und setzte sein Gespräch fort.

Als er sich schließlich doch noch zu mir umdrehte, drückte er mir einen schweren goldenen Zimmerschlüssel in die Hand. »Bitte sehr. Das ist deiner.«

Wie aus dem Nichts tauchte ein junger Mann in einer schicken blauen Uniform mit goldenen Knöpfen und einer passenden blauen Mütze an meiner Seite auf und erklärte, dass er mir nun mein Zimmer zeigen werde.

»Ich bin auf der anderen Seite des Hotels untergebracht«, sagte Dad grinsend und winkte mit seinem Zimmerschlüssel. Er beugte sich herunter und gab mir einen Kuss auf den Kopf. »Bis später, Anna-Schatz.«

Er drehte mich um und schob mich energisch mit dem Finger an, sodass ich förmlich hinter dem jungen Mann herstolperte, der inzwischen zu einem Monolog über die Geschichte und das Vermächtnis des Hotels angesetzt hatte und im Vorbeigehen auf berühmte Kunstwerke hinwies.

Dass ich mich all dem so widerspruchslos fügte, schreibe ich allein meiner Müdigkeit zu. Wäre ich auch nur ein bisschen wacher gewesen, hätte ich Dad längst meine Meinung gesagt und ihn gezwungen, mir endlich zu verraten, was Sache war.

»Und hier ist Ihr Zimmer«, verkündete der junge Mann. »Brauchen Sie Hilfe beim Aufschließen?«

Meine Antwort erübrigte sich, denn in diesem Moment wurde schwungvoll die Tür aufgerissen.

Zwei Arme erschienen vor meiner Nase und zogen mich nach drinnen, während der Hoteldiener verdutzt auf dem Flur stehen blieb.

»Vielen Dank, Sir!«, hörte ich Marianne sagen, die mich fest umarmt hielt. Die Tür schloss sich knarrend. Marianne schob mich auf Armlänge von sich weg und sah mich an. »Hallo, du Griesgram.«

»KANN MIR BITTE ENDLICH JEMAND SAGEN, WAS HIER LOS IST?«, brüllte ich.

»Hast du dir das nicht längst zusammengereimt?« Sie kniff mir in die Wangen und spazierte dann durch unsere Suite, die so groß war wie das gesamte Erdgeschoss unseres Hauses und mit riesigen Blumensträußen und großen Weidenkörben mit exotischen Früchten geschmückt war. Ich fühlte mich wie in einer modernen Version von *Alice im Wunderland*.

Benommen tappte ich hinter Marianne her, die plötzlich vor einem begehbaren Kleiderschrank stehen blieb, dessen Inneres fast vollständig von einer großen violetten Kugel aus Seide, Rüschen und Tüll ausgefüllt wurde.

»Was hat mein Brautjungfernkleid hier zu suchen?«

»Tja.« Marianne warf einen prüfenden Blick auf ihre Uhr. »Wenn du in ein paar Stunden deinen Schönheitsschlaf hinter dich gebracht hast, musst du in das Ding hineinschlüpfen.«

Ich schnappte nach Luft, und endlich dämmerte mir, was das Ganze sollte.

Sie grinste. »Heute wird geheiratet.«

Kapitel vierundzwanzig

Von: **anna_huntley@zingmail.co.uk**
An: **jess.delby@zingmail.co.uk**
Cc: **dantheman@zingmail.co.uk**
Betreff: **!!!**

ES IST WAS TOTAL VERRÜCKTES PASSIERT!

Ihr wisst ja, dass die Hochzeit eigentlich nächste Woche im Tilney Hotel stattfinden soll, oder? Irrtum! SIE FINDET WEDER NÄCHSTE WOCHE STATT NOCH IM TILNEY HOTEL!

Ich drehe komplett durch! Dad hat mich heute mitten in der Nacht gekidnappt und an den Ort gebracht, an dem die Hochzeit in Wirklichkeit stattfindet. Und zwar HEUTE.

Dies ist keine Übung. Ich wiederhole: Dies ist keine Übung.

Unglaublich, dass er das alles organisiert hat, ohne auch nur ein Wort zu mir zu sagen! Marianne hat auch keine Ahnung gehabt, sie ist genau wie ich letzte Nacht entführt worden. Dad und Helena haben ihr Geheimnis mit niemandem geteilt. Nur mit dem Hotel. Und dem Hochzeitsteam. Und sämtlichen Gästen, inklusive Connor. Der übrigens keinen Pieps davon zu mir gesagt hat.

Wartet mal. Wenn ich so recht darüber nachdenke, bin ich anscheinend die Allerletzte, die davon erfahren hat!

WIE KANN ES SEIN, DASS ICH DIE LETZTE BIN, DIE EINGEWEIHT WIRD?

Dad hat es also Leuten wie Kanye West mitgeteilt, damit sie ihren Flug umbuchen können, während er es nicht für nötig hielt, *mich,* seine heißgeliebte Tochter, zu informieren! Dabei bin ich voll gut darin, Geheimnisse für mich zu behalten. Wie damals, als er mir von der kleinen Panne erzählt hat, die bei der Ausstellung meiner Geburtsurkunde passiert ist. Das habe ich KEINER Menschenseele erzählt!

Wie auch immer, Sinn und Zweck des ganzen Aufwands war es jedenfalls, die Presse an der Nase herumzuführen.

Einfach unglaublich! Dad und Helena haben das alles organisiert, während wir in Rom waren. Sie haben den Gästen geholfen, umzudisponieren, und sogar das Tilney Hotel überzeugt, mitzuspielen. Helena hat versprochen, ihre nächste Geburtstagsparty dort steigen zu lassen.

Ich wollte euch eigentlich anrufen, um euch alles am Telefon zu erzählen, aber es tummeln sich ungefähr hundert Leute in meinem Zimmer, um alles für unser Styling vorzubereiten.

Während Marianne geschminkt wird, habe ich mich runter in die Lobby geflüchtet, aber als Nächste bin ich dran, also beeilt euch gefälligst mit euren Antworten.

LG, Anna xxx

Von: jess.delby@zingmail.co.uk
An: anna_huntley@zingmail.co.uk
Cc: dantheman@zingmail.co.uk
Betreff: Re: !!!

Wow! Das ist voll cool!

Mal so nebenbei: Was war das für eine Panne bei deiner Geburtsurkunde?

J x

Von: anna_huntley@zingmail.co.uk
An: jess.delby@zingmail.co.uk
Cc: dantheman@zingmail.co.uk
Betreff: Re: Re: !!!

Ich erzähle dir diese ganzen aufregenden Dinge, und du interessierst dich für meine Geburtsurkunde? Echt jetzt? DAS ist deine oberste Priorität?

HAST DU DEN REST DER MAIL ÜBERHAUPT GELESEN?

Von: jess.delby@zingmail.co.uk
An: anna_huntley@zingmail.co.uk
Cc: dantheman@zingmail.co.uk
Betreff: Re: Re: Re: !!!

Ja. Aber jetzt mal im Ernst: Was war die Panne?

J x

Von: dantheman@zingmail.co.uk
An: jess.delby@zingmail.co.uk
Cc: anna_huntley@zingmail.co.uk
Betreff: Re: Re: Re: Re: !!!

Hui. Ganz schön viele Großbuchstaben in deinen E-Mails, Anna.

Danny.

Von: anna_huntley@zingmail.co.uk
An: dantheman@zingmail.co.uk
Cc: jess.delby@zingmail.co.uk
Betreff: Re: Re: Re: Re: Re: !!!

IST DAS DEIN ERNST, DANNY?! DIE GROSSBUCHSTABEN SIND DAS EINZIGE, WAS DIR AUFGEFALLEN IST?

Von: jess.delby@zingmail.co.uk
An: anna_huntley@zingmail.co.uk
Cc: dantheman@zingmail.co.uk
Betreff: Re: Re: Re: Re: Re: Re: !!!

Ich habe gerade mal überlegt, was für Pannen beim Ausstellen einer Geburtsurkunde passieren können, und bin auf die folgende Liste gekommen:

Falsches Datum
Falscher Name
Falsches Geschlecht
Falsche Eltern

Was davon war es?

J x

Von: **dantheman@zingmail.co.uk**
An: **jess.delby@zingmail.co.uk**
Cc: **anna_huntley@zingmail.co.uk**
Betreff: **Re: Re: Re: Re: Re: Re: Re: !!!**

Hoffen wir mal, dass es Punkt 1 oder 2 war.

Andernfalls könnte es nämlich kompliziert werden.

Danny

Von: **anna_huntley@zingmail.co.uk**
An: **jess.delby@zingmail.co.uk**
Cc: **dantheman@zingmail.co.uk**
Betreff: **Re: Re: Re: Re: Re: Re: Re: Re: !!!**

Das erinnert mich daran, dass ich ganz vergessen habe, mir in Rom neue Freunde zu suchen.

»Weißt du, wie ich mich fühle?«, fragte Marianne seufzend, während drei Mitglieder von Fenellas Hochzeitsteam vorsichtig das schwere Kleid über ihre Lockenwickler stülpten, es nach unten zogen und sich neben ihr kniend in den unzähligen Lagen Tüll verloren, um es in die richtige Form zu bringen.

»Wie ein riesiger Cupcake.«

»Nein, du siehst eher aus wie ein über Kopf hängender Heißluftballon«, sagte ich nachdenklich und blickte an meinem eigenen Monstrum von einem Kleid hinunter. »Oder wie ein Kugelfisch. Oder vielleicht wie ein lila Windbeutel?«

Ich drehte mich schwungvoll um und riss dabei versehentlich ein in den Stofflagen verheddertes Mitglied des Hochzeitsteams mit.

Nachdem ich mich überschwänglich entschuldigt hatte, kam die Hairstylistin herüber, um mir die Lockenwickler aus den Haaren zu nehmen. Dann legte sie mit dem Haarspray los und sprühte jedes einzelne Härchen sorgfältig an seinem Platz fest.

Schließlich erklärte Fenella, dass wir so auch auf einen königlichen Ball gehen könnten, und schnippte mit den Fingern, um ihre Armee aus Schmink- und Haarprofis zusammenzurufen.

Nachdem diese ihre Kisten mit Styling-Produkten eingesammelt hatten, verließen sie der Reihe nach unsere Suite, um sich der Verschönerung der Braut zu widmen. Bevor Fenella ging, befahl sie Marianne und mir, auf unserem Zimmer zu bleiben und uns nicht vom Fleck zu rühren.

Marianne grinste. »Ich kann es kaum erwarten, Mum in ihrem Brautkleid zu sehen!« Sie griff nach ihrem Handy und setzte sich aufs Bett, wobei sich ihr Rock um sie herum aufblähte. Genervt versuchte sie, die Stoffmassen nach unten zu drücken. »Als wäre man in ein Federbett gewickelt oder so. Ich fühle mich auf jeden Fall sehr gepolstert. Wenn mich jemand von der Seite anrempeln würde, würde er sofort wieder abprallen.«

»Ich komme immer noch nicht damit klar, dass die Hochzeit auf heute vorverlegt wurde.« Ich schüttelte den Kopf. »Es fühlt sich so unwirklich an.«

»Die Aktion ist echt total cool. Die ganzen Reporter, die immer noch unsere Häuser belagern, werden stinkwütend sein. Der große Aufwand hat sich absolut gelohnt, denn jetzt können Mum und Nicholas genau die Hochzeit feiern, die sie sich gewünscht haben«, erklärte sie nickend. »Kein Wunder, dass die beiden so gestresst waren in letzter Zeit. Sie haben die größte Hochzeit des Jahres umorganisiert, und zwar direkt vor den Augen der Paparazzi.«

»Das erklärt vieles«, stimmte ich ihr zu. »Allerdings …« Ich brach nachdenklich ab.

»Was?«, fragte Marianne.

»Na ja, wie du schon gesagt hast: Die beiden haben wahnsinnig viel Mühe und Stress auf sich genommen, um die Presse auszutricksen. Mein Dad war durch die Belagerung überhaupt nicht mehr er selbst.« Ich hielt inne. »Wird es jetzt immer so sein? Für den Rest unseres Lebens?«

Marianne schnaubte. »Wieso, wie viele Promi-Hochzeiten hast du denn noch geplant?«

Ich lächelte, und sie schüttelte nur den Kopf und wandte sich wieder ihrem Handy zu, um weiter darauf herumzutippen.

Auch ich versuchte mich abzulenken, aber mein Kopf war noch voll mit den Sorgen, die sich den ganzen Sommer über darin aufgestaut hatten, und ich konnte nicht umhin, mich zu fragen, ob Dad sich das Ganze gut genug überlegt hatte.

Wusste er wirklich, worauf er sich einließ? Er hasste die Paparazzi abgrundtief und hatte die ganze Hochzeit verlegt, um ihnen zu entgehen.

In seiner Ehe mit Helena Montaine würde er niemals vollständig seine Ruhe vor ihnen haben. Vielleicht für ein oder zwei Tage, mehr nicht. Sie würden immer irgendwo lauern, auf der Jagd nach einem guten Foto.

Mir fiel ein, was Connor zu mir gesagt hatte: dass die Hochzeit erst der Anfang war.

Plötzlich wusste ich, was ich zu tun hatte. Für Erklärungen blieb mir keine Zeit. Wortlos raffte ich den Rock meines Kleids zusammen, stand auf und rannte aus dem Hotelzimmer, während Marianne verwirrt hinter mir herrief, was denn in mich gefahren sei.

Ich musste mit Dad reden, bevor es zu spät war.

Kapitel fünfundzwanzig

»Anna, was um ALLES in der Welt ist los mit dir?«

Ich konnte irgendwie verstehen, dass Dad verwirrt war. Schließlich hatte ich in rascher Abfolge:

1. Seinen Namen gebrüllt, als ich in die Hotellobby gestürmt war.
2. Dafür gesorgt, dass die zahlreichen dort versammelten Gäste von ihrem Champagner aufblickten.
3. Die Jazzband mitten in einem Song unterbrochen.
4. Mich durch die Menge gekämpft, als ich Dad am anderen Ende der Lobby entdeckt hatte.
5. Mit meinem Kleid von der Größe des Kilimandscharo bestimmt einen beängstigenden Anblick geboten.
6. Ihn ohne jede Erklärung mit mir davongezogen.
7. Ihn die Treppe hinauf in den ersten Stock geschleift, in der Hoffnung, dort ein ungestörtes Plätzchen zu finden.
8. Als ich keins fand, die Tür zur Feuertreppe aufgestoßen und ihn auf die Plattform hinausgezerrt.

»Was hast du in letzter Zeit eigentlich für eine Vorliebe für Feuertreppen?«, fragte er verdutzt. »Anna, du benimmst dich äußerst merkwürdig. Was auch immer du mir sagen willst, spuck es aus.«

»Dad …« Ich hielt inne, als mein Blick auf seine zartlila Weste fiel, die eindeutig Helena ausgesucht hatte. Um mich wieder ganz auf mein Anliegen konzentrieren zu können, schüttelte ich energisch den Kopf.

»Dad«, wiederholte ich. »Bist du dir sicher?«

»Anna, wovon redest du?«

»Bist du dir sicher, was das alles hier angeht – die Hochzeit, meine ich?«

Dad starrte mich an, als hätte ich nicht mehr alle Tassen im Schrank. »Natürlich bin ich mir sicher! Wie kommst du auf den Gedanken, dass dem nicht so sein könnte? Anna.« Er griff nach meiner Hand. »Ist alles in Ordnung? Vielleicht macht dir der Schlafmangel zu schaffen.«

Ich nickte. »Ja, alles in Ordnung mit mir.«

Dann schüttelte ich den Kopf. »Nein. Warte. Nichts ist in Ordnung.«

Auf einmal sprudelten sämtliche Sorgen und Zweifel, die mich den ganzen Sommer gequält hatten, aus mir hervor, so schnell, dass ich kaum Luft holen konnte zum Atmen.

»Wenn du Helena heiratest, wirst du dich für den Rest deines Lebens mit Reportern und Fotografen herumschlagen müssen. Nicht nur bei Großveranstaltungen wie deiner Hochzeit, sondern bei jedem kleinen Schritt, den du machst. Jede Entscheidung, die du triffst, wird von der ganzen Welt beobachtet und kommentiert werden. Manche Leute kommen mit so etwas einfach nicht klar, und wenn du zu diesen Leuten gehörst, dann ist das vollkommen okay. In letzter Zeit hast du dich echt seltsam benommen, und ich glaube, das lag an dem ganzen Druck, wegen der Paparazzi und weil du jetzt … na ja … berühmt bist. Natürlich auch daran, dass ihr innerhalb weniger Wochen die Hochzeit umorganisieren musstet. Aber der Rummel und der Druck werden nicht aufhören, wenn dieser Tag vorbei ist. Das wird dein ganzes restliches Leben so weitergehen. Und deshalb mache ich mir Sorgen.«

Dad zog erstaunt die Augenbrauen hoch. »Nur damit ich dich richtig verstehe: Du machst dir Sorgen, dass ich mir all dessen vielleicht nicht bewusst bin?«

»Nein. Doch. Ich weiß nicht. Ich wollte nur, dass du dir wirklich absolut sicher bist. Weil man manchmal leicht in etwas hineinstolpert und so. Sich zum Beispiel in einen glamourösen Filmstar verliebt und erst hinterher merkt, dass das alles gar nicht *echt* ist.«

»Anna.« Dad setzte sich auf die oberste Stufe der Feuerleiter und winkte mir, damit ich mich neben ihn setzte. Trotz meiner Bemühungen gelang es mir nicht, mich neben ihn zu quetschen, weshalb er letztendlich ein paar Stufen weiter unten sitzen musste, damit Platz genug war für mein ausladendes Kleid. »Warum erzählst du mir nicht, was wirklich los ist?«

Ich seufzte und nahm erst jetzt die atemberaubende Aussicht wahr. Von der Feuerleiter aus hatte man einen weiten Blick über London, das von hier oben unglaublich ruhig und friedlich wirkte. Keine aufdringlichen Tauben weit und breit.

»In Rom hat ein Mädchen aus meinem Jahrgang zu mir gesagt, dass man sich nicht richtig verlieben kann, wenn man berühmt ist, und dass Promi-Beziehungen nie funktionieren. Das sieht man doch auch ständig in den Klatschmagazinen: wer mit wem zusammen ist, wer sich gerade von wem trennt und so weiter. Das Ganze ist wie ein Spiel. Nichts davon ist echt. Der Druck, der mit der Berühmtheit einhergeht, macht alles Gute kaputt. So wie bei Marianne und Tom.«

Dad nickte langsam. »Verstehe.«

»Tut mir leid, Dad«, fuhr ich fort. »Ich möchte nur, dass du darauf vorbereitet bist. Darauf, dass jeder ständig versuchen wird, seine Nase in deine Angelegenheiten zu stecken und dein Leben in Klatsch und Tratsch zu verwandeln. Ich weiß, du hasst diesen ganzen Zirkus. Deshalb warst du auch so abwesend in letzter Zeit, stimmt's? Und jetzt bist du dabei, dir den Zirkus lebenslang ins Haus zu holen.«

»Ja, bin ich.« Er zuckte mit den Schultern. »Weil ich Helena liebe.«

»Aber …«

»Kein Aber. Das ist das Einzige, was zählt. Sonst nichts.« Er lächelte zu mir nach oben und musste die Augen zusammenkneifen, weil ihm die Sonne ins Gesicht schien. »Das mit dem Ruhm nervt, das gebe ich zu. Der Druck ist tatsächlich enorm, und es gibt bestimmt Leute, die damit nicht umgehen können. Allerdings kommt einem der Ruhm nur in die Quere, wenn man ihn lässt. *Wenn* etwas nicht echt ist, dann der Glamour und die Glitzerwelt der Stars. Meine Gefühle für Helena hingegen sind absolut echt.«

»Du machst dir also überhaupt keine Sorgen?«

»Dass mein Privatleben in der Zeitung ausgebreitet wird? Doch, natürlich. Aber darauf habe ich mich nun mal eingelassen, als ich eine Beziehung mit einer Filmschauspielerin angefangen habe. Und genau das sehen diese Fotografen und Reporter: Sie sehen eine Filmschauspielerin und wollen Fotos von ihr, wollen wissen, was sie gerade macht, mit wem sie sich trifft, von wem sie sich trennt.« Er legte eine Hand auf meinen Fuß, der unter dem Tüllberg meines Kleids hervorlugte. »*Ich* sehe keine Filmschauspielerin – ich sehe nur Helena.«

Ich nickte. »Du glaubst also nicht, dass die Sache mit der Berühmtheit eurer Beziehung irgendwann schaden könnte?«

»Nein!« Er lachte. »Ich habe nie auch nur eine Sekunde daran gezweifelt, dass sich der ganze Trubel lohnt. Nicht mal, als ich wenige Wochen vor dem großen Tag eine Hochzeit für mehrere Hundert Gäste umorganisieren musste.«

»Du hast dich so komisch benommen, dass ich Angst hatte, du hättest kalte Füße bekommen«, gestand ich. »Weil dir klar geworden ist, was es heißt, mit einem Star zusammen zu sein, und weil du gemerkt hast, dass es nicht so perfekt läuft und alles schiefgeht.«

»Natürlich ist nicht alles perfekt – Perfektion gibt es nicht. Hör mal, Anna: Auch wenn dich Helena in ein offen gestanden *ziemlich* lächerliches Märchenkleid gesteckt hat …« Er raschelte am Stoff meines Rocks herum. »Unsere Beziehung ist keineswegs wie aus dem Märchen. Wir müssen hart daran arbeiten, und das ist absolut okay. Wir werden nicht zulassen, dass uns etwas in die Quere kommt, schon gar nicht die Presse.«

»Wirklich?«

»Wirklich.«

»Es … es ist also alles so, wie es sein soll? Du bist bereit?«

»Ich bin bereit.«

Ich nickte. »Also gut. Dann kannst du jetzt gehen und heiraten.«

Ich lächelte ihm zu und machte Anstalten aufzustehen, was nicht leicht werden würde bei all dem zusätzlichen Gewicht, das ich durch die Tüllmassen mit mir herumtrug. Dad hielt mich zurück.

»Warte«, sagte er streng. »Sicher, dass damit alles geklärt ist? Gibt es sonst nichts, worüber du mit mir reden möchtest?«

»Was denn zum Beispiel?«

»Keine Ahnung. Hast du vielleicht irgendwelche Fragen über die Zukunft oder … äh … dein Liebesleben?«

»BÄH! VOLL PEINLICH, DAD! NEIN!«

»Wieso, was ist denn daran peinlich?«, täuschte Dad Unwissen vor. »Als Vater darf man ja wohl solche Fragen stellen.«

»Äh, nein? Als Vater darf man unter GAR KEINEN Umständen solche Fragen stellen, schon gar nicht ohne Erlaubnis. Und die habe ich dir eindeutig nicht erteilt.«

»Also gut.« Er hob abwehrend die Hände. »Wenn du es sagst. Aber ich werde dich mit folgendem Gedanken zurücklassen.«

»Oh nein«, stöhnte ich. »Zitierst du jetzt wieder irgendwelche Toten? Ich bereue es zutiefst, dich auf deiner Hochzeit entführt zu haben. Wenn ich gewusst hätte, dass du mir …«

»Nein, keine Toten. Ich wollte es mit einem eigenen Gedanken versuchen«, verteidigte er sich.

»Dann schieß los«, forderte ich ihn seufzend auf. »Und beeil dich. Ich habe schon genug von deiner Zeit vergeudet. Wenn wir den Ablauf durcheinanderbringen, reißt mir Fenella den Kopf ab.«

»Es gibt Zeiten im Leben … hör es dir doch wenigstens zu Ende an, das ist ein guter Ratschlag«, sagte er, als er sah, wie ich die Augen verdrehte.

»Es gibt Zeiten im Leben, in denen nicht alles nach Plan läuft. Manchmal soll das, was man schon sicher geglaubt hat, einfach nicht sein, weil es nicht der richtige Zeitpunkt ist oder nicht die richtige Person. Dann muss man loslassen können. Aber wenn es sich für etwas zu kämpfen lohnt, dann kämpft man. Und wann das der Fall ist, merkt man automatisch. Klingt das irgendwie einleuchtend?«

»Ich glaube schon.« Ich beäugte ihn misstrauisch.

»Das wäre dann alles.« Er stand auf und musste seine ganze Kraft aufwenden, um auch mich auf die Füße zu ziehen. »Du hast nicht zufällig daran gedacht, etwas in die Tür zu klemmen, damit wir wieder ins Hotel zurückkommen?«

Ein kalter Schauder lief mir über den Rücken. »Oh«, flüsterte ich.

Er grinste und wirkte ganz und gar nicht besorgt. »Dann müssen wir eben die Feuerleiter hinunterklettern. Ich würde dir ja meine Hand anbieten, aber ich glaube, du machst das nicht zum ersten Mal.«

»Sehr witzig«, murmelte ich und konzentrierte mich darauf, nicht über den Saum meines Kleids zu stolpern und den Rest der Strecke wie ein fliederfarbener Schneeball hinunterzukugeln.

»Dieses Brautjungfernkleid ist übrigens vollkommen absurd«, merkte Dad an, als wir uns dem Ende der Leiter näherten. »So etwas habe ich noch nie zuvor gesehen. Was hat sie sich nur dabei gedacht?«

»Es ist ein bisschen ungewöhnlich«, gab ich ihm recht, während er mir die Hand entgegenstreckte, um mir die letzten Stufen hinunterzuhelfen. »Passt zu unserer Familie, würde ich sagen.«

»Stimmt. Geh du am besten hintenrum. Im Innenhof gibt es einen Seiteneingang, so kommst du leichter wieder nach oben zu den Damen. Ich nehme den Vordereingang und bringe mich in Position.«

Er stellte sich aufrecht hin und rückte seine Krawatte gerade. »Wie sehe ich aus?«

»Wie John Wayne, nur ohne Cowboyhut.«

Er strahlte. »Dann bin ich beruhigt.«

»Viel Glück, Dad. Wir sehen uns drinnen.«

»Anna«, sagte er leise und griff nach meiner Hand. »Danke.«

»Weil ich gesagt habe, dass du wie John Wayne aussiehst?«

»Nein, weil du nachgefragt hast.«

Ich wusste nicht, was ich sagen sollte, und nickte deshalb nur.

Er lächelte, und für einen kurzen Moment glänzten seine Augen verdächtig. »Ich bin stolz auf dich, Anna.«

»Ich bin auch stolz auf dich, Dad.« Ich tätschelte seinen Arm. »Kein Grund, rührselig zu werden.«

Ich sah ihm hinterher, wie er davonging, und eilte dann zum Innenhof, während in der Ferne die Glocken von Big Ben zu hören waren. Helena konnte jeden Moment die Treppe herunterkommen, und Marianne war bestimmt schon in Panik und fragte sich verzweifelt, wo ich war.

Als ich fröhlich um die Ecke bog, ergriff plötzlich jemand meine Hand und sagte atemlos: »Da bist du ja endlich!«

Ich drehte den Kopf und starrte in die vertrauten dunkelbraunen Augen von Connor Lawrence.

In diesem Moment überkam mich zum ersten Mal seit Wochen eine eigenartige Ruhe, weil mir plötzlich klar war, was ich zu tun hatte.

Kapitel sechsundzwanzig

Connor sah aus wie ein Filmstar. Er trug einen hellgrauen Anzug und eine schmale schwarze Krawatte, und sein Pony war glatt nach hinten gekämmt, statt ihm wie sonst ins Gesicht zu fallen.

Da seine dunklen Augen nun nicht mehr halb verdeckt waren, wirkten sie noch intensiver.

»Wow, Connor«, sagte ich und betrachtete ihn ungeniert von Kopf bis Fuß. »Du siehst *toll* aus.«

»Danke.« Er lächelte nervös. »Meine Mum meinte, *wenn* ich mir irgendwann Mühe geben sollte mit meinem Aussehen, dann wahrscheinlich heute. Du siehst auch toll aus. Schönes … äh … Kleid.«

»Ich vermute mal, dass sich heute noch mehrere Leute fragen werden, warum ich auf der Hochzeit meines Vaters ein gigantisches Sahnetörtchen trage«, lachte ich. »Freut mich, dass du gut hergekommen bist. Ich kann immer noch nicht glauben, dass Dad und Helena alles vorverlegt haben und ich von nichts eine Ahnung hatte! Und du hast das Geheimnis für dich behalten, obwohl ich gestern bei dir zu Hause die ganze Zeit über Dad geredet habe.«

»Das war nicht leicht, glaub mir. Du hast dir solche Sorgen gemacht. Deine Mum hat mich neulich im Auto eingeweiht, als sie mich nach Hause gefahren hat. Das war direkt nachdem du mich eingeladen hattest.« Er hielt inne und fragte: »Was machst du eigentlich allein hier draußen im Innenhof?

Marianne meinte, du wärst einfach panisch aus dem Zimmer gerannt. Diese Furcht einflößende Hochzeitsplanerin hat da drinnen fast einen Herzinfarkt gekriegt.«

»Ach, ich wollte nur ...« Ich überlegte, ob ich lügen sollte, entschied mich jedoch sofort dagegen. *Wenn* mich jemand verstand, dann war es Connor. »Ich wollte mit meinem Dad reden. Mich vergewissern, dass er weiß, was nach dem heutigen Tag alles auf ihn zukommt, und dass er auch wirklich damit leben kann. Im Prinzip ging es um genau das, wovor du mich gewarnt hast.«

Er nickte. »Und? Alles gut?«

»Ja, und das bringt mich auf ein anderes Thema. Connor, ich muss mit dir reden, und zwar über ...«

»ANNA!«, unterbrach uns Fenellas schrille Stimme. Ich zuckte vor Schreck zusammen. »Du kannst doch nicht einfach so abhauen! Wo bist du gewesen?«

Sie stürmte auf mich zu, packte mich am Arm und zog mich ins Hotel.

»Ich ... äh ... ich ...« Hastig versuchte ich, mir eine gute Ausrede einfallen zu lassen. Als wir in die Lobby kamen, drehte sich Marianne mit einem erleichterten Seufzen und vorwurfsvollen Blicken zu mir um.

»Sie hat nach mir gesucht«, erklärte Connor und machte mutig einen Schritt nach vorn. »Ich habe vergessen, ihr zu sagen, dass wir uns direkt hier drinnen im Hotel treffen. Ursprünglich hatten wir ausgemacht, dass ich draußen im Hof auf sie warte. Mein Fehler.«

Fenella sah ihn aus zusammengekniffenen Augen an. »Zum Glück liegen wir immer noch im Zeitplan. Helena wird jeden Moment herunterkommen, die Gäste sitzen bereits. Anna, dieser junge Mann wird dich den Mittelgang entlangführen. Ich hoffe, er geht besser, als er lügt.«

Sie machte auf dem Absatz kehrt und marschierte auf ihr Hochzeitsteam zu, um blaffend ihre Anweisungen zu erteilen und zu kontrollieren, dass sämtliche Headsets funktionierten.

»Gut, dass du hier bist, Connor«, sagte Marianne und blickte quer durch die nun leere Hotellobby zur Tür des Saals, in dem die Hochzeitszeremonie stattfinden würde. »Irgendjemand muss dafür sorgen, dass Anna nicht hinfällt.«

»He! Ich bin heute noch kein einziges Mal hingefallen!«

»Erwartest du dafür eine Medaille?«

Ich öffnete den Mund, um mich zu wehren, aber in diesem Moment schnappten die bereitstehenden Mitglieder des Hochzeitsteams reihenweise nach Luft und starrten zur Treppe. Ich drehte mich gerade rechtzeitig um, um Helena elegant die Stufen herabschweben zu sehen, in der einen Hand einen Strauß duftender Sommerblumen, in der anderen ihr Kleid, das sie leicht nach oben hielt, damit es nicht über den Boden schleifte.

»Wie sehe ich aus?«, fragte sie nervös und blickte zwischen Marianne und mir hin und her.

»Helena«, antwortete ich lächelnd. »Für einen Kerl, der das weltweit langweiligste Buch über Panzer verfasst hat, hat es mein Vater WIRKLICH weit gebracht.«

Sie musste lachen, und Marianne wischte sich eine Träne von der Wange. »Du siehst wunderschön aus, Mum«, flüsterte sie. »Ich würde ja kommen und dich umarmen, aber ich glaube, das lässt mein Kleid nicht zu.«

»Im Zeitplan sind sowieso keine Umarmungen berücksichtigt«, stellte Fenella klar und tippte streng auf ihre Uhr. »Drinnen im Saal warten sie schon auf mein Startsignal. Ich gehe jetzt hinein, und dann wird die Tür von innen für euch geöffnet. Anna und Connor, ihr geht bitte zuerst los, als Nächstes folgt Marianne und schließlich die Braut.« Sie holte tief Luft und erklärte dann mit einem dramatischen Flüstern: »Showtime!«

Sie warf Helena eine Kusshand zu und huschte einen Flur entlang, von dem aus offenbar eine Seitentür in den Saal führte.

Der Rest des Hochzeitsteams brachte uns unterdessen zur Tür, positionierte uns richtig und trat dann beiseite. Connor und ich standen ganz vorne und warteten schweigend darauf, dass es losging.

»Worüber wolltest du vorhin draußen mit mir sprechen?«, fragte er leise.

»Später.« Ich holte tief Luft und merkte, dass ich zitterte. »Hoffentlich, hoffentlich falle ich nicht hin.«

»Ganz sicher nicht«, flüsterte Connor. »Stütz dich einfach auf mich.«

Er hielt mir seinen Arm hin, und ich ergriff ihn, während vor uns die Tür aufging.

»Du siehst toll aus, Schatz!«, schwärmte meine Mutter und beugte sich mühsam über meinen ausladenden Rock, um mir zärtlich in die Wange zu kneifen. Direkt nach der Zeremonie hatte ich mich zusammen mit der Braut und dem Bräutigam zum Foto aufgestellt und mich dann auf die Suche nach Connor gemacht, der sich in eine stille Ecke zurückgezogen hatte. Nun war Mum zu uns herübergekommen. In ihren Augen glitzerten die Tränen.

»Die Zeremonie war zauberhaft, nicht wahr?«, sagte sie zu Connor, der höflich nickte. »Ein absoluter Traum.«

Auch wenn es mir peinlich war, wie überschwänglich Mum klang, sie hatte vollkommen recht. Es war wirklich eine wunderschöne Zeremonie gewesen. Fenella hatte ein atemberaubendes Spektakel auf die Beine gestellt.

Als sich die Flügeltüren zum Saal geöffnet hatten, hatte ich meinen Augen nicht getraut. Was ich vor mir sah, glich dem Filmset einer sehr teuren, aufwändigen Hollywoodverfilmung von *Ein Sommernachtstraum*. Im ganzen Saal waren Kerzen verteilt, und Tausende weiße Blüten schmückten nicht nur die Stühle, auf denen bereits die Gäste warteten, sondern auch die Wände, sodass man sich im Freien wähnte.

Während wir den Mittelgang entlangschritten, spielte eine Harfenistin, und Dad lächelte mir derart strahlend vom Altar entgegen, als ich auf ihn zuwankte und mich krampfhaft darauf konzentrierte, keine Stühle oder Kerzenleuchter mitzureißen, dass mir tatsächlich die Tränen in die Augen stiegen.

Als sich das Brautpaar am Ende der Zeremonie das Jawort gab, schluchzte ich regelrecht.

Zum Glück eignete sich der Tüll meines Kleids hervorragend als Taschentuch, auch wenn Fenella vermutlich nicht so begeistert darüber war, dass ich mir in der ersten Reihe für alle sichtbar mit meinem Rock das Gesicht trocken tupfte.

»Auf Hochzeiten passiert immer irgendetwas Lustiges«, sagte Connor lächelnd, nachdem meine Mum ihm die Geschichte von der indischen Hochzeit erzählt hatte, auf der ihr ein Elefant auf den Saum ihres Saris getreten war, woraufhin dieser sich um ein Haar vollkommen aufgeribbelt und sie nackt vor der ganzen Hochzeitsgesellschaft zurückgelassen hätte.

Glücklicherweise kam in diesem Moment eine Freundin von Mum vorbei, um sie zu begrüßen, sodass sich Connor keine weiteren traumatisierenden Geschichten anhören musste.

»Wollen wir kurz rausgehen?«, schlug er vor, während er einem Silbertablett mit Champagnergläsern auswich, das gerade ein Kellner an uns vorbeitrug.

»Gerne.« Ich warf Fenella einen Blick zu, die damit beschäftigt war, vom Hoteldirektor Komplimente entgegenzunehmen. »Ich glaube, wir haben ein bisschen Zeit vor dem Essen.«

Connor ging zielstrebig durch die Gästeschar voraus ins Freie, während ich mich mit meinem Kleid mühsam hinterherkämpfte.

»Puh!«, sagte ich, als ich mir endlich meinen Weg nach draußen gebahnt hatte. »Ist das voll da drinnen!«

»Anna, ich weiß, worüber du vorhin mit mir reden wolltest«, gestand er mit ernstem Gesicht.

»Wirklich?«

»Ja.« Er zögerte und trat unbehaglich von einem Fuß auf den anderen. Dann hob er den Blick, um mir in die Augen zu sehen. »Irgendetwas stimmt nicht, oder? Mit uns. Im Moment.«

»Ja«, antwortete ich, während sich beim Gedanken daran, wie glücklich mein Dad und Helena gerade ausgesehen hatten, ein Kloß in meiner Kehle bildete. »Irgendetwas stimmt nicht.«

»Anna, du bist das coolste Mädchen, das ich jemals kennengelernt habe. Leider bist du jetzt zufällig auch …« Er brach ab und starrte wieder auf seine Füße hinunter.

Ich wusste, was er sagen wollte, und beendete daher den Satz für ihn. Wahrscheinlich hatte ich es die ganze Zeit geahnt.

»Ein It-Girl?«

»Ja, aber es ist nicht nur das. Ich wusste ja von Anfang an, dass das mit deinem Promi-Status so kommen würde. Ich glaube, wir haben uns beide verändert. Nicht zum Schlechten, einfach nur verändert …« Er suchte die richtigen Worte.

»Das ist total okay«, sagte ich sanft. Und meinte es auch so. Connor hatte recht. »Du musst dich jetzt sowieso auf deinen Comic konzentrieren.«

Er nickte langsam. »Ich glaube, wenn es dir nichts ausmacht, würde ich mich jetzt gern auf den Weg nach Hause machen und meinem Buch den letzten Schliff geben.«

»Jetzt gleich? Echt?« Ich drehte mich zu den Gästen um, die sich hinter uns lebhaft unterhielten. Als ich mich wieder Connor zuwandte, musterte er mich eindringlich. »Aber dann verpasst du doch die Party!«

»Ich dachte, es wäre vielleicht eine gute Idee, wenn ich mich einfach still verabschiede.«

Das Stimmengewirr hinter uns verstummte, weil Fenella die Gäste mit resoluter Stimme aufforderte, sich in den Speisesaal zu begeben und ihre Plätze einzunehmen.

»Du solltest lieber wieder reingehen«, sagte Connor. »Wenn das erst die Trauzeremonie war, würde ich sagen, dir steht ein gigantischer Abend bevor.«

»Auf jeden Fall.« Ich nickte und wusste nicht recht, was ich sagen sollte.

Er beugte sich über meinen ausladenden Rock und gab mir einen zarten Kuss auf die Wange.

Dann richtete er sich wieder auf, schob die Hände in die Tasche und ging los.

»Connor!«, rief ich. Er blieb stehen und sah sich um. »Danke, dass du heute hier warst.«

Er grinste mich so schelmisch an, wie er es beim gemeinsamen Nachsitzen oft getan hatte. »Immer gerne, Spidey.«

Dann drehte er sich um, eilte um die Ecke und war verschwunden.

Kapitel siebenundzwanzig

Vergleich zwischen normalen Hochzeiten und der Huntley/Montaine-Variante

1. Bei einer normalen Hochzeit kommen Braut und Bräutigam nach der Zeremonie in den Saal, in dem gefeiert wird, und alle stehen auf und klatschen, während das Brautpaar am zentralen Tisch Platz nimmt. *Bei einer Huntley/Montaine-Hochzeit kommen Braut und Bräutigam in den Saal und werden dabei VON EINEM SCHWARM PFAUEN BEGLEITET.*
2. Bei einer normalen Hochzeit wird höflich geplaudert, bevor das Essen serviert wird, und die Gäste lernen ihre Tischnachbarn kennen. *Bei einer Huntley/Montaine-Hochzeit stürmt eine Truppe Akrobaten den Saal, bevor das Essen serviert wird, und zeigt auf den Tischen ihre Kunststücke, mit Feuern, Schwertern und 90er-Jahre-Pop als musikalische Untermalung.*
3. Bei einer normalen Hochzeit besteht das Essen üblicherweise aus einem leckeren Drei-Gänge-Menü, bei dem nicht selten Hühnchen serviert wird. *Bei einer Huntley/Montaine-Hochzeit wird das Essen von einem Promi-Koch mit Michelin-Stern zubereitet, der Braut und Bräutigam damit überrascht, dass er auf einer silbernen Servierplatte ein lebensgroßes Porträt des glücklichen Paars aus Tomaten, Mango-Chutney, Oliven und Koriander aufführt.*

4. Bei einer normalen Hochzeit enden die Ansprachen mit schallendem Gelächter, kurzem Beifall und einem fröhlichen Trinkspruch. *Bei einer Huntley/Montaine-Hochzeit enden die Ansprachen mit schallendem Gelächter, kurzem Beifall, einem fröhlichen Trinkspruch UND Glitzer und Konfetti, das von der Decke herunterregnet, während ein Chor durch die Tür hereinkommt und, begleitet vom Royal Philharmonic Orchestra, »Don't Stop Me Now« von Queen zum Besten gibt.*
5. Bei einer normalen Hochzeit beginnt irgendwann eine Band zu spielen oder ein DJ aufzulegen. Nachdem das Brautpaar den ersten Tanz getanzt hat, werden die Gäste aufgefordert, sich ebenfalls auf die Tanzfläche zu begeben. *Bei einer Huntley/Montaine-Hochzeit kommt Elton John auf die Bühne, um den ersten romantischen Song für den Hochzeitstanz zu singen. Danach tritt die berühmteste Boygroup der Welt auf, woraufhin die Gäste total ausflippen und kreischend auf die Tanzfläche rennen, während der Bräutigam so schnell wie möglich das Weite sucht, zu seiner Tochter geht und fragt: »Wer sind diese Typen noch mal? Müsste ich von denen gehört haben?« Danach bittet er einen Kellner um einen Irischen Whiskey und gesellt sich zum schwedischen Ministerpräsidenten, um mit ihm über Politik zu diskutieren.*

»Diese Hochzeit wird garantiert in die Geschichte eingehen«, prophezeite Marianne, bevor auf der Tanzfläche Tumult ausbrach, weil die Boygroup gerade ihren neuesten Nummereins-Hit anstimmte.

Wir waren beide zu unseren Plätzen am Brauttisch zurückgekehrt, nachdem wir Helena und meinen Vater bei ihrem Hochzeitswalzer beobachtet hatten (der übrigens zum

Kaputtlachen war. Dad hätte echt Tanzstunden nehmen sollen. Diesbezüglich stimmte mir die Primaballerina des Royal Ballet, die zufällig neben mir stand, von ganzem Herzen zu.).

Ich hatte es nicht für möglich gehalten, aber der Speisesaal, in dem die Party stattfand, war sogar noch glamouröser als der Saal der Trauzeremonie. Die hohe Decke war dunkelblau verhängt und über und über mit funkelnden Lichtern geschmückt, sodass der Eindruck eines Nachthimmels voller Sterne entstand.

»Ja, diese Hochzeit ist wirklich was Besonderes«, gab ich Marianne recht und stocherte in der Mousse au Chocolat herum, die auf meinem Teller übriggeblieben war. »Auch wenn ich mich frage, was das mit den Pfauen sollte.«

»Und was sollte das mit dem Tomaten-Porträt?«, konterte Marianne lachend. »Total beknackt!«

»Dann passt es ja perfekt zu unseren Eltern.«

»Stimmt auch wieder.« Sie seufzte und schenkte sich ein Glas Wasser ein. »Wirst du mir jemals verraten, warum du Fenella vor dem Abendessen so panisch gebeten hast, Connors Gedeck am Tisch wegzuräumen und alle einen Platz aufrücken zu lassen? Oder soll ich raten?«

Meine Wangen wurden glühend heiß. »Hast du denn eine Ahnung?«

»Ich glaube schon. Habt ihr zwei euch getrennt?«, fragte sie sanft.

Ich nickte. »Woher weißt du das?«

»Ich hatte da so einen Verdacht. Was ist passiert? Geht es dir gut?«

»Ich denke schon«, antwortete ich schulterzuckend. »Ich würde es natürlich gern auf meine Berühmtheit schieben, aber ich glaube, es liegt mindestens genauso sehr an mir selbst. Im Laufe des letzten Jahres habe ich mich nämlich an mein It-Girl-Dasein und die verrückten Dinge, die damit einhergehen, gewöhnt und mich deshalb verändert, während Connor der Gleiche geblieben ist. Was ja eigentlich nichts Schlechtes ist. Er passt nur jetzt nicht mehr zu mir. Ergibt das irgendwie Sinn?«

»Absolut. Tatsächlich hatte ich schon vor deiner Italienreise so ein Gefühl, dass etwas nicht ganz stimmt mit euch beiden«, gestand Marianne.

»Wirklich? Wieso? Und warum hast du mir nichts davon gesagt?«

»Weil ich dich nicht beunruhigen wollte. Und mir außerdem nicht sicher war. Ihr wart nur einfach irgendwie so zurückhaltend im Umgang miteinander. Deine Augen haben nicht mehr geleuchtet, wie sie es zum Beispiel tun, wenn du von Rom erzählst …« Sie seufzte. »Wenn ich meine Beziehung mit Ihm-dessen-Name-nicht-genannt-werden-darf nur auch so gut durchschaut hätte!«

Mir blieb der Mund offen stehen.

»Warum starrst du mich so komisch an?«, fragte sie.

»Wegen der Harry-Potter-Anspielung!«, rief ich und packte sie beim Arm. »Du bist also eigentlich genauso ein Nerd wie ich! Ich wusste nicht mal, dass du die Bücher gelesen hast oder auf die Filme stehst! Wir müssen unbedingt einen DVD-Marathon mit sämtlichen Teilen machen!«

»Welche Harry-Potter-Anspielung?« Meine Begeisterung schien sie zu verwirren. »Ich habe von Tom gesprochen.«

»Ach, egal. Vergiss es.«

Marianne versuchte angestrengt, die Puffärmel ihres Kleids glatt zu streichen. »Na ja, ich hoffe jedenfalls, dass du nicht zu traurig bist wegen der Trennung. Echt blöd, dass es ausgerechnet auf der Hochzeit passiert ist. Wenigstens bist du dir sicher, dass es die richtige Entscheidung war.«

»Im Nachhinein habe ich das Gefühl, dass jeder andere vor mir wusste, dass es dazu kommen würde. Jedenfalls haben gleich mehrere Leute Andeutungen in diese Richtung gemacht. Dad hat mich zum Beispiel vorhin nach meinem Liebesleben gefragt, was total untypisch für ihn ist und peinlich noch dazu. Und in Rom hat sogar Sophie etwas anklingen lassen – echt nervig, dass sie uns offenbar so aufmerksam beobachtet hat. Deshalb bin ich …« Ich verstummte und setzte mich kerzengerade hin.

»Was ist? Warum machst du so ein Gesicht?« Marianne sah mich besorgt an. »Anna, du bist kreidebleich. Was ist los?«

»Sophie«, flüsterte ich.

»Was ist mit ihr?«

»Sie sollte eigentlich zur Hochzeit kommen.« Ich schluckte und griff nach Mariannes Hand. »Ich habe ihr versprochen, dass sie dabei sein darf, wenn sie mir hilft, mich in Rom aus dem Hotel zu schleichen. Sie bringt mich um, wenn sie herausfindet, dass die Hochzeit schon vorbei ist!«

»Ach das.« Marianne warf einen Blick auf die goldene Uhr, die über der großen Flügeltür des Saals hing. »Gut, dass du mich daran erinnerst. Ich habe ihnen gesagt, dass sie um diese Zeit hier sein sollen.«

»Wem? Warte mal! Hast du etwa Sophie Bescheid gegeben? Woher wusstest du, dass ich sie einladen wollte?«

»Die Botschaft wurde mir von einigen anderen Gästen übermittelt, über deren Anwesenheit du dich vielleicht freuen wirst.« Sie wies mit dem Kinn über meine Schulter hinweg. »Perfektes Timing.«

Ich drehte mich um und entdeckte zu meiner großen Überraschung Jess, Danny und Stephanie, die soeben durch die Tür hereinkamen. Verlegen und staunend blieben sie stehen, als sie den Saal und die Hochzeitsgesellschaft sahen. Ich stieß einen Freudenschrei aus und sprang auf, um zu ihnen zu rennen. Bei meiner stürmischen Umarmung verfingen sie sich natürlich in den Rüschen meines Kleids.

Danny trug einen Smoking und eine blaue Fliege und hatte es irgendwie geschafft, seine widerspenstigen Locken so zu bändigen, dass er richtig gut aussah. Auch Stephanie wirkte sehr elegant in ihrem langen hellblauen Kleid, das im Farbton perfekt zu seiner Fliege passte. Sie hatte sich die Haare lockig nach oben frisiert und ihren Pony nach hinten gesteckt.

Am meisten hatte sich Jess herausgeputzt. Das letzte Mal, dass ich sie schick gekleidet gesehen hatte, war beim Beatus-Ball gewesen, als sie ein hübsches, kurzes schwarzes Kleid getragen hatte. Dieses Mal hatte sie sich selbst übertroffen und sah aus wie ein Topmodel. Ihr Outfit ließ sich nur als ABENDKLEID beschreiben.

Ja: Jess, das Mädchen, das seine Fingernägel gern in verschiedenen Farben lackierte, sich die Haarspitzen färbte und nur selten die Sportsachen auszog, trug ein Abendkleid. Und nicht einfach irgendeins. Es handelte sich um ein auffallendes trägerloses, bodenlanges Kleid in dunklem Türkis, das wallend ihre endlosen Beine umhüllte. Ihre Diamantohrringe funkelten unter ihren professionell gestylten Haaren, die ihr in weichen Wellen über die Schultern fielen.

Wenn ich mich nicht selbst sofort auf sie gestürzt hätte, hätte es sicher fast jeder junge Mann im Saal getan.

»Ich fühle mich, als hätte mich ein Marshmallow niedergewalzt!«, japste sie, als ich sie aus meiner Umarmung entließ.

»Mein Gott, ich kann nicht glauben, dass ich wirklich hier bin!«, platzte Stephanie heraus. »Das ist echt der Wahnsinn!«

»Wie genial, dass ihr gekommen seid! Durch euch ist mein Abend gerade um LÄNGEN besser geworden!«, rief ich und schüttelte aufgeregt Jess' Hand.

Ich war nämlich ein bisschen davor zurückgeschreckt, vor einem Haufen Promis und Mitgliedern internationaler Königshäuser meinen Tintenfisch-Schritt aufs Parkett zu legen, aber in Anwesenheit meiner Freunde war ich bereit, mich sofort für meinen großen Auftritt warm zu tanzen.

»Das denkst du wahrscheinlich nicht mehr, wenn du siehst, wen wir noch für dich auf Lager haben«, erklärte Jess mit einer Grimasse und wies zur Tür, die sich wie aufs Stichwort öffnete und den Blick auf keine andere als Sophie Parker freigab.

»Du hast es ihr versprochen«, sagte Danny lachend, während Sophie selbstbewusst hereinstolzierte und schnurstracks auf die Tanzfläche zusteuerte. »Sie hat draußen bei den Sicherheitsleuten einen Riesenaufstand veranstaltet und sie gebeten, Fotos von ihr und den Promis zu machen, die gerade herumstanden, um frische Luft zu schnappen.«

»Oje, das kann ich mir lebhaft vorstellen«, kicherte ich.

Sophie ließ den Blick durch den Saal schweifen und hielt inne, als sie mich entdeckte. Sie hob die Hand und winkte mir mit einem Lächeln zu. EINEM LÄCHELN!

Okay, es war das winzigste Lächeln aller Zeiten, und es schien sie UNFASSBAR viel Mühe zu kosten, die Mundwinkel nach oben zu ziehen, aber es war trotzdem eindeutig ein Lächeln.

Euch ist sicher klar, was das bedeutet? Richtig: dass ich recht hatte. Sophie und ich hatten in Rom eine Bindung zueinander aufgebaut. Aber so was von!

Marianne gesellte sich zu uns, umarmte nacheinander die neu Eingetroffenen und schlang dann die Arme um mich. »Gute Überraschung?«

»Die beste!«

»Helena und Dad dachten, dass es sicher schön für dich wäre, deine Freunde hierzuhaben«, erklärte Marianne.

Ich suchte den Saal nach Dad ab und sah, dass er gerade in meine Richtung blickte. Meine Augen füllten sich mit Tränen, weil er so fürsorglich gewesen war und meine Freunde eingeladen hatte. Er hob sein Glas, nickte mir zu und kehrte dann zu seinem Gespräch zurück.

»Dein Dad fand außerdem, dass dein bester Freund nicht fehlen darf.« Marianne grinste. »Ich gehe und sage den Sicherheitsleuten Bescheid, dass er rein kann.«

Sie stöckelte zur Tür hinaus und ließ mich vollkommen verwirrt zurück. »Von wem redet sie?«

»Wart's ab«, kiekste Stephanie aufgeregt.

»Noch mehr Überraschungen?« Ich schüttelte erstaunt den Kopf. »Dad war ja wirklich fleißig. Ich habe ein richtig schlechtes Gewissen, weil ich mich in letzter Zeit so oft über seine Frisur lustig gemacht habe.«

Während ich krampfhaft zu erraten versuchte, wer wohl als Nächstes hereinkam, und mir widerwillig eingestand, dass die Wahrscheinlichkeit, es könnte der Comic-Gott Stan Lee sein, nicht besonders hoch war, weil Dad vermutlich nicht einmal wusste, wer er war, wartete ich ungeduldig darauf, dass erneut die Tür aufging.

Als es endlich so weit war, sah es zunächst so aus, als würde niemand dahinterstehen. Dann wanderte mein Blick weiter nach unten.

»HUND!«, rief ich, während er bereits hereingetrottet kam, bekleidet mit einem Zylinder und einer Fliege.

Ich glaube, ich jagte ihm anfangs ein bisschen Angst ein mit meinem Kleid, aber als ihm klar wurde, dass er nicht von einem violetten Alien angegriffen wurde, taute er auf und sprang an mir hoch, um mir das Gesicht abzulecken.

Ich machte ihm ein Kompliment zu seinem schicken Aufzug, der – wie Marianne mir verriet – auf Mums Konto ging.

Irgendwann wurde Hund der Wirbel, den ich um ihn veranstaltete, zu langweilig, und er fing an, auf der Suche nach Haute-Cuisine-Speiseresten den Boden abzuschnüffeln.

Ich richtete mich freudestrahlend auf und merkte, dass mir der Kiefer wehtat vor lauter Lächeln. In diesem Moment sah ich die Person hereinkommen, die Hund hergebracht hatte.

Mir war vollkommen egal, dass alle meine Freunde zusahen, oder mein Dad, meine Mum und jede Menge Prominente und Royals. Und es war mir erst recht egal, dass Sophie Parker zusah.

Mit einem Jauchzen rannte ich auf James zu und warf mich in seine Arme. Das Gewicht meines fliederfarbenen Brautjungfern-Ungetüms riss ihn von den Füßen, und wir landeten in einem Durcheinander aus Gliedmaßen und Stoffbahnen auf dem Boden. »Ich freue mich auch, dich zu sehen«, sagte er lachend und schob die Rüschen aus seinem Gesicht, damit er mir in die Augen blicken konnte. Ich strahlte.

Es ist genau, wie Dad gesagt hat: Manchmal weiß man es einfach.

Kapitel achtundzwanzig

»Erzähl«, forderte mich Jess auf und ließ sich mit einer Schüssel Popcorn aufs Sofa plumpsen. »Wie war es?«

Hund hatte bis dahin gemütlich auf dem Rücken gelegen und alle vier Pfoten von sich gestreckt. Sobald jedoch der Duft nach warmem, salzigem Popcorn den Raum erfüllte, sprang er blitzartig auf und rannte zu Jess. Sie schob seine Schnauze weg.

»Was meinst du?«, fragte ich lachend und setzte mich neben sie.

»Na, was meint sie wohl?« Marianne nahm ein Kissen von dem Sessel, in dem sie es sich bequem gemacht hatte, und warf es nach mir. »Der Kuss! Glaub ja nicht, ich hätte nicht mitgekriegt, wie ihr auf der Tanzfläche heimlich geknutscht habt.«

»Gut.« Ich errötete und weigerte mich, die beiden anzusehen. Stattdessen studierte ich die Stickerei auf dem Kissen, das ich gerade gefangen hatte.

»Wie du ihn einfach umgerannt hast, als er zur Tür hereinkam – zum Kaputtlachen!« Jess schüttelte den Kopf. »Als würde ein riesiger lila Schneeball durch die Luft geflogen kommen.«

»Ihr zwei seid echt ein süßes Paar«, sagte Marianne und lächelte mir zu.

»Stimmt«, gab ihr Jess recht, bevor sie meinem Labrador, der immer noch wie hypnotisiert die Popcornschüssel anstarrte, einen bösen Blick zuwarf. »Igitt! Hund, hör auf, auf mein Bein zu sabbern!«

»Ich wusste schon vor Ewigkeiten, dass ihr mal zusammenkommen würdet, James und du«, teilte mir Marianne mit und wirkte sehr zufrieden mit sich.

»Woher denn das?«, fragte ich verlegen. Meine Wangen wollten nicht aufhören zu glühen. »Das wusste ja nicht mal *ich.*«

»Na ja, wenn du von ihm geredet hast, klang es immer total …« Sie rümpfte die Nase. »Schnulzig.«

»Gar nicht!«, protestierte ich und warf das Kissen zurück zu ihr.

»Doch!« Sie lachte und wackelte mit den Füßen, die in ihren *Pu-der-Bär*-Hausschuhen steckten. »Seit du aus Rom zurück bist, auf jeden Fall. Und dann war da noch dieses Foto, das du mir gezeigt hast.«

»Welches Foto?«

»Eins von Jess' Fotos. Aus Rom. Ihr steht neben irgendsoeinem Wasserspeier und …«

»Ich weiß, welches«, schaltete sich Jess ein. »Anna hatte uns gerade einen stinklangweiligen Vortrag über irgendeinen alten Film gehalten, in dem dieses Steingesicht vorkommt. Angeblich beißt es einem die Hand ab, wenn man lügt.«

»La Bocca della Verità.« Ich errötete, als ich daran zurückdachte, wie James' Hand direkt auf meiner gelegen hatte.

»Ich habe genau im richtigen Moment abgedrückt«, erklärte Jess stolz. »Es war alles ganz natürlich, weil beide nicht damit gerechnet haben.«

»Wie heißt es so schön? Ein Bild sagt mehr als tausend Worte …« Marianne und Jess sahen sich vielsagend an.

»Es überrascht mich, dass du so lange gebraucht hast, um es zu merken.« Jess warf Popcorn in die Luft und fing es mit dem Mund auf. »Schon vor den Sommerferien war total klar, dass er verrückt nach dir ist. Und dein Gesicht hat sich auch jedes Mal aufgehellt, wenn er in einen Raum gekommen ist.«

»Und warum sagst du mir das erst jetzt?«

»Weil du selbst draufkommen musstest. Sonst wäre doch der ganze Spaß weg gewesen. Ihr zwei seid das Traumpaar schlechthin.«

»Okay.« Ich seufzte. »Können wir jetzt bitte über was anderes reden?«

»Wir machen dich verlegen, stimmt's? Gestern Abend hast du nicht besonders verlegen gewirkt, als ihr die ganze Zeit eng umschlungen getanzt habt.« Jess zwinkerte mir zu.

»Da war ich ja wohl nicht die Einzige! Was ist mit dir und diesem Typen vom Philharmonic Orchestra?«

»Ich bitte dich«, schnaubte Jess. »Musiker kannst du doch vergessen.«

Marianne nickte. »Wem sagst du das?« Die beiden klatschten sich ab, und ich verdrehte die Augen.

»Es hat also nicht gefunkt zwischen euch?«

»Ich interessiere mich neuerdings nur noch für Italiener«, erklärte Jess und brachte mich damit zum Kichern. »Es gibt da einen gewissen Tontechniker, mit dem ich regelmäßig SMS schreibe …«

»Was? Mit dem aus Rom?«

»Er möchte sein schriftliches Englisch verbessern«, sagte Jess fröhlich. »Und da habe ich mich natürlich selbstlos angeboten. Im Prinzip sind wir also so was wie Brieffreunde. Vorerst. Ich muss mich einfach für einen Fotokurs in Italien bewerben.«

Ich blickte zu Marianne hinüber, die eifrig auf ihrem Handy herumtippte. »Und was ist mit dir, Marianne?«

»Was soll mit mir sein?«

»Du hast dich gestern ewig mit diesem großen bärtigen Typen unterhalten«, merkte ich an. »Worum ging es bei eurem Gespräch?«

»Dieser ›große bärtige Typ‹ arbeitet zufällig bei einem führenden britischen Modelabel. Es war also ein geschäftliches Gespräch. Er will in Zukunft mit mir zusammenarbeiten«, sagte sie kokett.

»Echt? Und wie würde diese Zusammenarbeit aussehen?«, fragte Jess aufgeregt.

»Na ja, er hat was davon gesagt, dass ich meine eigene Modelinie …«

Ich kreischte, sprang vom Sofa und kletterte auf ihren Schoß, um sie stürmisch zu umarmen. »Das ist ja der Wahnsinn!«

»Uff! Anna!« Marianne jaulte auf, als ich sie fast mit meinem Snoopy-Bademantel erstickte. »Wir sind mit den Verhandlungen noch ganz am Anfang!«

»Was hat er genau gesagt?«

»Dass ich seiner Meinung nach überragendes Potenzial haben muss, wenn ich es sogar schaffe, dieses lächerliche Brautjungfernkleid stylish aussehen zu lassen«, antwortete Marianne lachend.

»Das ist ja genial!«

»Was ich noch viel genialer fand, war, wie du Sophie aus der Patsche geholfen hast«, erwiderte Marianne kichernd. »Glaub nicht, wir hätten es nicht gesehen.«

»Ach ja, das.«

Als ich Sophie ganz allein am Rand der Tanzfläche entdeckt hatte, wo sie verzweifelt den Hals nach Prominenten reckte, die sie ansprechen konnte, hatte sie mir aufrichtig leidgetan.

»Sophie Parker hat dir leidgetan?«, fragte Jess schnaubend. »Das ist ja ganz was Neues!«

Ich hatte ein schlechtes Gewissen gehabt, weil wir anderen so viel Spaß hatten, während sie dort ganz alleine stand. Also war ich zu ihr hingegangen.

»Hi.«

»Hi«, hatte sie gesagt und mich von Kopf bis Fuß gemustert. »Das Kleid ist schrecklich.«

»Ich weiß.«

»Aber die Hochzeit ist schön.«

»Ja, finde ich auch.«

»Danke, dass ich kommen durfte«, sagte sie eilig. Es war offensichtlich, dass sie diesen notwendigen Teil unseres Gesprächs möglichst schnell hinter sich bringen wollte.

»Das hatte ich ja versprochen. Komm, ich stell dich jemandem vor«, bot ich an, nahm sie beim Arm und führte sie um die Tanzfläche herum.

Ich tippte einem jungen Mann von der Boygroup auf die Schulter, die gerade Pause machte, und stellte ihm Sophie vor. Die Störung schien ihm nichts auszumachen, und schon bald waren Sophie und er in ein Gespräch über die aktuelle Tour vertieft, für die sie bereits Tickets gekauft hatte. Sie war so entzückt von ihm, dass ich glaubte, ich könnte mich unbemerkt davonschleichen, aber noch während ich den Rückzug antrat, packte sie mich beim Arm.

»Danke, Anna«, sagte sie leise. »Schon wieder.«

»Werden wir jetzt Freundinnen?«

»Oh Mann, Anna, du ruinierst es jedes Mal! Nein, werden wir nicht.«

Ich war mir dennoch sicher, sie bei einem Grinsen ertappt zu haben, bevor ich mich davonmachte.

»Sophie ist jetzt bestimmt gerade damit beschäftigt, überall herumzuerzählen, dass sie die ganze Nacht mit einer berühmten Boygroup verbracht hat«, stöhnte Jess. »Das müssen wir uns jetzt für immer und ewig anhören. Egal, mein persönliches Highlight war jedenfalls, als Hund gegen den Buffettisch geprallt ist und die Hochzeitstorte runtergeflogen ist.« Sie warf Popcorn in die Luft, damit Hund es auffangen konnte.

Er schnappte daneben, und das Popcorn blieb an seiner Nase kleben. Wir brachen in Gelächter aus.

»Ich finde, Mum und Nick haben es ganz gut weggesteckt, dass er ihre vierstöckige, extra nach ihren Wünschen angefertigte Torte zerstört hat«, sagte Marianne kichernd, während Hund es endlich schaffte, mit der Zunge das Popcorn von seiner Nase zu lecken und es zufrieden zu verschlingen.

»Ja. Dad hat nur gesagt, dass es ja zum Glück nicht der wichtigste Tag seines Lebens sei und die Torte mehr als unser Haus gekostet habe.« Ich grinste und streckte die Hand nach Hund aus, um ihn unterm Kinn zu kraulen. »Ich dachte schon, seine Augenbrauen würden sich nie wieder von dem Tortenschock erholen.«

»Aber es wäre nicht richtig gewesen, wenn Hund nicht auch seinen Beitrag zur Hochzeit geleistet hätte. Nick hat ja selbst darauf bestanden, dass er mitfeiert«, merkte Marianne an.

»Dad wird eindeutig sentimental auf seine alten Tage«, lautete mein Kommentar.

»Die beiden müssten übrigens jeden Moment zurück sein«, sagte Marianne nach einem Blick auf die Uhr. »Echt lieb von Rebecca, als Überraschungsgeschenk für die beiden einen Brunch in Mums Lieblingsrestaurant zu organisieren.«

Sie hievte sich aus dem Sessel hoch. »Ich muss dann mal los. Bin mit einem Freund verabredet. Hund, geh und hol meine Schuhe! Na hopp! Hol die Schuhe!« Marianne zeigte zur Tür, und Hund trottete hinaus. Sie kickte ihre Hausschuhe weg und hob fragend die Augenbrauen, als sie sah, dass Jess und ich uns auf dem Sofa schlapplachten. »Was ist denn daran so witzig?«

»Du kennst Hund offenbar immer noch nicht richtig«, sagte Jess kichernd.

»Jetzt, wo wir eine Familie sind, musst du lernen, dass Hund ein Freigeist ist und nach seinen eigenen Regeln arbeitet«, riet ich ihr.

»Ist das so?«, fragte Marianne.

»Ich kann nicht glauben, dass du tatsächlich von Hund erwartest, deine Schuhe zu erkennen und sie einfach so zu dir zu bringen!«, japste Jess und bekam kaum noch Luft vor lauter Lachen.

In diesem Moment stupste Hund die Tür auf und kam wieder hereingetrottet. Im Maul trug er ein Paar blaue Riemchenpumps, das er gehorsam vor Mariannes zarten Füßen absetzte, bevor er sich mit stolz erhobenem Kopf und heraushängender Zunge neben sie setzte und auf sein Lob wartete, das nicht lange auf sich warten ließ.

Jess und ich starrten ihn mit offenen Mündern an.

»Tja, was sagt man dazu?«, trällerte Marianne, schlüpfte in ihre Schuhe, griff nach ihrer Handtasche und marschierte hinaus.

Nachdem sie die Tür hinter sich zugemacht hatte, blieben Jess und ich reglos sitzen, verstummt angesichts des Wunders, das sich gerade vor unseren Augen ereignet hatte.

»Hund?«, fragte ich und betrachtete prüfend sein Gesicht, während er langsam auf mich zutappte. »Bist du das? Bist du es wirklich?«

Er legte den Kopf schief und sprang dann plötzlich zu uns aufs Sofa, wo er sich um die eigene Achse drehte und mich gleichzeitig mit dem Kopf anrempelte.

»Hund!«, stöhnte ich und rieb mir die Stirn. Er leckte meine Nase und beschloss, es sich auf meinem Schoß bequem zu machen, wobei er vollkommen zu vergessen schien, dass er ein ausgewachsener, schwerer Labrador war.

»Da sieht man es mal wieder«, stellte Jess lachend fest. »Mag sein, dass du jetzt ein Promi bist mit einem Hollywoodstar als Stiefmutter und der coolsten It-Girl-Stiefschwester der Welt, aber letzten Endes bleibst du doch die gleiche Loserin, die du immer schon warst.«

»Stimmt«, antwortete ich grinsend, während Jess genüsslich gähnte, quer übers Sofa zu mir gerobbt kam und ihren Kopf an meine Schulter legte. »Manche Dinge ändern sich eben nie.«

Kapitel neunundzwanzig

Von: **rebecca.blythe@bouncemail.co.uk**
An: **anna_huntley@zingmail.co.uk**
Betreff: **Eine perfekte Hochzeit!**

Also, ich muss sagen, das war der beste Abend seit Langem! Was für eine zauberhafte Hochzeit! Ich hoffe, du hast sie auch genossen, mein Schatz. Bei der letzten Hochzeit, auf die ich dich mitgenommen habe, bist du mitten im Ehegelübde auf den Mittelgang gesprungen, hast vor allen Leuten deinen Hintern in die Luft gestreckt und lauthals gebrüllt: »PO-PO!« Mein Gott, war das ein Echo in dieser Kirche.

Umso erleichterter war ich, dass du dich dieses Mal tadellos benommen hast. Bravo!

Ich freue mich schon sehr darauf, zwei Wochen lang auf dich und das Haus aufzupassen, während dein Vater und Helena in den Flitterwochen weilen. Bestimmt rennen sie wie kopflose Hühner herum, seit sie vom Brunch zurück sind, um rechtzeitig zu packen und alles auf die Reihe zu kriegen. Ich komme heute Nachmittag und helfe dir, sie ins Taxi zu verfrachten.

Wir sehen uns also ganz bald, mein Schatz!

Mum xxx

Von: anna_huntley@zingmail.co.uk
An: rebecca.blythe@bouncemail.co.uk
Betreff: Re: Eine perfekte Hochzeit!

DIE PO-PO-GESCHICHTE DARFST DU NIE JEMANDEM ERZÄHLEN!

Bestätige bitte den Empfang dieser E-Mail.

Von: rebecca.blythe@bouncemail.co.uk
An: anna_huntley@zingmail.co.uk
Betreff: Re: Re: Eine perfekte Hochzeit!

Ganz wie du willst, Schatz!

Ab heute erzähle ich niemandem mehr die Po-Po-Geschichte.

Mum xxx

Von: anna_huntley@zingmail.co.uk
An: rebecca.blythe@bouncemail.co.uk
Betreff: Re: Re: Re: Eine perfekte Hochzeit!

Was meinst du mit »ab heute«?

Von: rebecca.blythe@bouncemail.co.uk
An: anna_huntley@zingmail.co.uk
Betreff: Re: Re: Re: Re: Eine perfekte Hochzeit!

Was wünschst du dir eigentlich dieses Jahr zum Geburtstag? Unglaublich, dass du in gut einer Woche schon fünfzehn wirst!

Lass uns zusammen shoppen gehen, dann kannst du dir dein Geschenk selbst aussuchen. Das wird ein Riesenspaß!

Mum xxx

Von: **anna_huntley@zingmail.co.uk**
An: **rebecca.blythe@bouncemail.co.uk**
Betreff: **Re: Re: Re: Re: Re: Eine perfekte Hochzeit!**

WAS MEINST DU MIT »AB HEUTE«?

Von: **rebecca.blythe@bouncemail.co.uk**
An: **anna_huntley@zingmail.co.uk**
Betreff: **Re: Re: Re: Re: Re: Re: Eine perfekte Hochzeit!**

Kann sein, dass mir die Geschichte gestern Abend auf der Hochzeit herausgerutscht ist. Du weißt ja, wie es ist: Beim Smalltalk mit anderen Gästen passiert das schon mal.

Angesichts des hochzeitlichen Rahmens schien es mir die passende Anekdote zu sein.

Keine Panik, alle fanden es total witzig! Du bist jetzt bestimmt noch viel beliebter als vorher.

Mum xxx

Von: **anna_huntley@zingmail.co.uk**
An: **rebecca.blythe@bouncemail.co.uk**
Betreff: **Re: Re: Re: Re: Re: Re: Re: Eine perfekte Hochzeit!**

Genial, Mum, danke.

P.S.: Mein Leben ist vorbei.

Von: **anna_huntley@zingmail.co.uk**
An: **jess.delby@zingmail.co.uk**
Cc: **dantheman@zingmail.co.uk**
Betreff: **Hallöchen!**

Hi! Ich freu mich schon, wenn ihr nachher zum Pizza-Essen rüberkommt!

Nur so aus Interesse: Von euch beiden hat keiner während der Hochzeit mit meiner Mum geredet, oder?

Da du heute Morgen nichts erwähnt hast, Jess, gehe ich mal davon aus, dass ihr es geschafft habt, ihr aus dem Weg zu gehen.

LG, Anna xxx

Von: **dantheman@zingmail.co.u**
An: **jess.delby@zingmail.co.uk**
Cc: **anna_huntley@zingmail.co.uk**
Betreff: **Re: Hallöchen!**

Nein. Ich kann mich jedenfalls nicht daran erinnern. Wieso?

Danny

Von: **anna_huntley@zingmail.co.uk**
An: **jess.delby@zingmail.co.uk**
Cc: **dantheman@zingmail.co.uk**
Betreff: **Re: Re: Hallöchen!**

Ah, sehr gut. Nur so. Bis später dann!

LG, Anna xxx

Von: **jess.delby@zingmail.co.uk**
An: **anna_huntley@zingmail.co.uk**
Cc: **dantheman@zingmail.co.uk**
Betreff: **Re: Re: Re: Hallöchen!**

Was ich heute Morgen noch vergessen habe zu sagen: Gut, dass du diesmal nicht wieder »PO-PO!« geschrien hast während der Trauzeremonie.

Ein echter Fortschritt.

J x

Von: **dantheman@zingmail.co.u**
An: **jess.delby@zingmail.co.uk**
Cc: **anna_huntley@zingmail.co.uk**
Betreff: **Re: Re: Re: Re: Hallöchen!**

Oh ja. Wenn du das getan hättest, wärst du wirklich am absoluten TIEFPUNKT angekommen, Anna.

Danny

Von: **jess.delby@zingmail.co.uk**
An: **anna_huntley@zingmail.co.uk**
Cc: **dantheman@zingmail.co.uk**
Betreff: **Ha, ha!**

Und das meinen wir aus TIEFSTEM Herzen.

J x

Von: dantheman@zingmail.co.u
An: jess.delby@zingmail.co.uk
Cc: anna_huntley@zingmail.co.uk
Betreff: Re: Ha, ha!

Und sind dabei völlig TIEFENentspannt.

Danny

Von: jess.delby@zingmail.co.uk
An: anna_huntley@zingmail.co.uk
Cc: dantheman@zingmail.co.uk
Betreff: Re: Re: Ha, ha!

Ich hoffe, du nimmst es PO-si-TIEF.

J x

Von: dantheman@zingmail.co.uk
An: jess.delby@zingmail.co.uk
Cc: anna_huntley@zingmail.co.uk
Betreff: Re: Re: Re: Ha, ha!

Hallöchen Popöchen!

Danny

Von: anna_huntley@zingmail.co.uk
An: jess.delby@zingmail.co.uk

Cc: **dantheman@zingmail.co.uk**
Betreff: **Re: Re: Re: Re: Ha, ha!**

OKAY, IHR ZWEI HATTET JETZT EUREN SPASS.

Ich werde den Rest des Sommers im Staubsaugerschrank verbringen und nie wieder mit euch sprechen.

Einen schönen Tag noch!

LG, Anna xxx

P.S.: Um wie viel Uhr kommt ihr nachher noch mal zu mir? Jess, seit du vorhin gegangen bist, habe ich eine neue Rede aus *Herr der Ringe* einstudiert, die ich gerne an euch ausprobieren würde.

P.P.S.: Hund übernimmt die Rolle des Aragorn.

Von: **tyndale@bouncemail.co.uk**
An: **anna_huntley@zingmail.co.uk**
Betreff: **Kurze Frage**

Hi Anna,

ich weiß, wir haben gerade erst telefoniert, aber ich habe vergessen, dich was zu fragen ... War das gestern ernst gemeint, als du sagtest, du hättest ein *Star-Wars*-Laserschwert zu Hause? Ich bilde mir ein, dass wir letzte Nacht darüber gesprochen haben, aber vielleicht irre ich mich.

James xxx

Von: anna_huntley@zingmail.co.uk
An: tyndale@bouncemail.co.uk
Betreff: Re: Kurze Frage

Natürlich habe ich kein Laserschwert zu Hause! Wofür hältst du mich? Für einen Nerd oder was?

xxx

Von: tyndale@bouncemail.co.uk
An: anna_huntley@zingmail.co.uk
Betreff: Re: Re: Kurze Frage

Du hast eins, stimmt's?

xxx

Von: anna_huntley@zingmail.co.uk
An: tyndale@bouncemail.co.uk
Betreff: Re: Re: Re: Kurze Frage

Vielleicht.

xxx

Von: tyndale@bouncemail.co.uk
An: anna_huntley@zingmail.co.uk
Betreff: Re: Re: Re: Re: Kurze Frage

Nur damit du Bescheid weißt: Ich habe vor, dich für den Rest deines Lebens damit aufzuziehen.

xxx

P.S.: Freu mich schon, dich nächste Woche zu sehen.

Von: **anna_huntley@zingmail.co.uk**
An: **tyndale@bouncemail.co.uk**
Betreff: **Re: Re: Re: Re: Re: Kurze Frage**

Wenn das so ist, werde *ich* dich für den Rest deines Lebens damit aufziehen, dass du den kompletten Text von *Girls Just Wanna Have Fun* auswendig kannst.

Leugnen zwecklos. Ich habe dich gestern Abend mitsingen hören, Tyndale.

xxx

P.S.: Ich mich auch.

P.P.S.: Ich schenke dir auch ein Laserschwert, dann können wir gegeneinander kämpfen!

Von: **anna_huntley@zingmail.co.uk**
An: **tyndale@bouncemail.co.uk**
Betreff: **AUF KEINEN FALL MEINE VORHERIGE E-MAIL LESEN!**

Ich wäre dir sehr dankbar, wenn du das letzte P.P.S. ignorieren würdest.

Ich habe es gerade noch mal gelesen, und es klingt total lächerlich.

xxx

Von: tyndale@bouncemail.co.uk
An: anna_huntley@zingmail.co.uk
Betreff: Re: AUF KEINEN FALL MEINE VORHERIGE E-MAIL LESEN!

Ich habe sie mir ausgedruckt, damit ich sie rahmen und aufhängen kann.

xxx

P.S.: Ich habe mir bereits ein Laserschwert im Internet bestellt. Gegen mich hast du keine Chance, du Nerd.

Von: anna_huntley@zingmail.co.uk
An: marianne@montaines.co.uk
Betreff: Hey Schwesterherz!

Kommst du bald wieder zu uns?

Dad hat mir gerade zum wiederholten Mal gesagt, wie hinreißend ich in meinem Snoopy-Bademantel aussehe.

Er macht mich wahnsinnig.

Von: marianne@montaines.co.uk
An: anna_huntley@zingmail.co.uk
Betreff: Re: Hey Schwesterherz!

Ich mache mich in ein paar Minuten auf den Weg.

Er ist eben überglücklich, weil er frisch verheiratet ist und heute noch in seine Flitterwochen aufbricht.

Ein bisschen mehr Verständnis, bitte.

Marianne x

Von: **anna_huntley@zingmail.co.uk**
An: **marianne@montaines.co.uk**
Betreff: **Re: Re: Hey Schwesterherz!**

Ich habe ihm gerade mit meiner Wasserpistole ins Gesicht gespritzt, in der Hoffnung, ihn so aus seinem benebelten Zustand zu reißen. Weißt du, was er getan hat?

Seine Augenbrauen haben nur ganz leicht gezuckt, und er hat gelacht. GELACHT. Ich glaube, du hast recht. Er ist wirklich überglücklich.

Voll komisch.

Von: **marianne@montaines.co.uk**
An: **anna_huntley@zingmail.co.uk**
Betreff: **Re: Re: Re: Hey Schwesterherz!**

Das ist doch der perfekte Gegenbeweis. Den kannst du Sophie nächstes Schuljahr unter die Nase reiben.

Wir kriegen am Ende doch noch unser Happy End.

M x

P.S.: Ich kämpfe mich gerade durch eine Horde Paparazzi und habe mich, inspiriert durch deine letzte Mail, mit einer Wasserpistole bewaffnet. Wird bestimmt lustig.

Von: anna_huntley@zingmail.co.uk
An: marianne@montaines.co.uk
Betreff: Re: Re: Re: Re: Hey Schwesterherz!

Happy okay, aber von Ende hat niemand was gesagt.

xxx

P.S.: Wir sehen uns auf der anderen Seite.

Danksagung

Ein riesengroßes Dankeschön an Lindsey Heaven, Lauren Clarke, Jo Hayes, Alice Hill und die unglaublich tollen Teams bei Egmont und Bell Lomax Moreton. Dank euch ist Anna zum Leben erwacht und der Traum einer Autorin wahr geworden. Ich werde euch nie vergessen, dass ihr so an Anna geglaubt habt.

Danke, danke und nochmals danke an meine großartigen Freunde für eure Unterstützung, eure Anregungen und all die Lacher. Vielleicht habt ihr es nicht bemerkt, aber Freundschaft spielt eine große Rolle in Annas Geschichten. Das liegt an euch, meine unerschöpfliche Quelle der Inspiration.

Ein ganz besonderer Dank an meine wundervolle Familie dafür, dass ihr immer hinter mir steht. Ihr seid echt die allerbeste Familie der Welt und für immer meine größten Vorbilder.

Mein Patenkind und Neffe Sam, dein niedliches Lächeln hat mir durch einige ernsthafte Schreibblockaden geholfen. Ich kann es kaum erwarten, dass du lesen lernst und wir beide zusammen schmökern.

Die Figur Hund entstand dank Badger, Amber, Dougal, Archie und Lara Birchall. Treue Gefährten, Geheimnishüter, wahre Freunde. Wenn ihr selbst einen Hund habt, wisst ihr, was ich meine.

Zu guter Letzt danke ich allen, die dieses Buch gelesen haben. Ich hoffe, es hat euch Spaß gemacht.

Lust auf mehr superwitzigen Lesespaß?

CHARLY

Meine Chaosfamilie und ich

Zum Probelesen einmal umblättern ...

KAPITEL 1

Mein Leben ist ein Witz. Wobei, eigentlich stimmt das nicht – es ist zu **tragisch**, um witzig zu sein. Aber es **ist** eine totale Katastrophe. Du denkst jetzt vielleicht, dass ich ein klitzekleines bisschen **übertreibe**, aber das kommt nur daher, weil du nichts über den ganzen Horror weißt. Es ist nämlich so: Morgen ist mein erster Tag an der weiterführenden Schule, und ich weiß jetzt schon, dass ich das Mädchen sein werde, auf das jeder zeigt und über das alle lachen. Ehrlich, es wird noch schlimmer als damals auf der Schulversammlung, als ich fünf war und aus Versehen meine ausgeleierte graue Unterhose aufblitzen ließ, was mir ein Jahr lang den Spitznamen **Miss Windelschlüpfer** einbrachte. Und das war schon schlimm genug.

Zuerst einmal habe ich den lächerlichsten Namen in der Geschichte der Namensgebung. Ich meine, wer nennt ein Mädchen schon **Charly**? Meine Eltern, die machen das. Obwohl das nicht so schlimm ist wie **Moon Unit**. So hat ein alter Rockstar seine Tochter genannt. Eltern sollten die ausgewählten Namen bei irgendeinem Babynamen-Gericht vorlegen müssen, bevor sie sie auf die Geburtsurkunde schreiben dürfen. Das würde einem später eine Menge Hänselei ersparen. Es ist ja noch ganz in Ordnung, in der Grundschule mit einem komischen Namen anzufangen. Da sind noch alle zu sehr mit Knete beschäftigt, um sich darum zu kümmern. Aber die weiterführende Schule ist anders. Ich will gar nicht wissen, wie viel Gekicher es gibt, wenn zum ersten Mal die Namenslisten vorgelesen werden.

Damit könnte ich wahrscheinlich klarkommen, wenn es das Ende vom **Albtraum** wäre. Aber das ist es nicht. Noch schlimmer, als den dämlichsten Namen der Welt zu haben, ist nämlich der hässliche Schulblazer, den ich tragen muss. Wirklich, der ist so **riesig**, dass meine Fingerspitzen fast im Ärmel verschwinden, und die Schulterpartie sieht so aus, als wäre sie aus den Achtzigern übrig

geblieben. Genau genommen hat er mal meinem Bruder Liam gepasst. Und da der ein vierzehnjähriger **Bulldozer** ist und ich elf bin, ist das die totale Katastrophe. Im Futter der Innentasche ist ein großes Loch, das wie dafür geschaffen ist, dass ich meine Sachen verliere. Und dann der Geruch. Wie muffiges altes Gras und Käsefüße. Ich **sollte** wahrscheinlich dankbar dafür sein, dass er nicht so stinkt wie Liam. Aber wenn man riecht wie **„Das Mädchen ohne Deo“**, ist es schwer, den Silberstreif am Horizont zu sehen.

Mum ist das anscheinend egal. Ich habe ihr schon wochenlang gesagt, dass ich eine neue Uniform brauche, aber sie hört mir ja nicht zu. Ehrlich, manchmal ist es sogar so, als wäre ich gar nicht da. Also haben wir es natürlich erst am letzten Wochenende der Schulferien zum Uniform-Laden geschafft, und sie hatten keine kleinen Blazer mehr. Das schien Mum aber gar nichts auszumachen, nicht mal, als Liam anfing zu lachen und meine Unterlippe zitterte. Sie hat nur müde ihren **mächtig dicken Babybauch** gerieben und gesagt: „Hör auf zu heulen, Charly. Es wird dich schon nicht umbringen, ein paar Tage lang den alten von Liam zu tragen.“

Dagegen konnte ich nicht viel sagen. Im Prinzip hat sie recht, ich werde wahrscheinlich nicht daran sterben, wenn ich Liams abgelegte Klamotten tragen muss (obwohl da eine verdächtig klebrige Masse in einer Tasche ist, die aussieht wie irgendeine **Biogefährdung**), aber Coolness-Punkte bringt mir das auch nicht gerade ein. In Wirklichkeit hätte sie mir genauso gut ein riesiges **L** für Loser auf die Stirn tätowieren können.

In solchen Momenten wünsche ich mir, ich wäre eine Waise. Natürlich nicht Oliver Twist.

CHARLY
Meine Chaosfamilie und ich

Eine Chaosfamilie zum Knutschen!

Charlys Leben droht im Chaos zu versinken! Kein Wunder, wenn die eigene Mutter mit Zwillingen schwanger ist (wie peinlich!), der Vater nebenberuflich als Elvis-Imitator arbeitet (würg!) und der große Bruder nichts anderes zu tun hat, als einen die ganze Zeit zu ärgern (argh!). Wie soll die Welt da erkennen, was wirklich in einem steckt?! Aber dann schneidet Charly beim Einstufungstest in der Schule als beste Schülerin aller Zeiten ab und gilt plötzlich als absolutes Genie! Das Blöde daran: Der Test wurde aus Versehen vertauscht. Doch das merkt Charly erst, als sie schon längst im Quiz-Team der Schule sitzt …

Die Suche nach den eigenen Stärken – herrlich witzig verpackt!

Tamsyn Murray
Charly – Meine Chaosfamilie und ich
Band 1: Aus Versehen genial!
€ 12,00 [D]
256 Seiten, gebunden
ISBN 978-3-505-13782-2

Kinder lieben Schneiderbücher!

www.schneiderbuch.de

Schneiderbuch
EGMONT

Band 2: Nikkis (nicht ganz so) glamouröses Partyleben
ISBN 978-3-505-12861-5

Band 3: Nikkis (nicht ganz so) phänomenaler Auftritt
ISBN 978-3-505-12862-2

Band 4: Nikki als (nicht ganz so) graziöse Eisprinzessin
ISBN 978-3-505-12863-9

Band 5: Nikkis (nicht ganz so) guter Rat in allen Lebenslagen
ISBN 978-3-505-13125-7

Band 6: Nikkis (nicht ganz so) perfektes erstes Date
ISBN 978-3-505-13126-4

Band 7: Nikkis (nicht ganz so) schillernde Filmkarriere
ISBN 978-3-505-13375-6

Band 8: Nikkis (nicht ganz so) bezauberndes Märchen
ISBN 978-3-505-13377-0

Band 9: Nikkis (nicht ganz so) geheimes Tagebuch
ISBN 978-3-505-13749-5

Band 10: Nikki und die (nicht ganz so) herzallerliebsten Hundebabys
ISBN 978-3-505-13751-8

Schneiderbuch
EGMONT